ENVOÛTEMENT

à Doug Jones, Emily Ciciotte
et William Rice - oui, toi, William -
d'avoir tout fait pour m'aider à réussir.
Vous êtes ma force.

Publié aux états-Unis sous le titre *Need*
par Bloomsbury U.S.A. Children's Books

ISBN : 978-2-35288-761-4
Code Hachette : 50 8801 8

Photo de couverture : © moodboard/Corbis
Rayon : Jeunesse / poches
Collection dirigée par Christian English et Frédéric Thibaud

Catalogue et manuscrits : www.city-editions.com

Dépôt légal : troisième trimestre 2011
Imprimé en France
N° d'impression : 65993

ENVOÛTEMENT

Carrie Jones

Traduit de l'anglais (États-Unis)
par Philippe Vigneron

City
Poche

Phobophobie

Peur des phobies

Tout le monde a des peurs, pas vrai ?
Les peurs, c'est mon truc.

Je les collectionne comme d'autres gens collectionnent des timbres – ce qui doit donner l'impression que je suis plus cinglée que j'en ai l'air. Mais c'est mon truc.

Les peurs. Les phobies.

Il y a les phobies classiques, très répandues. Beaucoup de gens ont le vertige, ou peur des ascenseurs, ou peur des araignées.

Rien de très excitant. Moi, je suis fan des phobies originales.

Par exemple, la nélophobie, ou peur du verre. Ou l'arachibutyrophobie, la peur de se retrouver avec du beurre de cacahuètes collé au palais.

Bien sûr, je n'ai pas peur du beurre de cacahuètes, mais c'est quand même hyper-cool que cette peur ait un nom, vous ne trouvez pas ?

C'est beaucoup plus simple de comprendre les choses dès qu'elles ont un nom.

En général, ce qui me fiche la trouille, ce sont les choses inconnues.

Je ne sais pas comment cette phobie s'appelle, mais je sais que je l'ai : la peur de l'inconnu.

Mnémophobie

Peur des souvenirs

Les avions, ça craint. On est coincé à l'intérieur, obligé de regarder le ciel et ça fait penser à tout un tas de choses – des choses auxquelles on n'a pas forcément envie de penser.

La mnémophobie est une peur réelle. Je ne l'ai pas inventée, je vous le jure. On peut vraiment avoir peur de ses propres souvenirs.

Il n'y a pas de bouton pour déconnecter le cerveau. Si ça existait, ce serait mortel.

Moi, je presse mes doigts contre mes yeux pour m'empêcher de me souvenir. Je me concentre sur le présent, ici et maintenant.

Je fais ce dont les invités des shows télévisés parlent tout le temps : je vis chaque jour comme si c'était le dernier.

Quand mon père est mort, j'ai enroulé un fil blanc autour de mon index. Je l'ai gardé pour me rappeler qu'à une époque je ressentais des choses, qu'à une époque j'avais un père, qu'à une époque j'avais une vie. Le fil est tout entortillé et le nœud touche mon petit doigt. Au moment où je le bouge, le type assis à côté de moi croise les jambes et sa chaussure géante tape dans ma cuisse.

— Pardon, dit-il.

— Ça va.

Mes doigts décident de mettre de côté toutes les lettres que j'envoie dans le monde, au nom d'Amnesty International, pour exiger la libération de moines torturés ou d'étudiants enlevés.

— Je ne veux pas vous paraître désagréable, mais… vous allez bien ? Vous avez l'air d'un zombie…

Je m'efforce de tourner la tête vers lui pour le regarder. Il a un nez mastoc, des bajoues, l'apparence classique d'un homme d'affaires. Je remue les lèvres.

— Quoi ?

Il sourit. Une haleine caféinée jaillit de sa bouche.

— Depuis le début du vol, on dirait que vous êtes en pilote automatique. Vous écrivez ces lettres pour sauver le monde, mais vous avez une tête de zombie…

Quelque chose en moi disjoncte.

— Mon père vient de mourir. Mon beau-père, en réalité. Mais je l'appelais papa. C'était mon père. C'est lui qui m'a élevée.

Le sourire patelin de mon voisin disparaît aussitôt.

— Oh. Je suis désolé.

Sa maladresse me fait de la peine.

— C'est bon. Je me sens juste…

Je ne trouve pas le mot exact. *Morte à l'intérieur ? Zombiesque ?* Ça n'existe pas. *Zombifiée ?*

Il ne me lâche pas pour autant.

— Et là, vous rentrez au lycée, c'est ça ? Vous êtes lycéenne et vous vivez dans le Maine ?

Je secoue la tête, mais c'est trop compliqué pour que je lui explique. C'est déjà trop compliqué pour moi.

Ma mère m'a mis dans l'avion parce que, depuis quatre mois, je suis incapable de sourire.

Depuis quatre mois, je suis incapable de verser la moindre larme, d'éprouver quoi que ce soit, de faire quoi que ce soit.

— Je m'installe chez ma grand-mère, parviens-je enfin à répondre.

Il hoche la tête, toussote et reprend :

— Ah, très bien. Mais ce n'est pas la meilleure saison pour venir dans le Maine. En hiver, le froid est infernal.

Ma grand-mère – plus exactement, la mère de mon beau-père – vient me chercher à l'aéroport de Bangor, sans doute le plus petit aéroport doté de la plus longue piste d'atterrissage au monde.

Notre avion atterrit et je vois le ciel déserté par le soleil, ce qui me paraît logique.

Quand même le ciel est gris et froid, on sait que la situation n'est pas près de s'améliorer.

Je jette un coup d'œil à ma parka, mais refuse de l'enfiler. Ce serait m'avouer vaincue trop tôt.

On est fin octobre, non ?

Voyons si c'est si terrible que ça…

Ça l'est.

Un air glacé s'engouffre dans la carlingue dès qu'une hôtesse ouvre la porte. Je frissonne.

— Eh ben, commente mon voisin, on n'est plus sous les tropiques !

Il sort une parka de son sac de voyage. Il est plus malin que je l'avais d'abord cru.

Mon père disait que les gens sont souvent plus intelligents qu'ils en ont l'air.

On dit que mon père a eu une crise cardiaque, moi je dirais plutôt une *attaque* cardiaque.

Son cœur a décidé de ne plus battre, de ne plus pomper le précieux sang dans ses veines. Il s'est bloqué – il a *attaqué* mon père.

Il est mort par terre, dans notre cuisine, à côté d'une bouteille d'eau que je venais de lâcher. Ça n'a pas l'air vrai, dit comme ça, mais ça l'est.

Bref. Je trébuche dans l'escalier qui mène au tarmac.

L'homme derrière moi (alias mon voisin) me rattrape par le bras et me gratifie d'une remarque finaude :

— Difficile de sauver le monde quand on a déjà du mal à s'occuper de soi !

Je vacille un peu sur mes jambes tandis qu'un nœud se forme dans mon ventre.

— Pardon ?

J'ai bien compris sa remarque, mais je n'arrive

pas à croire qu'il l'ait dite. Ça me semble tellement mesquin. Il reste silencieux.

Les rafales font voler mes cheveux sur mes joues – je me baisse, comme si cette posture pouvait me protéger du vent.

— Vous allez adorer le Maine, m'assure une hôtesse au pied des marches.

Elle ne sourit pas.

Ce dont j'ai peur, là, à cet instant précis, c'est de voir, impuissante, mon père mourir d'une crise cardiaque sur le sol de notre cuisine.

Mais ça a déjà eu lieu, n'est-ce pas ?

Je me rabats donc sur ma deuxième peur par ordre d'importance, la peur du froid.

En d'autres termes, la chaetophobie, cheimatophobie, cryophobie ou frigophobie. Il y a beaucoup de synonymes pour celle-là.

Je ne suis pas habituée au froid. Je le serai bientôt. Il faut réussir à affronter ses peurs. C'est ce que disait toujours mon père. Il faut leur faire face.

Chaetophobie.

Cheimatophobie.

Cryophobie.

Frigophobie.

Comment se fait-il que nommer une peur ne l'atténue pas ?

Ma grand-mère Betty attend dans le terminal. Dès qu'elle m'aperçoit, elle s'avance vers moi avec une démarche de bûcheron et m'attrape avec ses longs bras pour me serrer longuement contre elle. Elle est à peu près aussi costaude que mon père et je me laisse aller contre elle, heureuse de me retrouver avec quelqu'un tout en espérant secrètement que ça puisse être lui plutôt qu'elle.

— Bouh, tu ferais peur à un aveugle ! Le voyage a été pénible ?

Elle me guide jusqu'au parking et m'ouvre la portière de son énorme pick-up noir avant d'entasser à l'arrière ma valise et mon sac à dos.

Le reste de mes affaires a déjà été expédié depuis Charleston, mais je doute que mes t-shirts et petits hauts à bretelles puissent être d'une quelconque utilité dans le Maine. Betty fait le tour du véhicule et vient s'installer au volant. Elle sourit en voyant mes efforts pour grimper à bord.

— C'est un monstre, cette voiture ! dis-je en me hissant jusqu'au siège.

Je recommence à frissonner. C'est plus fort que moi. J'ai l'impression que mes os se sont brisés sous l'effet du froid.

Betty donne une tape sur le tableau de bord et éclate de rire.

— Tu l'as dit ! Il faut bien ça pour attirer les jolis petits derrières…

— Les jolis petits… ?

— Tu préfères que je dise « culs » ? Je ne voudrais pas choquer une jeune fille sensible comme toi…

La remarque m'arrache presque un rire – mais je n'y arrive pas.

— Tu l'as achetée récemment ?

— Oui. Ta mère t'a accompagnée à l'aéroport ?

— Oui. Elle pleurait.

Je suis du bout du doigt la rainure de la portière à l'endroit où coulisse la vitre.

— J'ai eu honte de la faire pleurer…

Je trouve la force de regarder Betty dans les yeux. Ils ont la même couleur brun ambré que les yeux de mon père. Ils remontent légèrement à la commissure des paupières, en une fente imperceptible. Ils s'adoucissent un peu à mesure que je les fixe. Comme je ne connais pas mon père biologique, Betty est mon unique aïeule.

Les parents de ma mère sont morts quand elle n'était qu'une adolescente. Elle a vécu ici, avec Betty et son mari Ben ainsi que mon père, le temps de finir ses études au lycée. C'était incroyable de la part de Betty de la recueillir aussi simplement, comme elle est en train de me recueillir.

Betty hoche la tête et met le contact.

— C'est normal qu'elle soit triste, tu sais. Ce n'est pas facile pour elle de te laisser partir.

— Dans ce cas, elle n'aurait pas dû chercher à se débarrasser de moi.

— Tu crois que c'est ce qu'elle a fait ?

Je hausse les épaules et croise les mains sur mes cuisses.

— Elle essaye juste de préserver ta…

— … quoi ? sérénité ?

Mon rire est cassant et aigri. Ça ne me ressemble pas de produire ce genre de son. L'écho résonne dans ma poitrine.

— Elle m'expédie dans un pays à croissance démographique nulle pour préserver ma sérénité ?

— Tu es un peu injuste, là, ma jolie.

— Ouais… je sais. Pardon.

Betty sourit.

— Être injuste, c'est mieux que rien. D'après ce que ta mère m'a dit, tu traverses une grave dépression, tu n'es plus la Zara bornée qui rêve de sauver le monde…

— Papa est mort, Betty.

— Je sais, ma chérie. Mais tu ne crois pas qu'il voudrait nous voir continuer à vivre ? Mon Dieu, c'est un cliché, mais c'est vrai…

Betty est plutôt remarquable, dans le genre grand-mère. Elle dirigeait une compagnie d'assurance-vie, mais, quand mon grand-père est mort, elle a pris sa retraite.

Comme elle n'avait rien d'autre à faire que jouer au golf ou aller à la pêche, elle a décidé de se lancer dans de nouvelles aventures.

— Je vais essayer de m'améliorer et de me rendre utile à la communauté, a–t-elle annoncé à mon père.

Elle s'est entraînée à la course à pied, au point de pouvoir participer au marathon de Boston à l'âge de soixante-cinq ans. Une fois cet objectif atteint, elle a décroché sa ceinture noire de judo. Puis un diplôme d'ambulancière.

À présent, elle est responsable de la société Downeast Ambulance de Bedford, dans le Maine. Mais elle refuse d'être payée.

— J'ai ma retraite, a-t-elle expliqué à mon père quand elle a débuté dans le métier. Je préfère que l'argent soit distribué aux jeunes pères de famille. Ça me semble plus juste.

« Juste » : le grand mot de Betty.

— Cela dit, je ne suis pas sûre que ce soit très juste de te refiler à une vieille loufoque comme moi, dit-elle en s'engageant sur la route 1A en direction de Bedford.

Je hausse les épaules : je ne veux pas aborder le sujet. Ça n'échappe pas à Betty.

— Les arbres sont splendides, tu ne trouves pas ?

C'est sa façon de m'éviter d'aborder le sujet.

— Splendides, oui.

Tous les arbres sont en train de changer de couleur. C'est leur baroud d'honneur, je le sais. Bientôt ils seront totalement nus, comme morts. Les feuilles sont magnifiques, mais elles tiennent à peine aux branches.

Elles ne vont pas tarder à tomber. Beaucoup tapissent déjà le sol.

Elles vont peu à peu se décomposer, être piétinées, ratissées, brûlées. Ce n'est pas facile d'être une feuille en Nouvelle-Angleterre.

À nouveau, je frissonne.

— Tu sais que nous nous faisons tous du souci pour toi. Tu essayes encore de sauver le monde ?

Je hausse les épaules – le plus cliché de tous les mouvements, mais c'est le seul que je sois capable d'exécuter.

Betty allume le chauffage et une grande bouffée me saute au visage. Elle rit.

— Tu ressembles à une de ces top models qu'on place devant des ventilateurs pour donner à leur chevelure un côté sexy…

Je marmonne :

— Si seulement ça pouvait être vrai…

— C'est si différent de Charleston, ici. Si froid, si lugubre…

J'enfouis mon visage dans mes mains et me rends compte que tout cela sonne très mélo.

— Désolée… Je n'arrête pas de geindre.

— Tu as parfaitement le droit de geindre.

— Non. Je déteste ça. Je n'ai aucune raison de geindre, spécialement devant toi. C'est juste que le Maine a l'air tellement peu verdoyant, tellement peu vivant. On dirait que tout l'État se prépare à être englouti par la neige pendant l'hiver. La saison de la mort… Même l'herbe donne l'impression d'avoir renoncé.

Betty rit et, d'une voix inquiétante :

— Et les arbres aussi… Ils se recroquevillent sur toi pour te masquer l'horizon et te dissimuler ce qui est tapi par terre, caché dans les fougères et les buissons, à l'affût derrière les troncs…

Je presse la main contre la vitre froide et laisse l'empreinte de ma paume.

— Tu n'es pas dans un film d'horreur, Zara.

Elle me sourit en signe de sympathie, et aussi pour me montrer qu'elle me taquine.

Elle est comme ça, Betty.

— Je sais.

— Même si, tu as raison, il fait plus froid dans le Maine qu'à Charleston. Il va falloir que tu t'habilles chaudement.

— Oui, oui !

Chaetophobie.

— Tu récites toujours tes listes de phobies ?

— Je l'ai dit à haute voix ?

— Oui, oui !

Ses mains lâchent le volant et elle me tapote la jambe pendant une seconde avant de régler le chauffage.

— J'ai une théorie à ce sujet.

— Ah oui ?

— Ouais. Je dirais que tu fais partie de ces gens qui pensent qu'en nommant les choses, on peut arriver à les surmonter, à les vaincre, et c'est ce que tu vas devoir faire avec la mort de ton père. Je sais que c'est douloureux, Zara, mais…

— Betty !

Un grand type se tient sur le bas-côté de la route, immobile, nous fixant du regard…

D'un coup de volant, Betty envoie le pick-up de l'autre côté de la double ligne jaune, puis nous rabat sur la bonne voie.

— Bon sang ! crie-t-elle. Espèce de taré !

Elle en aurait presque le souffle coupé. Mes mains agrippent la ceinture de sécurité. Betty respire deux fois à fond, puis :

— Ne te mets pas à parler comme moi ou ta mère me tuera !

Je parviens à articuler :

— Tu l'as vu ?

— Bien sûr, que je l'ai vu. Un pauvre fou debout sur le bord de la route. Une chance que je l'ai vu à temps, sinon je l'aurais renversé.

Je la dévisage, essayant de comprendre ce qu'elle vient de dire. Puis je me retourne pour regarder, mais nous avons passé un nouveau virage et, même si le grand type est encore là, je ne peux plus le voir.

— Tu l'as vraiment vu ?

— Bien sûr que oui. Pourquoi tu me le demandes ?

— Tu vas me trouver stupide…

— Qui sait si ce n'est pas déjà le cas ?

Elle rit pour que je comprenne qu'elle plaisante.

— Quelle peste tu fais !

— Je sais. Alors, pourquoi tu me demandes si je l'ai vu ?

Comme elle n'est pas du genre à lâcher prise, j'essaye de rester très calme en lui disant :

— J'ai l'impression que je n'arrête pas de voir ce type, ce grand type aux cheveux sombres et à la peau très pâle. Mais, bon, ça ne peut pas toujours être lui…

— Tu veux dire que tu l'as déjà vu à Charleston ?

J'acquiesce. Si au moins mes pieds pouvaient toucher le sol, je ne me sentirais pas si petite et si bête. Ma grand-mère réfléchit pendant une fraction de seconde.

— Et maintenant, tu le vois ici ?

— Je sais. Plutôt stupide et… plutôt bizarre.

— Stupide, non, ma chérie, mais bizarre, alors là, oui.

Elle donne un grand coup de klaxon pour saluer le passage d'un gros camion.

— John Weaver. Il construit des maisons, c'est un pompier volontaire, un gars bien. Zara, ma chérie, loin de moi l'idée de t'effrayer, mais je veux que tu restes à la maison le soir, d'accord ? Pas de sorties, pas question de faire les quatre cents coups.

— Quoi ?

— Allons, fais plaisir à une vieille femme.

— Dis-moi juste pourquoi ?

— La semaine dernière, un garçon a disparu. Tout le monde a peur qu'il lui soit arrivé quelque chose.

— Il a peut-être fugué ?

— Peut-être. Peut-être pas. Mais ce n'est pas la seule raison de mon inquiétude. Après tout, mon boulot consiste à sauver des gens, pas vrai ? Et je sais que tu es habituée à courir le soir sur les routes de Charleston, mais il n'y a pas beaucoup de réverbères par ici. Et je n'ai pas envie de ramasser à la pelle les restes de ma petite-fille sur Beechland Road, compris ?

— Entendu.

Je regarde passer les arbres, puis je me mets à rire – tout ça est tellement ridicule.

— Je ne cours presque plus ces derniers temps.

— Tu ne fais presque plus rien ces derniers temps, à ce que j'ai cru comprendre.

— Ouais…

Je tripote le fil à mon doigt. Je l'ai prélevé sur un tapis que mon père avait acheté. À l'origine, il était blanc, maintenant il a viré au gris sombre.

Je frissonne. Betty et moi n'échangeons plus que quelques propos décousus, j'essaye de lui expliquer les conséquences de la *guerre contre la terreur* sur les droits de l'homme à travers le monde – mais, comme le cœur n'y est pas, nous restons silencieuses la plupart du temps.

Ça me va.

— On est presque arrivées. Tu dois être fatiguée.

— Un peu.

— Tu as l'air fatigué, en tout cas. Tu es toute pâle.

La maison de Betty est typique de la région, avec ses bardeaux en cèdre et sa véranda devant l'entrée. Elle semble confortable, chaleureuse, comme un terrier caché au fond d'une forêt glaciale.

Ma mère m'a dit qu'il y avait trois chambres à l'étage et une au rez-de-chaussée.

À l'intérieur, les murs sont recouverts de bois et de briques, il y a un haut plafond dans la cuisine et un poêle à bois dans le salon.

Dès que nous sommes garées dans l'allée, Betty m'indique la Subaru voisine d'un geste de la main.

Je reste bouche bée. Je parviens juste à dire :

— Il y a encore le prix sur le pare-brise !

— Elle est toute neuve. Les routes du Maine ne sont pas sûres, je voulais que tu puisses te déplacer en sécurité. Et je n'ai pas l'intention de jouer les foutus chauffeurs de mademoiselle…

— Eh ben ! Quel langage !

— Je jure aussi comme un charretier. Je te conseille de t'y faire tout de suite !

Elle me jette un coup d'œil.

— La voiture te plaît ?

Je me lance sur elle et la serre dans mes bras. Elle glousse de plaisir en me tapotant le dos.

— Ce n'est pas grand-chose, ma jolie. Elle est encore à mon nom, en plus. Donc, vraiment pas grand-chose…

— Mais si !

D'un bond, je sors du pick-up, cours vers la Subaru et plaque les mains contre la carrosserie glacée et couverte de neige jusqu'à ce que le froid paralyse mes doigts.

Betty me pousse vers la maison.

— Je ne mérite pas un cadeau pareil !

— Bien sûr que si.

— Non.

— Ne m'oblige pas à te traiter de tous les noms ! Dis-moi juste merci et finissons-en !

— Merci et finissons-en.

Elle renifle.

— Crétine.

— Tu sais… je l'adore, Betty.

Je la serre à nouveau contre moi. Cette voiture est la première bonne chose qui me soit arrivée dans le Maine. La première bonne chose qui me soit arrivée depuis longtemps.

Bien sûr, dans les pays du tiers-monde, les gens doivent économiser toute une vie pour se payer une voiture, et voici la mienne, qui m'attend sagement dans l'allée.

Un vertige me monte à la tête…

Nous entrons, nous installons dans son salon si accueillant et je répète :

— Je ne mérite pas ça, Betty.

Elle se penche vers le poêle et le bourre de papiers froissés et de brindilles.

— Arrête un peu avec ça, Zara !

Un craquement de son dos quand elle se relève me rappelle qu'elle n'est plus toute jeune. Difficile à croire.

— Tu mérites beaucoup de choses.

— Mais des gens meurent de faim dans le monde entier. Des gens n'ont pas de toit. Des gens…

Betty dresse l'index.

— Tu as raison. Je ne vais surtout pas dire que tu as tort, mais ce n'est pas parce que ces gens n'ont rien que tu ne dois rien avoir non plus.

— Mais…

— Et ça ne t'empêche pas de te servir de ce que tu as pour améliorer la vie des autres.

Elle retire son chapeau et passe les doigts dans les boucles gris orange de sa tignasse.

— Comment tu comptes mener à bien tes activités de bénévole sans voiture ? Et aller à l'école ? Hein ?

Je hausse les épaules.

— Tu sais, Zara, je suis une femme très occupée. Même si je me suis arrangée pour ne plus avoir d'interventions de nuit… Du coup, on pourra dîner ensemble tous les soirs.

Un léger sourire, puis sa voix s'adoucit :

— Tu es comme lui.

Elle veut dire : comme mon père. Ma gorge se serre, je parviens tout juste à murmurer :

— En quoi ?

— Tu essayes toujours de sauver le monde. Tu crains toujours d'avoir trop quand d'autres manquent de tout. Et tu rêves de ne plus être obligée d'aller au lycée !

Elle s'approche de moi et me serre rapidement dans ses bras avant de me donner une tape sur les fesses. Elle a ce côté entraîneur de foot, parfois…

Je téléphone à ma mère, même si je n'en ai pas envie.

— Je suis arrivée.

— Oh ! Ma chérie. Contente que le voyage se soit bien passé. C'est comment, le Maine ?

— Froid.

— Ça n'a pas changé, alors.

Elle rit, marque une pause. J'écoute le silence, puis elle me demande :

— Tu m'en veux toujours ?

— Eh oui.

— C'est pour ton bien, tu sais.

— Mais oui. Tu savais qu'un garçon de la région a disparu la semaine dernière ?

— Quoi ? Passe-moi ta grand-mère, d'accord ? Zara… je t'aime.

Je fais signe à Betty.

— Elle veut te parler.

Puis :

— Moi aussi, maman, je t'aime.

Betty me prend le téléphone, plaque sa main contre le combiné et me lance :

— Maintenant monte dans ta chambre et installe tes affaires ! C'est la deuxième porte sur la gauche. Demain, tu iras à la mairie faire enregistrer ta voiture. Puis, direction le lycée. Sans faute. Je ne veux pas te voir bouder chez moi.

J'acquiesce et monte d'un pas trottinant jusqu'à ma chambre. Je m'arrête à mi-chemin dans l'escalier juste pour entendre

Betty dire d'une voix étouffée :

— Tu avais raison : elle est méconnaissable.

Elle traverse le salon d'un pas lourd et s'aperçoit que je l'épie.

— Tu n'es quand même pas en train d'écouter ma conversation avec ta mère ?

D'un signe de tête, je confirme. Ma gorge est sèche.

— Au lit, miss !

Je monte les dernières marches en courant et fonce dans ma chambre. Avec ses rideaux en dentelle et son lit couvert d'une couette en patchwork, c'est une pièce tout aussi chaleureuse que le salon. Les murs clairs ne sont pas en bois. Des cartons remplis de vêtements s'entassent un peu partout. Je retire d'un coup sec mon jean et mon sweat à capuche et attrape le peignoir accroché à la patère derrière la porte. Un Z est brodé sur le tissu moelleux bleu layette.

Je m'enveloppe dans le peignoir et, l'espace d'un instant, je me sens presque heureuse. La douche chaude qui me lave de toute la crasse de l'aéroport me procure un bien fou, j'en oublierais presque les décalcomanies de canards qui décorent le carrelage. Après m'être bien essuyée, je retourne dans la chambre. Betty me laisse m'installer comme je veux. Je peux même sortir mon grand poster Amnesty International, qui représente le symbole de l'organisation : une bougie entourée de barbelés. Je fixe la flamme de la bougie.

Je me sens presque – pas complètement – bien.

Au moment où je sors mes dossiers sur les droits de l'homme, la tête de Betty apparaît par l'entrebâillement de la porte.

— Tout se passe bien ?

— Ouais. Merci beaucoup de m'accueillir chez toi.

Je repose la pile de dossiers, me lève et souris à ma grand-mère.

Elle me sourit en retour et ferme un des stores.

— C'est un honneur de passer un peu de temps en compagnie de mon unique petite-fille.

J'avance vers l'autre fenêtre pour fermer le store, mais je jette d'abord un coup d'œil dehors.

J'efface de la main la condensation sur la vitre et n'aperçois que les arbres et la pénombre, la pénombre et les arbres.

Je descends les lattes du store.

— Je n'ai vraiment pas envie d'aller au lycée demain.

Betty s'approche de moi.

— Bien sûr que non.

— Je n'ai vraiment pas envie de faire grand-chose.

— Je sais, mais ça va s'arranger.

Elle me donne un coup de hanche, puis passe un bras autour de mes épaules, en une sorte de demi-étreinte.

— Il ne te reste plus qu'à prier pour une tempête de neige…

Je la serre à mon tour.

— Excellente idée. Je vais faire la danse de la neige.

Elle rit.

— Ton père t'a appris ça ?

— Oui, oui. Il faut jeter un glaçon dans les

toilettes et danser tout autour en chantant « Neige ! Neige ! Neige ! ».

— Jusqu'à ce que le glaçon soit fondu… Ah, mon fils ! Ce qu'il peut me manquer…

Betty s'appuie contre moi pendant une seconde, en me tapant le dos de ses larges mains.

— Mais je suis heureuse que tu sois venue pour me tenir compagnie, et tant pis si ça te semble égoïste. Maintenant, fini les soucis. Tout va bien se passer, Zara. Je vais tout faire pour.

— Je me demande juste si j'ai la force d'aller au lycée.

Je m'écarte de Betty, croise les bras.

Elle pose un baiser sur mon crâne.

— Ça va aller, princesse. Et si quelqu'un t'embête, je me charge personnellement de lui casser la figure, compris ?

J'imagine ma grand-mère jouant les bons Samaritains à grands coups de poing et j'éclate de rire – même si, je le sais, la violence n'a rien de drôle.

— Je suis sérieuse, Zara. Si quelqu'un te cherche, préviens-moi. Si quelque chose t'inquiète ou te fait peur, préviens-moi. C'est ma mission de grand-mère. Je m'en occuperai. D'accord ?

Dehors, la neige tombe à gros flocons. Je frissonne.

Je fixe les yeux de Betty, leur reflet ambré comme ceux d'un chat sauvage.

Ses pupilles se dilatent légèrement, signe qu'elle pense ce qu'elle dit. Qu'elle le pense vraiment.

Je lui prends la main.

— D'accord.

Le hurlement me réveille au beau milieu de la nuit.

C'est un long cri chargé de souffrance.

Je tremble. M'assieds dans mon lit.

Quelque chose dehors hurle à nouveau. Pas très loin de la maison.

Des coyotes ?

Une série de glapissements nerveux précède un autre hurlement. Je me souviens de ce documentaire qu'on nous avait projeté en classe de biologie : il étudiait le comportement des coyotes au moment de partir en chasse.

Leurs cris ressemblaient à ce que j'entends, mais pas exactement : cette nuit, ils sont un peu plus graves. Des gros chiens, peut-être, ou des loups ?

J'avance à pas feutrés jusqu'à la fenêtre, écarte les rideaux et regarde dehors. Une nappe blanche recouvre la pelouse et ma voiture.

La lune jette ses reflets sur la neige, lui donnant l'apparence de cristaux ou de diamants. Tout scintille, étincelle. C'est magnifique.

Je respire. Ai-je retenu ma respiration jusqu'à présent ? Pourquoi ferais-je une chose pareille ?

Parce que je pense à mon père.

Mon père a grandi ici. Et il ne reverra plus jamais la neige, cette maison, la forêt ou moi. Il est enfermé loin de tout ça, loin de moi, de ma vie – c'est un prisonnier. Je ferais l'impossible pour le libérer. Je pose la main sur le châssis glacé de la fenêtre. Quelque chose bouge à l'orée de la forêt, une ombre, une pénombre qui se détache à peine sur les troncs d'arbres et les branches.

J'incline la tête, plisse les paupières. Rien.

C'est alors qu'elle arrive – la sensation.

La sensation d'araignées imaginaires trottinant sous ma peau.

Je retire la main de la fenêtre. Le rideau se referme tandis que je regagne mon lit sur la pointe des pieds, le plus vite possible en me retenant de courir.

— Ce n'est rien.

C'est ça qui craint, avec les mensonges : impossible de se mentir à soi-même et d'y croire vraiment.

Mieux vaut se réciter la liste des phobies, affronter la vérité et continuer son chemin. Mais je ne peux pas le faire.

Pas encore.

Didaskaleinophobie

Peur d'aller à l'école

L'avantage de pleurer, c'est que ça finit toujours par m'épuiser. J'ai vraiment très bien dormi la nuit dernière, même avec les hurlements de ces chiens stupides sur le coup de minuit.

Par chance, je ne suis pas cynophobe, sans quoi j'aurais sûrement paniqué.

Ce matin, le calme est revenu.

La neige atténue les bruits du monde extérieur et, quand mon réveil se met à sonner, je n'arrive pas à me lever pour affronter cette journée. La maison de ma grand-mère est trop confortable, trop rassurante – en particulier mon lit.

Pourtant, j'arrive à traîner mes fesses jusqu'à la fenêtre. Tout le paysage est tapissé d'un manteau neigeux et nous sommes seulement… à la mi-octobre.

— Ça n’est pas juste, dis-je en ouvrant complètement les rideaux. L’étrange lumière blanchc reflétée par la neige envahit ma chambre.

Je me retrouve toute seule devant le petit-déjeuner. Betty m’a laissé un long message posé en évidence au milieu de la table, juste à côté d’une tache d’eau dont la forme évoque la Caroline du Sud. Je déglutis et touche du doigt l’endroit où se trouve Charleston. Puis je lis le message :

Zara, j’ai dû partir car un camion transportant des troncs d’arbres a dérapé sur la route 9. Quelques blessures sans gravité. Le lycée est toujours d’actualité : tu n’as pas assez prié. La prochaine fois, ça marchera peut-être ? Ah, ah… Aujourd’hui, vous avez sport, donc pense à prendre ta tenue. Prudence sur la route, c’est glissant. Voici un plan : en gros, pour le lycée, c’est tout droit. N’attends pas la nuit pour rentrer. Je serai rentrée en fin de journée. D’ici là, épate-les tous ! Les clés sont juste là.

Une flèche indiquait les clés de la Subaru posées à côté du message.

Je les prends et les lance en l’air. L’une d’elles s’accroche à mon fil, de plus en plus lâche.

Ma matinée désastreuse commence quand je m'élance des marches de la véranda pour m'emplafonner contre un arbre. La neige dissimule une mince couche de glace que je n'ai pas vue.

Je vacille et glisse en battant des bras avant qu'un gros pin arrête mon dérapage.

J'attrape le tronc à pleines mains pour éviter de m'écraser le visage contre l'écorce.

— Bon sang !

Lentement, avec précaution, je m'écarte. Quand on n'arrive pas à se remettre d'aplomb sur ses pieds, il faut essayer de glisser sur le côté, comme font les patineurs. Bien sûr, avec des chaussures à talons, c'est tout de suite plus compliqué. Je me répète mentalement : *Un pied devant l'autre... un pied devant... aaaah !*

Je vacille à nouveau, agite les bras et file vers la voiture en plaquant les mains sur le capot pour m'arrêter. Ma respiration fait un grand nuage dans l'air. Les jolies chaussures que je me suis achetées à Charleston ? Noyées sous la neige.

À côté de mes empreintes, celles d'une paire de grosses bottes et quelques minuscules écailles dorées, semblables à cette poussière d'or qu'on utilise pour faire des dessins au jardin d'enfants. Betty a dû venir vérifier la voiture pendant la nuit – oui : l'étiquette sur le pare-brise a été retirée.

Mes pensées s'interrompent pendant une fraction de seconde, car quelque chose de plus intéressant que les empreintes de bottes vient de me sauter aux yeux.

Quelque chose de *beaucoup plus* intéressant.

À côté des bottes de Betty se trouvent d'énormes empreintes de pattes de chien. Enfin, je pense que ce sont des pattes de chien. Celles des chats ne sont pas aussi grandes. Je penche la tête. Je ne savais pas que Betty avait un chien. C'est peut-être lui que j'ai entendu hurler cette nuit, et dont j'ai vu l'ombre à la lisière du bois. À moins qu'il s'agisse d'une espèce de Cujo[1] enragé guettant le moment où il pourra se jeter sur moi avec ses yeux rouges, ses bajoues luisantes et ses dents monstrueuses. De quoi virer cynophobe jusqu'à la fin de mes jours.

Je me donne une tape sur le crâne pour stopper ce genre de pensées.

— J'ai lu trop de Stephen King…

Mais en réalité, je n'ai plus ouvert un de ses livres d'horreur depuis que mon père me l'a interdit. Que m'avait-il dit, déjà ?

J'adore Stephen, mais il donne une très mauvaise image du Maine.

Quand je pense à mon père, ma respiration ressemble à une série de déglutitions douloureuses. Je passe mon sac à mon épaule et monte dans la voiture. Betty a laissé un autre message sur le tableau de bord.

Mets le dégivrage. C'est le bouton avec les petits zigzags.

Je trouve le bouton, mais, avec mes doigts tremblants, j'ai du mal à appuyer dessus. L'air froid

1. Nom du saint-bernard mordu par une chauve-souris dans le roman du même nom de Stephen King. (NDT)

jaillit à pleine force dans l'habitacle, j'ai l'impression d'être embrassée par l'abominable homme des neiges ou un monstre sorti de l'imagination de Stephen King pour venir aspirer mon âme… à moins que ce e soit dans *Harry Potter* ? Je ne m'en souviens plus.

L'air frappe mes lèvres. Je jurerais que je les sens se flétrir.

— Génial…

Le pare-brise et les vitres mettent cinq bonnes minutes à dégivrer. Je profite de ce laps de temps pour retourner dans la maison chercher mon chapeau, tout en gardant l'œil ouvert au cas où les chiens enragés surgiraient. Puis je reviens vers la Subaru, mets le contact et quitte l'allée pour prendre ma première leçon de conduite sur glace. C'est *difficile*. Impossible de dépasser quarante-cinq kilomètres/heure sans quoi on se retrouve à déraper vers la mauvaise voie.

La glace, ça craint.

Quand j'arrive au lycée, les jointures de mes doigts sont blanches à cause de la peur ET de la morsure du froid.

Comme mon rythme cardiaque est passé à un million de pulsations/minute, je vocifère quand un abruti au volant d'une superbe Mini Cooper rouge me fait une queue de poisson et file sur la place de parking juste en face de moi.

Il a mis des chaînes à ses pneus. Du coup, sa voiture ne dérape pas. J'adore les Mini.

Tout en enfonçant la pédale de frein, je hurle :

— EH !!!

Je parviens à me garer et, la tête posée contre le volant, je respire un grand coup. J'ai envie de tabasser le conducteur de cette Mini, ce qui n'est pas vraiment une pensée non violente. Je préfère rester pacifique, bienveillante et faire la fierté de mon père. Je touche le fil sur mon doigt, détendu et effiloché, mais toujours là. Et je psalmodie :

— Je suis non violente, je suis non violente. Je suis pacifique et bienveillante. Je suis pacifique et bienveillante. Je ne ferai un doigt d'honneur à personne.

Je coupe le contact, jaillis hors de l'habitacle et attends.

Le type de la Mini Cooper jaillit à son tour de sa voiture avec cette grâce qui n'appartient qu'aux bons athlètes. Il atterrit sur une plaque de verglas et ne glisse pas. Il porte des bottes. Mon Dieu… les gars d'ici portent des bottes de cuir fauve, genre « je suis charpentier » ? On dirait que j'ai bel et bien quitté la civilisation.

Il claque la portière, se retourne et prend enfin conscience de mon existence. Trop aimable.

Mon cœur s'arrête. Il repart, mais à une fréquence plus élevée quand nos regards se croisent. Je suis gelée sur place, mais le garçon se déplace sur la glace aussi tranquillement que sur du gravier ou de l'herbe.

Grâce à ses bottes ridicules, il ne glisse pas. Chacun de ses pas le rapproche de moi et il s'arrête seulement quand je peux détailler les iris marron foncé autour de ses pupilles, le soupçon de barbe sur ses joues et son menton, pas beaucoup, mais juste assez pour laisser deviner l'ampleur de sa pilosité. Je sens l'odeur de musc qui émane de lui. Il est si proche qu'il envahit presque mon territoire – non, mon espace intime.

Je recule d'un pas et dérape. Sa main saisit mon coude, m'aidant à rétablir mon équilibre.

— Attention ! Ça glisse drôlement, à cet endroit.

Un sourire traverse son visage. Je lui sourirais bien en retour, mais je suis trop occupée à être chamboulée à l'intérieur. Je force ma voix :

— Ah. Ouais.

Ses épais cheveux noisette volent au vent. Il semble humer l'air.

— Tu es sûre que ça va ?

— Ouais.

Je retire mon coude même si je n'en ai pas envie. J'ai plutôt envie que sa main reste là, à me tenir en équilibre, pendant juste quelques heures…

Ce type est gigantesque, hyper-grand, bien musclé – pas comme ces catcheurs professionnels à la télé, non. Ses muscles ont l'air bien déliés, ça se voit à ses mains et à son cou. Je me demande comment il tient dans la Mini.

Il me lance un nouveau sourire.

— Tu es nouvelle. Zara, c'est ça ?

Je m'agrippe au capot de la Subaru.

— Comment le sais-tu ?

— Je connais Betty. Ta grand-mère.

— Tu connais Betty ?

Je lâche le capot, essaye d'avancer de quelques pas, mais glisse à nouveau.

— Elle nous a donné des cours de secourisme. Elle est géniale.

Il me rattrape par le bras.

— Je n'en reviens pas qu'elle ne t'ait pas obligée à mettre des bottes !

— Elle était déjà partie quand je me suis levée.

— Tu as intérêt à t'équiper !

Il marche lentement à côté de moi, bien que la sonnerie du lycée se fasse déjà entendre.

— Pas la peine de m'aider, tu sais. Ça va. Je vais être en retard, c'est tout.

— Je ne vais pas te laisser tomber, quand même.

J'avale ma salive, lève la tête pour le regarder.

— Merci.

Il me tient la porte.

— De rien.

Le lycée est un endroit beaucoup plus agréable que ce à quoi je m'attendais. Dans les couloirs lumineux flotte une odeur de pancake au sirop d'érable, les murs sont décorés de dessins d'étudiants en art – le contraste est total avec le monde extérieur où tout est livide, blanc et gris, comme irréel. En entrant dans le lycée, j'ai l'impression de revenir enfin dans la vraie vie. Il y a même une grande fresque multiethnique, comme dans la bibliothèque de mon ancienne école.

Je marmonne « Dieu merci » et tape mes chaussures pour les déneiger, espérant que mes orteils se réchaufferont brusquement de vingt degrés.

Pour le moment, ils pourraient très bien tomber l'un après l'autre, me laissant difforme et boiteuse. C'est déjà arrivé… (Enfin, pas à moi.)

— Le secrétariat est là-bas, m'annonce mon sauveur en indiquant du doigt une salle vitrée sur la droite. Ça va aller ?

— Ouais. Merci !

Il hoche la tête avec un demi-sourire et agite la main avant de disparaître. Il a une belle démarche. Il est beau, même de dos. Je secoue la tête pour arrêter de le fixer et marche jusqu'au secrétariat.

Je pousse la porte, qui se révèle beaucoup plus légère que je l'imaginais : elle claque violemment contre le mur. Mes joues s'empourprent et je murmure « Désolée ».

La jolie fille pâle qui fait les annonces-micro me lance un regard qui signifie « Qui c'est, celle-là ? ». Je lui souris et tente de canaliser toute la gentillesse du monde dans un nouveau « Désolée ».

Ça ne marche pas. Elle repousse ses longs cheveux vénitiens derrière ses épaules, et sa lèvre supérieure dessine un arc légèrement méprisant.

Je hausse les sourcils en une mimique très cinématographique.

La secrétaire, elle, semble touchée par mes excuses. Toute pimpante, elle avance jusqu'au guichet. On dirait la femme du père Noël, le costume rouge et les biscuits en moins.

— Oh ! Vous devez être Zara White, la petite-fille de Betty.

Elle glisse ses longs cheveux fins derrière ses oreilles, comme une petite fille.

— C'est fou ce que vous ressemblez à votre mère. Vraiment, c'est incroyable. Je vous aurais reconnue tout de suite… De vraies jumelles ! Seuls les cheveux sont différents. Vous devez avoir les mêmes cheveux que votre père.

Elle prend une respiration au milieu de son monologue et je saute sur l'occasion :

— Oui, c'est bien moi, dis-je en hochant maladroitement la tête. Je viens pour mon inscription. Désolée, ça vous fait du travail en plus…

La Terrible Fille des Annonces-Micro prend son air hautain, je vois *vraiment* son nez frétiller, mais ça n'empêche pas la secrétaire de sourire.

— Oh, comme c'est charmant ! Elle est désolée… Votre maman vous a bien élevée. À propos, toutes mes condoléances pour votre beau-père…

Ma gorge rétrécit d'un coup, mais j'arrive à répondre :

— Merci.

— Vous savez, vos parents, je les connaissais.

La secrétaire retire ses lunettes, me fixe avec ses petits yeux compatissants, puis tire sur ses poignets de chemisier. Elle sort un dossier et l'ouvre sur le guichet. La Terrible Fille des Annonces-Micro roule des yeux et nous tourne le dos.

La secrétaire ne s'en aperçoit pas. Elle tire du dossier un formulaire qu'elle me tend.

— Voilà, ma jolie. Tous vos cours sont indiqués là. Je suis madame Nix.

Je prends le formulaire d'une main tremblante. La feuille se met à trembler. Bon Dieu…

— Ça va bien se passer, rassurez-vous. Le premier jour est le plus difficile !

Mme Nix se tourne vers la Terrible Fille des Annonces-Micro.

— Megan, vous voulez bien accompagner Zara jusqu'à son premier cours ?

Megan : le prénom parfait pour la Terrible Fille des Annonces-Micro. Les Megan m'ont toujours détestée.

Celle-ci n'est pas près de faire exception à la règle.

Elle se retourne et me fusille du regard.

— J'ai des annonces à faire.

Mme Nix se tape le front.

— Ah oui, c'est vrai. Ian ! crie-t-elle par-dessus son épaule. Vous voulez bien accompagner Zara à sa salle de classe ?

Avec un petit sourire satisfait, Megan indique mon jean :

— Sympa, le signe « Peace ». Hippie attardée ?

Je lui souris et réplique dans ma tête : « Sympa, les chaussures fabriquées par des enfants-esclaves en Asie, espèce de sale matérialiste. »

Elle me tourne le dos. Je couvre ma bouche d'une main au cas où mes pensées décideraient de se faire entendre.

Mme Nix se lève d'un coup, à la recherche de Ian.

— Ah, le voilà ! claironne-t-elle. Vous voulez bien montrer à Zara sa salle de classe ?

Le garçon au fond du bureau déplie ses longues jambes de sous son ordinateur et me jauge avant de répondre en souriant :

— Bien sûr.

Il marche nonchalamment jusqu'à moi et se tient si près que je suis obligée de tendre la tête pour regarder son long visage blafard couronné d'une tignasse hirsute aux boucles blond roux. Tous les garçons sont immenses, dans cette ville ? Mon beau-père n'était pas si grand, même si j'en ai toujours eu l'impression comparé à moi.

— Pullman ? dit-il en lisant mon formulaire. Pas de problème, c'est là que je vais.

Il prend son sac à dos et me sourit à nouveau.

— Madame Nix, vous avez son numéro de casier ?

Mme Nix se frappe encore le front. Si ça continue, elle va se faire des bleus.

— Mais oui, naturellement. Comment ai-je pu oublier ?

Elle secoue la tête.

— Désolée… C'est l'âge !

— Pas de problème, dis-je. Merci.

Je jette un dernier coup d'œil à Megan, constate avec stupeur qu'elle me déteste déjà et m'élance hors du secrétariat tandis que Ian prend plusieurs longueurs d'avance sur moi.

Il s'en aperçoit et ralentit.

— Pardon… j'ai des grandes jambes…

J'accueille sa remarque avec un petit sourire. Il rougit violemment et commence à bafouiller :

— Je ne veux pas dire que tu es petite ou je ne sais quoi… c'est juste que mes jambes sont… heu… bah… grandes, et que du coup…

Je lui touche le bras.

— C'est bon.

— Vraiment ?

Il me regarde avec ce sourire de petit garçon qui

vient de recevoir un cookie alors qu'il a renversé le café moulu sur le tapis persan.

— Vraiment.

Je reprends mon souffle.

— Tu as l'habitude de courir ?

— On peut dire ça comme ça.

Il m'attrape par le coude.

— J'ai gagné le mille six cents mètres inter-États au printemps dernier et je suis champion de Nouvelle-Angleterre en…

— Encore en train de frimer… marmonne quelqu'un en me bousculant, ce qui a pour effet de m'écarter de Ian dont la main serre soudain mon coude étrangement fort.

Le garçon de la Mini Cooper agite la main.

— Excuse-moi !

J'observe ce géant. Le pull laisse deviner une carrure d'épaules hors du commun – non que je les détaille particulièrement.

Et le pull est en cachemire, ce qui semble un peu snob pour un gars du Maine. Il doit y avoir des magasins MÉGA-XXL dans la région, ou alors il commande ses vêtements sur Internet.

Ian émet un petit grognement, que je fais semblant de n'avoir pas entendu. Mais je touche à nouveau son bras pour essayer de le calmer.

— C'est qui ?

Il frissonne et, se penchant vers moi :

— Nick Colt. Surnom : Problème à l'horizon.

J'éclate de rire. *Problème à l'horizon ?*

— Quoi ? me demande Ian en roulant de gros yeux dans son visage étiré.

— Vous parlez tous comme des types de cinquante ans, ici ? *« Surnom : Problème à l'horizon »*...

Il pose la main sur mon épaule et me guide à travers les couloirs.

— Personne n'utilise ce genre d'expression, là d'où tu viens ?

À Charleston ? En voyageant avec mes parents hors des États-Unis, j'ai découvert toutes sortes de façons de parler, mais, la dernière fois que j'ai vérifié sur une carte, le Maine est *toujours* en Amérique.

— Tu viens de Charleston. Pas étonnant…

— Pas étonnant que quoi ?

Il s'arrête devant une porte de classe.

— Non, rien.

— Allez, dis-moi.

J'espère qu'il ne me prend pas pour une plouc ou une bigote, comme sont parfois perçus tous ceux qui ont le malheur de vivre au sud de New York.

— Tu as l'air différente, c'est tout.

— Un peu… creuse, peut-être ?

— Quoi ?

Je traîne des pieds, honteuse d'avoir prononcé le mot.

— Rien, rien. Désolée.

Il ne semble pas surpris.

— En tout cas, si tu as besoin de renseignements, n'hésite pas à revenir vers moi. Je suis dans l'équipe de cross-country et de basket. Je suis chef de classe, je dirige le Key Club du lycée et aussi d'autres clubs, alors si tu as envie d'en faire partie, demande-moi : je pourrais te faire entrer comme ça !

Il claque des doigts, puis :

— Oh, pardon… Encore un truc ringard.

— Non, non, ça… peut aller. Mais, dis-moi, tu es du genre entreprenant ?

— À quoi bon passer inaperçu ? Il faut prendre le pouvoir là où il se trouve.

Il secoue la tête en s'entendant parler.

— Ouh, c'est terrible, ce genre de formules ! Je veux dire qu'il faut aller de l'avant, faire ce qu'il faut pour entrer en fac, ce genre de trucs… Voilà, on est arrivés.

D'un sourire de biais, il indique la porte de la salle. À l'intérieur, on entend les élèves poser leurs affaires, s'asseoir à leurs places, bavarder à propos de choses dont je n'ai pas la moindre idée. Ils sont tous habillés en Gap et leurs vêtements proviennent tous du même centre commercial. Seule entorse au look décontracté : les bottes en cuir des garçons. Je remarque aussi quelques vestes en flanelle, des sweat-shirts noirs. Et moi, avec mon jean troué orné du signe de la paix… Je ne vais jamais me faire accepter ici, surtout en milieu d'année.

Ma situation est désespérée.

La douleur monte en moi.

Auroraphobie : peur des aurores boréales.

Autodysomophobie : peur de sentir mauvais.

Automatonophobie : peur des poupées de ventriloques.

Automysophobie : peur d'être sale.

Autophobie : peur de soi-même.

La terrible Megan n'est pas dans la salle de classe, mais je la retrouve en cours d'espagnol. Ian m'accompagne aussi dans cette salle, et elle nous jette un regard soupçonneux.

Si c'était une chatte, je suis prête à parier qu'elle feulerait.

Pour la quatrième fois, Ian m'explique :

— Ça ne me gênerait absolument pas de venir te chercher à la fin de ton cours et de t'emmener en salle de chimie. Je n'ai pas envie que tu te perdes…

— Entendu. Oui. Merci. Oh, dis-moi, c'est qui cette fille, là-bas ?

— Megan Crowley.

Je me dresse sur mes pointes de pied et murmure à l'oreille de Ian :

— Je crois qu'elle me déteste.

Il rit et acquiesce tandis que je redescends.

— C'est probable.

J'attends qu'il développe. Il se contente de se frotter l'épaule et de saluer bruyamment un type en maillot de football qui le salue bruyamment à son tour.

Je pose les mains sur mes hanches.

— Alors, selon toi, pourquoi elle me déteste ?

Ian revient sur moi. Une étincelle passe dans ses yeux.

— Sans doute à cause de ton odeur.

— Quoi ?

Je recule. Je pensais que c'était un type sympa, pas une tête à claques – non que je sois particulièrement portée sur les claques, mais peu importe.

Il lève les mains.

— Je plaisante, je plaisante ! Tu es une rivale potentielle. Megan déteste les rivales potentielles. Elle kiffe Nick Colt et elle t'a vue arriver avec lui. Point barre. Et naissance d'une rivalité.

— Ben voyons, j'ai bien une tête de rivale. Moi, la demi-portion !

J'entre dans la classe. Quand Mme Provost, la prof, me présente aux autres élèves et me trouve une place, je vois Megan murmurer je ne sais quel commentaire sournois à sa voisine, qui glousse derrière ses mains en me regardant.

Je ne m'aperçois même pas que Mme Provost vient de me dire :

— Zara, quel prénom inhabituel.

Son regard s'attarde sur mon jean décoré. Un ange passe.

— Sois la bienvenue dans mon cours, en tout cas ! Allez, au travail. Tout le monde passe en espagnol !

Je regarde vers la fenêtre, me perds dans mes pensée et me prends à rêver que je suis de nouveau chez moi, que mon père est encore en vie, que ma mère est heureuse et que nous mangeons des aubergines à la mozzarella…

Bref, que tout est redevenu normal. Mais rien ne sera plus jamais normal.

Dehors, un bouleau ploie sous la couche de neige. Dès le retour du printemps, il se redressera, redeviendra bien droit.

En sera-t-il de même pour moi ?

La réponse est un bon gros NON.

Megan Crowley n'arrête pas de se retourner pour

m'observer. Une lueur démoniaque traverse son regard et, pendant une seconde, j'ai l'impression qu'elle n'est pas réelle, pas humaine.

Elle tend un ongle parfaitement manucuré vers moi et articule « Je t'ai à l'œil ».

¿Qué? No entiendo.

J'articule à mon tour : « Quoi ? »

Elle recommence : « Je t'ai à l'œil. »

Mme Provost intervient.

— Les filles, croyez bien que je suis ravie de voir Zara se faire de nouvelles amies, mais l'heure n'est pas au bavardage. L'heure est à l'espagnol. Zara ? Tu veux bien nous parler de Charleston ?

— Euh…

Du regard, je cherche de l'aide. Je ne vois que des adolescents pâles aux yeux braqués sur moi. Bon sang, pourquoi tout est si blanc dans le Maine ?

— Eh bien… Charleston est une très belle ville, il y fait très chaud. Beaucoup de maisons datant d'avant-guerre et…

— En espagnol, *por favor* ! m'interrompt Mme Provost en remontant la bretelle de son soutien-gorge.

Elle veut que je parle des maisons d'avant-guerre en espagnol ? Je déteste cet endroit ! Megan pouffe derrière ses mains. Je tremble. Il fait si froid, ici.

Je reprends :

— *Charleston es caliente y hermoso. Lo amo allí.*

Une fille mince avec une crinière brunâtre me fait signe quand nous quittons la salle. Elle a un sac à dos « Hello Kitty » orange. Elle fronce le nez comme un lapin et sautille sur place pour que je la voie.

— Eh !

Elle me fait signe à nouveau, un geste exagéré de la main, comme pour arrêter un taxi dans une avenue encombrée. Mais on est dans un couloir de lycée et on ne peut pas dire que le trafic soit intense.

— Salut.

Je range mon manuel d'espagnol tout-beau-tout-neuf dans mon sac, que je referme. L'un des passants est cassé.

— Sympa, ton sac ! Tu l'as trouvé dans un surplus de l'armée ?

Elle sautille sur la pointe des pieds quand elle parle, comme pour expulser de son corps un trop-plein d'énergie.

— Oui, oui.

— À Bangor ?

— Non, à Charleston.

Son sourire s'élargit.

— Tu es Zara White ?

Je recule et passe mon sac sur mon épaule.

— Pourquoi est-ce que tout le monde connaît mon nom ?

— C'est une petite ville, dit-elle avec un sourire contrit. Les nouvelles vont vite. On est toujours excités quand un nouvel élève arrive. Je m'appelle Issie.

— Ah, donc tu savais bien que je n'avais pas acheté mon sac à Bangor.

— En quelque sorte, oui.

Elle serre les dents et sourit de plus belle. Ses yeux s'écarquillent à l'unisson et elle passe à la vitesse supérieure :

— Mais comme j'adore Bangor, tu vois, j'espérais… Parce que j'adore aussi ton sac. Oh, et voilà, je me mets à parler à tort et à travers… Je déteste ça ! Devyn dit que c'est mignon, mais je sais que c'est tout sauf mignon. C'est super-agaçant. Bref… Donc, tu t'appelles vraiment Zara ?

J'essaye de garder mon sang-froid et de rester amicale. Je souris.

— Vraiment, oui.

— Comme Sara, mais avec un Z. C'est encore plus cool.

Elle agite la tête de haut en bas.

— Cool, cool, cool. Sympa de te rencontrer. Tu vas à quel cours, maintenant ?

— Sport.

Je souris encore. J'aimais les cours de sport à Charleston. Ça se passait toujours en plein air. On n'avait besoin d'aucun manuel. Ni de parler à sa voisine, sauf pour la gêner. On pouvait se fondre dans la masse. Issie se dandine d'avant en arrière. Sa jupe flotte autour de ses jambes. Elle est très longue et très vaporeuse, comme ses cheveux.

— Cool. C'est dans le gymnase. Bah, évidemment, hein, le sport c'est dans le gymnase…

Elle se frappe le front avec la main, si brutalement que j'ai presque envie de lui apporter une poche de glace, mais elle a l'air de s'en remettre.

— J'y vais aussi, je t'accompagne.

— Oh !

Je m'arrête au milieu du couloir et cherche Ian du regard. Je ne le vois pas. Je me demande si c'est bon signe ou non. Tout à coup, je me sens un peu abandonnée.

— C'est Ian que tu cherches ?

Je hausse les épaules.

— Euh… oui, normalement il devait me guider dans le lycée.

Le sourire d'Issie fait place à un froncement de sourcils.

— Quoi ?

— Il doit bien t'aimer. Je lui dirai que j'ai pris la relève. C'est un garçon très perfectionniste. Si tu le laissais faire, il t'escorterait jusqu'à la fin de l'année.

Elle sort son téléphone portable et lui envoie un texto pour le prévenir qu'elle m'accompagne au gymnase.

— Voilà, c'est réglé !

Une fille efficace ! Ça me plaît. Elle passe son bras autour du mien et, d'un ton de conspiratrice :

— C'est difficile, hein, d'être la nouvelle ? Ça m'est arrivé aussi.

— Ah oui ? Quand ça ?

— En maternelle.

Je lui lance un sourire en coin. Elle rit.

— C'était difficile, je t'assure ! Je m'en souviens encore comme si c'était hier. Vraiment pas cool. Tout le monde me regardait, venait me renifler parce que j'étais la nouvelle et que je devais faire mes preuves pour être acceptée par tel ou tel groupe. L'horreur. Pendant tout le premier mois, personne n'est venu jouer avec moi pendant la récré ! Faire de la corde à sauter toute seule, ça craint… surtout tous les jours. Surtout quand tout le monde autour de toi joue à chat ou à la balle au prisonnier.

Elle semble si triste. Je l'attire vers moi. J'ai envie de la protéger.

— C'était il y a longtemps.

Elle hausse les épaules et me sourit.

— Ouais… Et puis, ça n'a pas duré, pas vrai ? Mais je me rappelle comme c'était dur…

Sa voix se transforme en chuchotement quand nous passons devant Megan Crowley et sa petite bande de minettes qui veulent à tout prix paraître branchées.

— Megan Crowley aussi me détestait, m'avoue Issie.

— C'est si évident que ça ?

Elle acquiesce.

— Elle déteste toutes les filles qu'elle considère comme des rivales.

— En quoi suis-je une rivale ?

Issie retire son bras du mien et me tape avec son classeur.

— Ne joue pas à ce petit jeu avec moi !

Elle glousse encore et ouvre la porte du vestiaire. L'odeur de talc et de baskets sales frôle mes narines et m'arrache un sourire. C'est une odeur tellement familière. Si je fermais les yeux, je pourrais presque me croire de retour chez moi.

Mais ce n'est pas le cas.

— Cette Megan, dis-je en baissant la voix, car la voici justement qui fait son entrée dans le vestiaire avec ses poissons-pilotes, tu ne trouves pas qu'elle est un peu bizarre ?

— Comment ça ?

— Je ne sais pas…

Je me rappelle que tout à l'heure, pendant une fraction de seconde, elle m'a parue irréelle.

— … non, laisse tomber, ce n'est rien.

— Rien n'est jamais « rien », répond Issie avant de s'exclamer « Oh la vache ! » en faisant un bond en arrière.

— Quoi, qu'est-ce qui se passe ?

Je scrute le sol à la recherche d'une araignée ou d'une autre bestiole. Peut-être Issie souffre-t-elle d'arachnophobie ; c'est assez commun.

Issie tourne vers moi des yeux affolés, avale sa salive et les mots qu'elle prononce semblent jaillir de sa bouche comme s'ils avaient une vie propre :

— On court, aujourd'hui ! Ils nous testent sur le mille six cents mètres. Bon sang, ce n'est pas cool du tout… C'est hyper-méga pas cool !

Je bondis à mon tour, mais pour lui sauter dans les bras.

— Le mille six cents mètres ? Génial !

— Génial ? Tu es *vraiment* cinglée.

Elle ouvre son casier et en retire ses vêtements de sport.

— Bah, après tout, tu vas peut-être te faire accepter ici…

J'enfile mon vieux t-shirt gris U2, celui de l'album *War*. Tout doux, délavé, c'est le vêtement idéal pour courir le mille six cents mètres. Mon père l'a rapporté d'un concert dans les années 1980.

— Ça t'embêterait que je réussisse à m'intégrer ici ?

— Disons que c'est toujours bien de connaître quelqu'un de différent. Une fille différente de celles-là, par exemple…

Elle me montre Megan et son troupeau de copines, arborant le même débardeur à fines bretelles. Megan se fait une queue de cheval, ajuste sa poitrine parfaite sous son débardeur parfait et me lance un regard parfaitement assassin.

— Je ne suis pas comme elles, Issie.

Et, pour le prouver, je passe un doigt à travers le trou qui borde le bas de mon t-shirt.

— Cool.

— J'aime courir, c'est tout.

Elle sort un joli t-shirt Snoopy bleu ciel.

— Pourquoi ? Pourquoi tu aimes faire un truc pareil ?

Nous nous penchons sur nos chaussures pour les lacer.

— Ça me donne une impression de sécurité.

Je n'ajoute pas qu'en courant, je me sens plus proche de mon père.

Pendant que je m'étire, M. Walsh, notre professeur de sport, hoche la tête et note mon nom. Puis, dès le coup de sifflet, nous nous élançons sur la piste pour un tour d'échauffement.

— Le lycée de Bedford est le seul dans tout le Maine à être équipé d'une piste de course couverte, m'annonce-t-il fièrement une fois mon tour bouclé. La municipalité a entièrement financé sa construction. Il y a eu des levées de fonds et tout le bataclan…

— En effet, c'est cool.

Je m'étire *à nouveau*. Je suis la seule à le faire, à l'exception d'Issie qui manque de tomber à la renverse chaque fois qu'elle se penche pour toucher ses orteils. C'est drôle de voir une fille si mignonne aussi peu coordonnée. Ses cheveux ont la même couleur que ceux de mon père.

Megan m'observe d'un air renfrogné et une sensation de vague me fait vaciller.

Je presse mes doigts contre mes yeux.

Le professeur me rattrape par le coude et me secoue.

— Ça va ? Tu as des problèmes de circulation ou quelque chose dans le genre ?

Je passe une main dans mes cheveux. Issie stoppe ses étirements et me fixe du regard. Tout le monde a l'air de me fixer du regard.

J'éprouve une très légère ophtalmophobie, qui fait partie des phobies très courantes : la peur d'être observé.

— Non, non, je me sens mieux.

Je mens. Ce qui n'empêche pas le coach Walsh, après m'avoir scrutée de ses yeux d'acier, de lâcher mon coude.

— O.K. Alors en place.

Nous nous mettons tous en file indienne sauf un garçon en fauteuil roulant, Devyn. Il me sourit quand je prends place sur la ligne de départ et se présente. Il a un sourire de star du cinéma, tout en dents blanches et en charisme.

Ses yeux sont immenses, sa peau mate. Il serait physiquement parfait s'il n'avait pas ce nez proéminent, mais, à dire vrai, ce nez lui va bien. Il a quelque chose de naturel et de puissant.

Devyn adresse un clin d'œil à Issie qui vire aussitôt pivoine.

— Tu peux le faire, Issie ! lance-t-il.

Elle roule les yeux, plisse les lèvres et répond :

— Du moment que je ne m'évanouis pas…

— Si tu t'évanouis, je te récupère sur mes genoux et on passe la ligne en fauteuil roulant.

Une proposition qui, curieusement, n'a rien de scabreux tant le regard de Devyn montre combien il tient à Issie. J'aime instantanément ce garçon.

Le rougissement d'Issie empire. On a l'impression, à voir son visage, qu'elle a déjà couru les mille six cents mètres !

Je sautille sur place, folle de joie de pouvoir courir même si c'est *à l'intérieur*, même si la parfaite et insipide Megan Crowley me lance des regards noirs.

À côté d'elle, Ian affiche un demi-sourire.

— Tu te prends pour une athlète ou quoi ?

Elle ajuste sa queue de cheval, qui accentue ses superbes pommettes.

— Joli t-shirt.

Je hausse les épaules.

— En ce qui me concerne, je trouve qu'elle a tout d'une athlète, intervient Ian.

Ses paroles ne sonnent pas vraies. Elles ont l'air creuses, comme s'il s'amusait à flirter avec moi. C'est sans doute une des conséquences de la mort de mon père : l'impression que rien n'est vrai.

J'effleure le fil enroulé à mon doigt.

Les sourcils de Megan forment un arc parfait.

— Elle courait peut-être dans je ne sais quel trou paumé du Sud, mais pas ici. Les coureurs d'ici sont une race à part. Et puis, quelle coureuse aurait des jambes si ridiculement petites ?

— Garde tes vacheries pour toi, Megan. C'est tellement plus cool d'être gentille.

La riposte de Megan est cinglante :

— Comme si tu avais la moindre idée de ce qui est cool !

Je serre les poings et je tente d'imaginer une parade, mais tous mes mots semblent coincés quelque part du côté de mon cœur.

Soudain, une autre voix résonne derrière nous, une voix grondante, pleine de profondeur.

Je la reconnais tout de suite et les poils se dressent aussitôt sur mes avant-bras.

— Issie est au-delà de la coolitude, déclare Nick Colt.

Il pose la main sur l'épaule d'Issie. Elle lui sourit. Elle et le type de la Mini Cooper sont amis ? Ils sortent ensemble ? Pitié, Seigneur, faites qu'ils ne sortent pas ensemble.

Nick se tourne vers la parfaite Megan.

— Tu as peur, Megan ? Peur qu'elle puisse être plus rapide que toi ?

Il n'y a aucune chaleur dans le sourire que Nick adresse à Megan. Il m'arrache un frisson. C'est un sourire de prédateur. O.K., d'un prédateur incroyablement séduisant avec un superbe menton.

Je secoue la tête pour en faire sortir cette image. Non, c'est le sourire d'un mauvais conducteur, d'un homme en face de qui mon corps hurle « Danger ! Garde tes distances ! ».

Waow. Quelle menteuse je fais.

C'est le sourire d'un type canon. Qui continue de charrier Megan.

— Elle est peut-être plus rapide que toi…

— Ouais, c'est ça.

Megan se penche pour toucher la pointe de ses baskets. Ses mouvements sont gracieux comme ceux d'un chat, on dirait qu'elle soigne l'apparence de chacun de ses muscles.

— Une fille pareille, *me* faire peur ?

Quelque chose comme de la colère monte des profondeurs de mon être, une fureur noire et altière. Je n'ai pas l'habitude de ressentir ce genre de choses. Je n'ai pas l'habitude de ressentir quoi que ce soit sinon un vague engourdissement, mais cette Megan me fait de l'effet.

L'air dans le gymnase se rafraîchit, devient de plus en plus coupant comme dans l'expectative de quelque chose – un combat, peut-être.

Mais il est hors de question que je laisse ce quelque chose se produire. Il est hors de question que le monde s'emplisse de haine à cause de moi.

Mon père me citait souvent Booker T. Washington[1]. Il citait aussi tout un tas d'autres gens très cool, mais c'est la phrase de Booker T. Washington qui m'a le plus marquée : « Je n'autoriserai aucun homme à rétrécir et avilir mon âme en me poussant à le haïr. »

---

1. Ancien esclave né en 1856 et mort en 1915, devenu un représentant majeur de la communauté afro-américaine.

Je feins un sourire, me mets dans la peau d'une version blanche et féminine de Booker T. et, de la voix la plus adorable, annonce à Megan :

— Je n'essaye pas de te faire peur, tu sais.

Elle tourne vers moi des yeux féroces et intenses.

— Tant mieux. Parce que tu n'y arriverais pas.

Issie me prend par le bras et me regarde, inquiète. Megan décide brusquement que nous n'existons plus et se rapproche d'un groupe de blondes, la brigade des bimbos de la classe, je suppose. Nick et Ian s'examinent mutuellement, comme deux chiens sur le point de se jeter l'un sur l'autre, jaugeant les forces en présence. Ian détourne le regard le premier en se baissant pour resserrer ses lacets.

Nick me sourit. Un sourire beaucoup plus avenant. Un *vrai* sourire ?

— Tu t'es déjà fait une amie, à ce que je vois.

— Très drôle, dis-je en changeant de position. Ah, ah. Elle est bien bonne.

Ragaillardie, Issie passe un bras autour du mien.

— Exact, Nick. Zara se débrouille très bien. Et je suis son amie.

Il acquiesce. Cette fois, son sourire est encore plus chaleureux, encore plus vrai.

— Tant mieux, Issie. Ça ne m'étonne pas.

— Qu'est-ce qui ne l'étonne pas ?

Personne ne répond à ma question. Je change donc de tactique et chuchote à l'oreille d'Is :

— Tu sors avec lui ?

Elle lève brusquement la tête.

— Devyn ?

— Non. Nick.

Elle se met à rire.

— Oh ! non. Il ne m'intéresse pas du tout.

Devyn observe le visage de Nick. Ses doigts pianotent l'accoudoir de son fauteuil roulant.

— Tu penses à quoi ?

Nick secoue la tête.

Le coach s'approche de la ligne de départ, donne à Devyn un chronomètre et un porte-bloc.

— Tout le monde est prêt ? Aujourd'hui, c'est du sérieux. Allez au bout de vos forces. Faites de votre mieux.

Nick se penche vers moi et je sens son haleine tiède sur mon visage quand il me dit :

— Il a fait un pari avec tous les autres profs de sport du comté. Si on ne décroche pas le meilleur temps général, il doit leur payer à tous un strudel.

— Un strudel ?

Nick lève les mains en l'air.

— Va comprendre…

— Les profs de sport aiment les strudels, commente Issie. Je me demande pourquoi. C'est tellement dégoulinant…

— C'est bon, quand ça dégouline, répond Nick.

— Sérieux ? Tu aimes le strudel ?

Ma question amène un lent sourire sur les lèvres de Nick.

— J'aime beaucoup de choses qui ne sont pas bonnes pour moi.

Ma bouche doit rester grande ouverte, car il éclate de rire et tend la main vers mon menton qu'il remonte tout doucement.

Je ferme la bouche d'un coup.

— Tu l'as fait rougir ! s'exclame Issie. Ne rougis pas, Zara, il te taquine, c'est tout.

Le coach Walsh siffle un coup sec et nous nous élançons.

La plupart des filles partent sur un rythme de jogging, mais Megan Crowley part à toute allure et je me lance à sa poursuite.

Je déteste la foulée parfaite de ses belles et longues jambes, je déteste le balancement cadencé de ses pieds qui frôlent la piste à toute allure. Est-ce que Nick a remarqué à quel point elle est parfaite ? Et pourquoi ça me tracasse ? Megan tourne la tête et me sourit. Ça n'a rien d'amical. C'est quoi, son problème, à cette fille ? Et c'est quoi mon problème ?

— Vas-y, rattrape-la ! halète Issie.

Elle est à bout de forces. Ses foulées sont trop larges, trop molles, ses bras battent dans tous les sens.

— Ne m'attends pas !

— Mais…

— Tu sais, moi, l'endurance… Mon truc, c'est plutôt le sprint.

Elle a un sourire déconfit.

— Enfin… disons la marche.

Le tour de piste n'est pas encore bouclé que le visage d'Issie est déjà cramoisi.

— Allez ! Rattrape-la, je te dis !

Elle sourit et agite la main, avant d'ajouter :

— Tu en meurs d'envie.

J'accélère le rythme, parviens très vite à la hauteur de Megan et lui lance ma propre version du sourire super-inamical avant de la dépasser au repère des quatre cents mètres.

Il n'y a rien de mieux que de courir vite et efficacement. Il n'y a rien de mieux que cette sensation d'étirer les jambes pour piquer un sprint en sachant que nos poumons, notre cœur peuvent tenir le rythme.

Mes baskets martèlent le tartan rouge de la piste et je ne tarde pas à rattraper les garçons dans le groupe de tête.

Le coach choisit ce moment pour allumer la sono et passer un morceau de hip-hop ultra-hardcore, ce qui manque de me faire perdre mon rythme. Écouter du hip-hop ultra-hardcore dans un gymnase du Maine est sans doute la chose la plus bizarre qu'on puisse imaginer – parce que le Maine est l'État le plus *blanc* de tout le pays, et que c'est flippant !

Le jour où mon père est mort, à Charleston, nous étions sortis courir. Ma respiration se met à hoqueter, ma respiration devient irrégulière. *Bordel…*

Je me murmure à moi-même : « N'y pense pas… accélère ! »

C'est quoi, mon problème ? Je ne me suis jamais sentie nerveuse en courant. Je prends un tour aux joggeuses. Je les entends reprendre en chœur le refrain du morceau de hip-hop.

Je prends un tour à la pauvre Issie. Ses bras sont toujours aussi flapis et elle me fait de grands signes avant de crier :

— Attention, elle se rapproche !

Mais je cours plus vite. Je passe à la hauteur du dernier coureur du groupe de tête. Je lui fais un clin d'œil et le dépasse. Il sent l'oignon et son t-shirt est marqué de larges cercles humides sous ses bras. Il accélère, mais ne parvient à tenir mon rythme que sur deux cents mètres, puis il me laisse filer.

À présent, Nick entre dans ma ligne de mire.

Je calque mon rythme sur le sien. C'est une sorte de dieu de la course, car il n'a pas du tout l'air fatigué. Ses foulées sont longues, puissantes, vives.

— Salut !

Je ne sais pas pourquoi je lui dis ça. Il est mignon. D'accord, les mecs mignons, je ne résiste pas. Et puis, il a été sympa avec Issie. Sans compter qu'il a de beaux cheveux et qu'il n'est pas *aussi* pâle que les autres gars du Maine. On dirait qu'il travaille au soleil, en tout cas qu'il a déjà vu le soleil au moins une fois – il y a plusieurs semaines de cela, peut-être. Enfin, le but de la vie, c'est bien de faire l'amour, pas la paix ? Mon père était un fan de John Lennon, je connais le truc.

— Tu es rapide, répond-il d'une voix détendue.

Il ne gonfle pas ses joues. Il ne souffle pas. Et la maison ne s'envole pas.

— Toi aussi.

Nous courons côte à côte, au même rythme. Le seul coureur devant nous est Ian, qui avale les tours de piste comme s'il n'y avait rien de plus facile.

Tout en courant, Nick hausse les épaules en me regardant, ce qui n'est pas rien : quand moi je cours à fond, je suis incapable de parler et encore moins de hausser les épaules.

— Tu peux courir encore plus vite, pas vrai ? parviens-je à articuler entre deux souffles.

Il se contente de me lancer son petit sourire, puis ses yeux deviennent brusquement froids, comme des pierres tombales sur lesquelles sont tout juste gravées les dates de naissance et de mort.

— Zara, murmure Nick.

Je me penche vers lui pour mieux l'entendre.

— Quoi ?

Ma voix n'est pas un murmure. Elle se calque sur le martèlement sourd de mon cœur, les basses de la musique qui hurle dans les haut-parleurs.

— Génial, la nouvelle ! crie Devyn en applaudissant à mon passage.

Les yeux de Nick se plantent dans les miens.

— Tu devrais te méfier de Ian.

— Pourquoi ?

— Je ne sais pas… C'est juste… c'est juste un type intéressé.

— Intéressé ?

Nous dépassons à toute allure le groupe des joggeuses/chanteuses.

— Comment ça, un type intéressé ?

Nous effaçons en un éclair quelques garçons hors de forme, parmi lesquels le coureur qui sent l'oignon.

Nick hume l'air.

— On sent que c'est fini pour eux…

Que c'est fini pour eux. Comme pour mon père.

J'avale ma salive et tourne la tête pour regarder Nick. Il ne prête plus attention à moi. Le visage de mon père apparaît dans mon cerveau, la bouteille d'eau par terre, mon impuissance à l'aider. Je souffre, je souffre, et ça me rend dingue. Je pique mon dernier sprint. C'est beaucoup trop tôt, mais je dois prendre le large et faire le vide en moi, comme si je pouvais battre la mort à la course, comme si je pouvais fuir la réalité.

C'est fini.

Tous mes muscles se rebellent, mais je les ignore et distance Nick tout en me rapprochant de Ian. Dans le dernier tour, je ne fais plus attention aux coureurs que je dépasse.

Certains crient, mais je ne les entends pas vraiment. Chaque foulée accroît la distance entre moi et Nick, entre moi et les mauvais souvenirs.

C'est fini.

Cours. Cours. Cours !

La distance entre Ian et moi diminue de moitié. Du quart.

Je crois entendre des gens crier. Hurler. Mes baskets rouges ne sont plus qu'une trace floue sur la piste granuleuse. Mes bras battent en cadence. Je les monte de plus en plus haut pour refaire mon retard, je jette toutes mes forces dans ce sprint, je suis si près de Ian que je sens son odeur, une odeur froide et glacée comme mon pare-brise ce matin.

Il se retourne et me regarde.

Il n'a pas l'air gêné. Un coureur ne se retourne jamais vers ses poursuivants sauf s'il est sûr d'être imbattable.

Il me sourit gentiment – un sourire *amusé*, je trouve – et accélère. Aucune trace de sueur sur son t-shirt, aucune perle salée sur son front. Rien.

Seigneur, c'est incroyable d'être capable de courir comme ça.

Il franchit la ligne d'arrivée avec trois longueurs d'avance sur moi. Il reste debout, tout sourire.

Je trébuche en franchissant la ligne et m'écroule par terre, haletante, mains serrées sur mon estomac tendu, tentant de réprimer cette envie de vomir qui monte parfois en moi après une course intense.

— Tu as été géniale ! s'exclame Ian en se penchant vers moi et en me tendant la main pour m'aider à me relever.

Je prends sa main et, de nouveau debout, je sens le monde tourner autour de moi. Ian passe un bras autour de ma taille pour que je retrouve mon équilibre. Mon père faisait la même chose et ça me plaisait bien, j'aimais ce sentiment rassurant.

Une part de moi constate que le bras de Ian n'est même pas chaud. Un bras froid. C'est absurde.

— Tu es incroyable, dis-je. Je n'ai jamais vu personne courir aussi vite.

— Je me débrouille.

— Tu te débrouilles ?

— Je m'entraîne beaucoup.

Mes yeux rencontrent ceux de Nick. Il n'a pas l'air épuisé, mais il est en sueur et dégage une odeur de musc. Il me lance un regard noir et j'ai soudain conscience du bras de Ian autour de ma taille.

— Vous êtes tous des coureurs de folie, ici ! dis-je en haletant et en me pliant à nouveaux en deux. Je n'en reviens pas comme vous êtes bons…

— Toi aussi, dit Ian. Tu as juste besoin d'un petit entraînement dans le Maine.

Le coach vient me taper dans le dos.

— Toi, je te veux dans l'équipe ! Le chrono que

tu m'as fait… Une minute de mieux que le record féminin de l'État ! Je n'en reviens pas.

Je hoche la tête et souris. Mon cœur se gonfle et ses battements redeviennent réguliers.

Le monde perd ses contours flous. Ian me tient toujours par la taille. Il dit quelque chose, mais je suis trop épuisée pour l'entendre.

Nick se tient à côté de Devyn, mains sur les hanches. Il essuie du revers de la main la mince pellicule de sueur sur son front, puis ses yeux se vrillent dans les miens.

Il ne m'en faut pas plus. Je suis accro.

Sitophobie

Peur de s'alimenter

Le professeur de sport fait l'appel et donne à chaque élève son temps. Les yeux de Nick sont toujours sur moi. Il articule à nouveau le mot « intéressé ».

J'ouvre la bouche pour répondre, mais, avant d'en avoir le temps, il me tourne le dos.

Ian prend un air renfrogné et le montre du doigt.

— Il t'embête ?

— Je ne sais pas.

Ma réponse est honnête. Je m'écarte. Le visage de Ian se ferme.

— Ignore-le, d'accord ? C'est un connard. Avec le complexe du flic.

— Le complexe du flic ?

— Le type qui croit tout savoir. Qui se croit

meilleur que tout le monde. Alors que c'est loin d'être le cas. C'est juste une brute montée trop vite en graine. Depuis l'accident de Devyn, il a complètement pété les plombs. Et quand ce mec a disparu la semaine dernière, Nick s'est mis à raconter partout : « Il y a sûrement un tueur en série dans le coin ! » Il regarde trop de séries policières, je t'assure. Pas étonnant que ses parents aient décampé…

— Comment ça ?

— Partis en reportage, soi-disant… Ils sont documentaristes animaliers. Bah, je n'en sais rien. Sympa ton t-shirt.

Je jette un coup d'œil à mon t-shirt U2. Le gris pâle est un peu gâché par la sueur et, après cette course difficile, le tissu est tout froissé, tout élimé. Le titre de leur album, *WAR*, commence à s'écailler. Je n'arrête pas de penser à Nick.

— Il a l'air… je ne sais pas… stressé.

Ian m'attrape par les épaules. Les habitants du Maine sont un peu trop intenses à mon goût. J'essaye de me dégager, mais il enfonce ses doigts et me tient fermement.

— Zara, ignore-le, répète-t-il.

Ses doigts se détendent et balayent quelques peluches sur mon épaule.

— C'est un connard. Compris ?

Nick se tient près de Devyn. Il tape du bout du pied la roue du fauteuil. Nos regards se croisent.

— Compris.

Mais je sais que je mens.

Je sais que je ne peux pas l'ignorer.

Le reste de ma matinée se passe bien, autant que peut bien se passer une première journée au lycée. Je surprends beaucoup de regards stupides, de messes basses.

Issie s'efforce de m'expliquer qui est qui, mais j'ai du mal à retenir les noms et à établir des connexions entre les élèves.

Difficile de se souvenir de tout.

En descendant les escaliers qui mènent à la cafétéria, je demande :

— Le blond, là-bas, c'est bien Jay Dahlberg ?

— Non ! C'est Paul Rasku, celui qui fait exploser les citrouilles, m'explique Issie pour la huit centième fois. Jay Dahlberg, c'est le skater qui encourage les équipes de foot ou de basket en soufflant dans un tube en carton géant pendant les matches. Dément !

— J'abandonne.

— Tu vas y arriver.

Je ne me fais pas à l'idée que je vis ici, désormais.

Mais Issie est incroyablement gentille. Elle déjeune avec moi, et Devyn se joint à nous.

Après avoir vu toutes ces comédies d'ados au cinéma, c'était ce moment de la journée que je redoutais le plus : la petite nouvelle qui se retrouve toute seule à la cafétéria, non, merci.

Là, je dois dire que je suis assez contente.

Je mords dans mon sandwich végétarien et scrute le visage joyeux de Devyn.

— Alors dites-moi, vous deux, vous avez toujours vécu ici ?

— Moi oui, confirme Devyn, mais Issie est arrivée de Portland.

— En maternelle, je m'en souviens.

Issie rit et pointe sa carotte vers Devyn.

— Je lui ai déjà raconté.

Elle bâille à s'en décrocher la mâchoire, révélant ses amygdales, et tend les bras au-dessus de sa tête.

Devyn se penche et pose la main sur sa bouche.

— Je me demande où est passé Nick.

Devant mon visage sans doute inquiet, Devyn ajoute :

— Nick est un mec cool. Il est peut-être juste un peu trop protecteur.

J'ouvre mon sandwich. La feuille de laitue pendouille contre le pain. Je referme mon sandwich et fait tourner la ficelle à mon doigt. Je change de sujet :

— Est-ce qu'il y a une association Amnesty International dans ce lycée ?

Je m'essuie la bouche et extirpe de mon pain une rondelle de concombre.

— J'ai toujours voulu qu'on en ait une ! s'écrie Issie. Tu fais partie d'Amnesty ?

Elle retire les morceaux de poivron de sa tranche de pizza. Devyn les prend sur le rebord de son assiette et les gobe un à un. Elle lui sourit.

— Il fait toujours ça. Il adore les protéines. Il mange de la viande crue.

— Et des sushis ?

— Ouais, des sushis aussi…

La voix d'Issie faiblit.

— Certaines personnes ont peur des poissons. Ça s'appelle l'ichtyophobie.

À peine ai-je parlé que je porte la main à mes lèvres. J'évite toujours de donner aux gens des informations inutiles sur les phobies, mais apparemment ça intéresse Devyn.

— C'est toujours mieux que l'idéophobie, dit-il.

Mes mains tombent sur la table.

— Tu connais l'idéophobie, Devyn ?

Issie répond à sa place.

— Devyn est incollable sur les phobies et les maladies mentales.

— Mes parents sont psychiatres, explique-t-il. L'idéophobie, c'est la peur des idées.

— Bah, même moi je l'aurais deviné, commente Issie en fronçant le nez. Mais revenons à Amnesty : on devrait lancer une association, tu ne crois pas, Devyn ?

Il acquiesce et s'essuie les doigts.

La vie pourrait être sympa, ici, après tout, s'il ne faisait pas si froid.

Soudain, Devyn se raidit, un bruit sourd monte du fond de sa gorge, comme un geignement. Issie pose la main sur son bras.

— Issie ? dit-il d'une voix faible.

Elle ne répond pas.

Je suis son regard vers les grandes vitres de la cafétéria, et je vois la raison de son inquiétude. À la lisière du bois se tient un homme.

— Et merde… dis-je.

Issie réagit aussitôt.

— Tu le connais ?

Je sens qu'elle et Devyn me dévisagent avec une attention nouvelle. J'essaye de me faire toute petite.

J'aimerais leur renvoyer leur regard, mais je suis trop occupée à regarder l'homme lever le bras et tendre la main vers la cafétéria, vers nous, vers moi.

— Il me montre du doigt ! dit Devyn en se recroquevillant presque sur lui-même.

La peur transforme sa voix en quelque chose de glacé et de friable. Issie lui prend le bras tandis qu'il répète :

— Il me montre du doigt, Issie ! Oh ! mon Dieu…

— Non, dis-je. C'est moi qu'il montre du doigt.

Mes muscles sont tétanisés.

— Bon sang… Qu'est-ce que c'est que ce mec ?

Un chien dévale le champ de neige et s'arrête devant l'homme. Au même moment, je frappe la table du plat de la main et m'élance vers la sortie de secours, bouscule des élèves portant des plateaux verts et des canettes de Coca, passe devant Megan et ses copines buveuses d'eau. Je pousse la grande poignée métallique de la porte, déclenchant aussitôt l'alarme. C'est bien le cadet de mes soucis…

— Mademoiselle, mademoiselle !

Un prof me rattrape au vol et me ramène dans la cafétéria en me faisant pivoter sur moi-même. Il m'arrose de postillons en me demandant :

— On peut savoir ce qui vous arrive ?

Issie et Devyn me regardent, bouche bée.

— Euh… j'ai fait une petite crise de claustrophobie. Ça me donne des vertiges…

— Monsieur Marr, intervient Issie, elle a des carences en sucre.

— Ce n'est pas sa seule carence, raille Megan depuis sa table.

Des élèves se mettent à rire autour de moi. Mais je les ignore, car l'homme, au-dehors, a disparu, évanoui dans les bois ou ailleurs.

Le chien aussi a disparu.

Issie continue ses explications :

— Sa grand-mère m'a prévenue. C'est Betty, sa grand-mère. Vous la connaissez, elle travaille pour Downeast Ambulance.

Je lui lance un regard de remerciement.

M. Marr a ramené sur son crâne trois maigres mèches que certains chauves tentent de faire passer pour leurs cheveux. Elles flottent doucement au vent. Il ferme la porte d'un coup sec.

— Eh bien, dans ce cas, vous feriez mieux d'aller prendre du sucre, mademoiselle.

Issie me ramène à la table. Une fois assise, je feins d'absorber une dose massive de sucre en vidant une canette de soda décaféiné et M. Marr cesse de me regarder.

— Qu'est-ce qui t'a pris ? me demande Issie.

Je hausse les épaules.

— Il me suit.

— Qui te suit ? intervient Devyn. Le type dehors ? Tu en es sûre ?

— Je sais, ça paraît bizarre.

Sur les nerfs, je me mets à plier ma serviette en carrés de plus en plus petits.

— Pourtant, je vous jure que c'est la vérité. Je l'ai vu à Charleston, je l'ai vu à l'aéroport et maintenant il est ici. Il se passe quelque chose de grave.

Ça n'est pas normal. Ça n'est pas… non, pas normal du tout.

Devyn secoue la tête.

— Ça n'annonce rien de bon…

— Que veux-tu dire ?

La cloche sonne. Issie se lève, mais Devyn ne s'écarte pas tout de suite de la table.

— Laisse-moi le temps de faire quelques recherches sur le sujet, dit-il, et on en reparle.

Je me lève.

— Quoi ? Tu crois que c'est un tueur en série, ou un type qui me harcèle ?

Devyn acquiesce lentement.

— C'est absurde ! Pourquoi je le croiserais partout où je vais ? Tu crois que ça a un rapport avec ce garçon qui a disparu ?

Je regarde le sommet de son crâne. Ses cheveux tourbillonnent. Mais ce sont ses yeux qui me surprennent. J'ai l'impression qu'il ne me dit pas tout.

— Tu pensais qu'il *te* montrait du doigt…

Un muscle tressaute dans sa joue. Il détourne la tête, imperceptiblement.

— Je suppose que je me trompais.

— Tu avais peur.

Il me fait face à nouveau. Ses yeux étincellent comme s'il venait de comprendre quelque chose.

— Toi aussi, Zara.

Je passe le reste de ma journée à guetter par les fenêtres du lycée le retour de l'homme. Durant chaque cours, je scrute les bois, regarde la neige tomber des branches, mais je ne le vois pas. Je suis tellement sous le choc que le simple fait de me lever de ma chaise décuple mes battements cardiaques, comme si je venais de courir.

Du coup, quand dans le couloir une main s'abat sur mon épaule pendant que je range mes affaires dans mon casier, je fais volte-face et hurle.

Le coach Walsh bondit en arrière. Ses lunettes à verres teintés jaunes glissent sur son nez.

— Zara ? C'est bien Zara, n'est-ce pas ?

— Oui, oui.

— Tu es nerveuse ? Je t'ai fait peur ?

Il parle à toute vitesse, ce qui le distingue du reste des habitants du Maine.

— Désolée.

Il agite la main.

— Peu importe. Écoute : je sais que la saison se termine bientôt, mais je me disais que tu aurais peut-être envie d'entrer dans l'équipe du lycée.

Je me frotte l'épaule.

— L'équipe ?

— De cross-country.

Les élèves passent autour de nous en nous jetant des regards interrogateurs. Je ne reconnais aucun de ces visages.

— Ouais, d'accord ! Génial !

— Ne souris pas tant, dit-il en riant et en montrant ma bouche. Des mouches pourraient entrer…

Je ferme la bouche d'un coup tandis qu'il m'assène une bourrade de coach dans l'épaule.

— Je plaisante, ajoute-t-il. À demain, gamine !

Il est déjà loin dans le couloir – ses cheveux taillés en brosse courte disparaissent presque dans la foule chevelue des élèves du Maine – quand je trouve la force de répondre :

— Cool…

Puis je crie :

— Merci !

Il lève le bras, pouce tendu en l'air, juste au moment où mon portable sonne. Je regarde l'écran, abasourdie de recevoir déjà un coup de fil.

C'est maman.

— Tout se passe comme tu veux ? demande-t-elle.

Je regarde mon casier gris, quelconque, rien à voir avec tous les autres casiers, couverts de décorations. Celui d'Issie est un hymne à Hello Kitty.

— Oui, oui.

— Tant mieux.

Quelqu'un appelle Megan dans le couloir.

— Tu t'es déjà fait des amies ?

Je prends quelques livres sans vraiment me préoccuper de ce dont j'ai besoin.

— Oui, oui.

Silence à l'autre bout du fil. Puis :

— Tu as toujours su te faire des amies. Avec ton caractère extraverti…

Je fourrage dans mon casier, un livre tombe, ouvert, les pages se froissent, je le ramasse et le remets debout.

— Je vais faire du cross-country. Mais la saison est presque terminée. Ah, et de la course en salle aussi.

— En salle ?

— Ben oui.

Silence à nouveau.

— Tu me manques, dit-elle enfin.

Issie arrive à côté de moi. Je lui souris et réponds à ma mère :

— Dans ce cas, tu n'aurais pas dû m'envoyer ici.

Je raccroche et la culpabilité tord aussitôt mon estomac dans tous les sens.

— C'était ma mère, dis-je à Issie pendant que, sautillant sur presque tout le trajet, elle m'accompagne jusqu'à la Subaru.

— Tu dois lui manquer.

— J'imagine.

— Tu lui en veux de t'avoir expédiée dans l'Antarctique, c'est ça ?

Elle pousse la porte vitrée du lycée et une rafale de vent soulève du toit une couche de neige qui nous fouette le visage.

Je décide d'être honnête.

— Un peu, oui. Charleston me manque. C'est une ville très dynamique, il y a plein de gens, plein de fleurs, alors qu'ici c'est tellement…

— Froid ?

J'acquiesce. Un lapin assis au bord du parking pointe sa tête grise dans notre direction. Il nous regarde. Son nez frémit.

— Oh ! Un lapin, dis-je en soupirant.

La petite fille en moi adore les lapins.

— J'ai toujours voulu en avoir un !

Issie dresse la tête.

— Vraiment ? Un lapin ?

Le lapin remue les poils de sa moustache et balaye du regard le parking. La seule chose qui bouge en lui, ce sont ses yeux. Je rougis.

— Je sais, c'est débile, mais ils sont tellement craquants, tellement doux, tellement mignons…

— Tu es comme moi ! Je le savais !

— Comme toi !

— Tu aimes les lapins !

Elle sourit et me serre dans ses bras.

— Il y a deux catégories de gens : ceux qui aiment les petits êtres mignons et poilus et ceux qui mangent les petits êtres mignons et poilus.

Je lui donne des petites tapes maladroites dans le dos.

— Je suis tellement heureuse que tu sois là, dit-elle avant de relâcher son étreinte.

Elle réfléchit encore quelques secondes, puis ajoute :

— Je veux dire, O.K., il fait froid dans le Maine, mais on a des lapins ; cela dit il y a peut-être aussi des lapins à Charleston…

Je me mords les lèvres, regrettant de m'être déjà trop livrée en révélant mon amour des lapins. Pas question d'avouer à Issie ou à quiconque que je porte des pyjamas à motifs de lapins ou qu'Edgar, mon vieux lapin en peluche, passe toutes ses nuits à côté de mon oreiller…

— Tu veux venir à la maison ? me propose Issie.

Une rafale plaque ses cheveux dans sa bouche. Elle les recrache sans cesser de sourire.

— Hum, ce n'est pas bon, les cheveux… Dis donc, tu as l'air gelée !

— Ah…

J'ouvre la portière de ma Subaru, une main plaquée contre mon estomac.

— … je dois aller faire enregistrer ma voiture à la mairie. Désolée…

Je le suis. Vraiment. Décevoir Issie, c'est comme annoncer à un gamin de quatre ans que les cornets de glace sont interdits. S'il faut vraiment annoncer ce genre de nouvelles, on préfère en laisser le soin à quelqu'un d'autre.

Elle reste immobile. Repart à la charge :

— Oh ! D'accord… Mais, tu sais, j'ai une très jolie chatte. Elle s'appelle Muffin. Elle te plairait beaucoup, j'en suis sûre.

Je hoche la tête.

— C'est mignon comme nom.

— Pas vraiment original, mais, bon…

Elle referme les bras autour d'elle.

— Allez, viens ! Juste une minute… Il y a un tas de trucs que tu dois savoir sur cette ville… Et Devyn veut te parler du type que tu as vu. On passe le prendre, je le ramène toujours chez lui. Il a toujours détesté le bus scolaire.

— Ce serait cool, dis-je. Tu penses qu'il est encore dans les parages ?

— Devyn ?

— Non. Le type ?

— Oh ! Il est parti depuis longtemps, j'en suis sûre.

Elle sourit.

— Alors, c'est d'accord ? Tu me suis ?

Le lapin fait un bond en l'air et détale dans les

bois, son petit derrière tressautant en cadence. C'est, de loin, la chose la plus mignonne que j'aie jamais vue.

— C'est la première fois que je vois un lapin dans la nature, dit Issie.

Une sensation apaisante et chaleureuse directement liée au lapin se répand en moi. Je frotte mes mains en soufflant dessus.

— Je suis tellement contente que tu aies emménagé ici ! répète Issie. Et toi aussi, tu vas voir, tu seras bientôt contente. Tout va bien se passer.

Je souris.

— C'est ce que tout le monde me dit. Je suis contente de t'avoir rencontrée, Issie.

— Moi aussi ! Moi aussi ! Moi aussi !

Elle me fait des grands gestes et sautille en repartant, et je me mets à sourire, à vraiment sourire. Je ne peux pas voir ce sourire sur mon visage, mais je le sens dans mon cœur.

Cela fait très longtemps que je n'ai pas souri de cette façon, mais Issie est tellement mignonne et adorable que je vais peut-être – peut-être – me sentir bien dans le Maine.

Des flocons géants descendent du ciel. Je penche ma tête en arrière. Ils sont vraiment magnifiques, glissant doucement et lentement. Je sors la langue et en attrape un. Il fond en une seconde.

J'en attrape un autre.

Encore un autre.

Les routes sont beaucoup moins glacées que ce matin et je parviens à suivre la petite Volkswagen d'Issie jusqu'à sa maison sans déraper, écraser la pédale de frein ou autre manœuvre de ce genre.

Pendant toute la durée du trajet, je pense : c'est ici que mon père a grandi.

Il a roulé sur ces routes. Il ne roulera plus sur ces routes. Puis je fais une embardée pour éviter un nid-de-poule.

Issie est en train de sortir le fauteuil de Devyn quand je me gare devant sa maison.

— C'est joli, chez toi, dis-je.

— Une maison typique du Maine, grimace-t-elle. Tout en bardeaux. Les maisons à Charleston ne ressemblent pas vraiment à ça, je crois ?

— Pas vraiment, non.

Je ferme la portière. La Subaru émet un petit « bip » réconfortant.

— Pas la peine de verrouiller, remarque Devyn.

Il est debout à côté de son fauteuil. Je dois avoir un drôle d'air, car il ajoute :

— Oui, je peux me tenir debout.

— Oh, désolée. Quelle idiote. J'étais en train de te dévisager bizarrement, c'est ça ? Mon Dieu, c'est affreux. Je suis affreuse…

Je sens mon visage devenir écarlate, tandis que Devyn s'encastre dans son fauteuil.

— Je te pardonne… pour cette fois, dit-il en souriant.

Il actionne un petit bouton sur son accoudoir et commence à rouler vers la porte d'entrée.

— Devyn pourra peut-être remarcher un jour, dit Issie d'une voix pleine de fierté. Il a épaté les médecins. Après l'accident, il n'était même pas censé pouvoir se tenir à nouveau debout… Il récupère très bien.

Remarquant l'expression douloureuse et gênée de Devyn, je n'ose pas l'interroger sur son accident. Il change de sujet :

— Les parents d'Issie travaillent tard.

— À la banque, explique-t-elle.

Elle se laisse tomber dans le canapé, tapote le coussin à côté d'elle, puis se relève.

— Oh, je devrais vous proposer quelque chose à grignoter. Vous avez faim ?

— Ça va, dis-je en parcourant du regard le salon, le décor tellement accueillant.

On dirait presque une maison à colombages.

— Je meurs de faim, répond Devyn.

Issie part dans la cuisine en sautillant et en revient avec un baril de glace. Elle le pose sur les genoux de Devyn en lui tendant une cuillère.

— Tu as *toujours* faim.

Il fait sauter le couvercle et passe à l'attaque.

— Bien observé.

Nous le regardons manger. Issie s'enfonce dans le canapé, mais elle est tellement nerveuse qu'elle se met à remuer les pieds. Un long silence s'installe. C'est moi qui le romps :

— Alors, vous vouliez me parler du type devant la cafétéria. Vous l'avez déjà vu ?

Devyn avale sa glace et :

— Je ne le jurerais pas. Il m'a foutu la trouille, et tant pis si ce n'est pas très viril de l'avouer…

— Tu es *très* viril, intervient Issie d'une voix qui nous fait rougir, Devyn et moi.

Elle cesse de remuer les pieds.

— Devyn a fait quelques recherches. Tu vas sans doute avoir du mal à croire ce qu'il a trouvé, mais… Devyn, tu veux y aller ?

Devyn plante sa cuillère dans la glace, se lève et déclare avec difficulté :

— Nous pensons que c'est un lutin.

J'attends.

— Euh… théorie fondée sur quoi ?

Issie intervient :

— O.K., je sais que ça paraît bizarre, mais écoute jusqu'au bout.

— D'accord.

L'espace d'un instant, je me demande si tout le monde à Bedford, Maine, est cinglé ou juste Devyn, Issie et – éventuellement – moi. Je décide de jouer le jeu.

— Tu nous as dit que tu l'avais déjà vu à l'aéroport de Charleston, reprend Devyn.

Le simple souvenir me fait trembler.

— C'est quand même dément, commente Issie en pianotant sur sa jambe.

— Je sais, oui.

Je prends un coussin sur le canapé, le vert avec des motifs de feuilles en velours, et le serre contre moi.

— Je pensais que je l'avais rêvé, mais vous l'avez tous les deux vu comme moi aujourd'hui, pas vrai ?

Ils hochent la tête.

Je leur demande :

— Vous pensez que c'est un lutin ?

Ils hochent à nouveau la tête.

La cuillère tombe sur la glace.

— Mais les lutins, ce sont bien ces petits êtres ailés qui volent au-dessus des jardins en fleurs, n'est-ce pas ?

— Pas exactement, admet Devyn en ramassant la cuillère comme pour se donner du courage.

J'insiste, essayant de prendre toute la mesure de cette histoire :

— Dans ce cas d'où vient votre théorie ?

— Il se déplace extrêmement vite d'un endroit à un autre et laisse derrière lui de la poussière dorée, explique Issie. C'est exactement ce que font les lutins. Enfin… à en croire le site que Devyn a trouvé.

— De la poussière dorée ? Comme le fée Clochette ?

Je me lève. Impossible d'avaler ce genre de sornettes…

— C'est une blague ou quoi ? Une sorte de bizutage ? Genre : on va bien se moquer de la petite nouvelle…

— JAMAIS on ne te ferait une chose pareille ! s'insurge Issie. Ce serait vraiment méchant…

La voix de Devyn monte d'une octave.

— Je t'avais bien dit de ne pas parler de la poussière. Ça fait débile…

— Je sais bien que ça fait débile, mais c'est la vérité !

— Ben voyons, dis-je en agitant mes clés de voiture avec une furieuse envie de déguerpir, tout en souhaitant entendre une autre explication stupide.

— C'est écrit sur Internet ! plaide Issie.

— On ne sait pas si c'est la vérité, nuance Devyn, disons que c'est une hypothèse provisoire.

Il a un regard peiné.

— Je sais que ça paraît ridicule, Zara. *Je* trouve ça ridicule, mais j'ai passé du temps sur Internet et je n'ai trouvé aucune autre explication au fait que ce type te suive partout.

— Et pourquoi il me suit partout ?

— C'est une bonne question. Quand l'as-tu vu pour la première fois ?

Je préfère ne pas y penser. Cela fait quatre mois que je n'y pense plus, mais Issie et Devyn me fixent avec ces yeux écarquillés et confiants…

Alors je plonge, sans tenir compte de la souffrance en moi :

— Après la mort de mon père.

Issie et Devyn ont l'air désolés.

— Tu l'as vu quand ton père est mort ? demande Issie.

Tout à coup, je m'en souviens : ce matin, il y avait de la poussière d'or près de la Subaru. De la poussière de lutin. Non, ça ne peut pas être ça… Peut-être une sorte de carte de visite ou de signature laissée par un tueur en série ?

— Quoi ? insiste Devyn en rapprochant son fauteuil, qui bloque contre une pile de magazines. Qu'est-ce que tu viens de comprendre ?

— À quoi vois-tu qu'elle a compris quelque chose ? lui demande Issie.

— À son visage.

Je ferme les yeux. Je les rouvre.

— Je ne suis pas sûre de croire à votre histoire de lutin…

— Mais ?

Issie se relève sur le canapé, impatiente.

— Mais je suis à peu près certaine que l'homme que j'ai vu à la mort de mon père est celui qui se trouvait devant la cafétéria. J'en suis même carrément sûre, et j'ai drôlement envie de savoir qui c'est.

Issie se hasarde à me demander :

— Et si c'est un lutin ?

J'étouffe un rire.

— Je ne pense pas que ce soit un lutin. Plutôt un type qui me harcèle…

Une lueur passe dans les yeux d'Issie.

— Tu penses qu'il a pu tomber sur le même site que Devyn et décidé de copier le comportement d'un lutin ?

— Oui… je ne sais pas. Mais si c'est juste un cinglé, comment fait-il pour se déplacer si rapidement ? C'est absurde… C'est peut-être juste un hasard, une coïncidence monumentale…

— Tu n'y crois pas toi-même, dit Issie. Tu essayes juste de te mentir pour ne pas avoir peur.

Je déglutis. Elle a raison. C'est exactement ce que je suis en train de faire.

— Et la poussière ? intervient Devyn. Il n'y en a pas beaucoup, mais il y en a, je l'ai vue.

— Pour la poussière, je ne sais pas. Il l'a peut-être laissée là comme une carte de visite morbide…

Je regarde ma montre.

— Désolée, je dois à tout prix aller faire enregistrer ma voiture avant la fermeture de la mairie.

C'est la vérité, mais j'ai aussi envie de partir pour me retrouver un peu seule et faire le point.

Quand j'atteins la porte, je sens la main d'Issie attraper doucement mon poignet.

— Sois prudente, d'accord ?

Je hoche la tête.

— Tu ne nous crois pas ? me demande Devyn en faisant pivoter son fauteuil.

— Je ne sais pas. Je ne sais pas. Cette histoire de lutin est bizarre, mais après tout ma présence dans le Maine est aussi bizarre.

— Et le fait qu'il t'ait suivie jusqu'ici, ajoute Devyn.

— Ça n'est pas juste bizarre, conclut Issie. C'est flippant. Vraiment flippant.

Amaxophobie

Peur de conduire

C'est une peur que je n'ai jamais eue. Jusqu'à aujourd'hui.

Je crie à mon volant « Je suis amaxophobe ! » et l'étreins à moitié pour bien me faire comprendre. Il ne me rend pas mon étreinte.

Il devrait y avoir une règle selon laquelle on ne doit pas trop se reposer sur les choses, sans quoi on va au-devant de graves dangers. Ah, mais si, cette règle existe : c'est la loi de Murphy. Selon cette loi, les choses finissent toujours par mal se passer.

Je roule depuis à peine cinq kilomètres quand les pneus de ma Subaru produisent un bruit horrible. Toute la voiture part en dérapage sur le côté droit, en direction de la forêt.

En freinant de toutes mes forces, je hurle :

— STOOOOP !

La voiture ralentit et s'immobilise à un angle de quarante-cinq degrés sur la bande d'arrêt d'urgence.

— O.K., on se calme, dis-je au volant. Pas la peine de paniquer.

Le volant ne panique pas.

— Bon, je suppose que c'est mon karma ; je paye parce que je n'ai pas su prévoir plus tôt le coup du dingue qui me suit partout, c'est ça ?

J'essaye de remettre la voiture sur la route, mais les roues patinent, dégageant une épaisse fumée.

— O.K., petite voiture, tu protestes contre les routes. Ce sont des pièges mortels pour les animaux, elles sont indifférentes à la cause environnementale et, mal entretenues, entravent l'écoulement des eaux… Je suis d'accord. Mais tu ne voudrais pas qu'on proteste plutôt cet été ?

J'essaye à nouveau de manœuvrer.

L'une de mes roues s'encastre dans l'espèce d'ornière sur le bord de la route. Tout mon corps est pris de tremblements. Nouvelle tentative…

La voiture glisse sur le côté. Bon. J'ai maintenant deux roues coincées dans l'ornière.

— Yoko ! Ne me fais pas ce coup-là !

Quoi ? Je viens de baptiser ma voiture… Yoko ? Pourquoi ? Aucune idée. Yoko défendait toujours John, alors que cette Subaru vient de m'abandonner lâchement…

— Allez, Yoko ! Imaginons qu'il n'y a pas d'ornière. Essaye, c'est facile. Il n'y a pas de vide sous tes roues, et juste la carrosserie au-dessus.

J'enclenche la marche arrière. J'enclenche la marche avant. J'essaye de secouer cette stupide voiture dans tous les sens.

J'arrête l'album de Green Day qui tourne sur le lecteur CD. Peut-être que Yoko n'aime pas Green Day ?

— JE DÉTESTE LE MAINE !

Je frappe du poing le volant.

Le klaxon hurle, terrorisant du même coup tous les petits écureuils de la forêt. Je m'en fous. Je frappe encore.

— Saleté de saleté de Maine !

Je continue de frapper le volant tout en grommelant, jusqu'à ce que des marques rouges apparaissent sur mes mains.

La situation se complique. Le soleil va bientôt se coucher, il fait hyper-froid, ma voiture est coincée, de travers, sur le bas-côté, et le monde entier commence à me sembler lui aussi sens dessus dessous.

Récapitulons : je suis dans le Maine, dans une voiture coincée dans la neige…

Je frappe Yoko, ce qui est une grave erreur de ma part.

Et je ne peux pas me servir de mon téléphone portable.

Pourquoi ?

Parce que j'ai oublié de le recharger.

La vie pourrait-elle être pire ?

J'essaye encore de faire bouger la voiture.

Elle semble se dégager, mais glisse presque aussitôt pour revenir à sa position de départ.

Une violente odeur de caoutchouc brûlé monte dans l'air.

C'est ridicule.

— JE DÉTESTE LA GLACE !

Je frappe le volant avec ma tête et c'est à ce moment-là que je craque. Je me mets à pleurer, à brailler plus exactement. Des larmes, des larmes, des larmes. Parce que je suis coincée sur la glace et que mon père est mort et que ma mère m'a envoyée ici, sans elle, où des gens en apparence normaux se mettent brusquement à croire aux lutins et que Charleston me manque avec son air chaud, ses fleurs et ses routes où *il n'y a jamais de glace.*

À une époque, j'étais ce genre de personne toujours en action, occupée à écrire des lettres, à courir dans les rues, à rire avec des amis, à bouger. Toujours de l'avant. Toujours en mouvement.

Puis je me suis retrouvée bloquée. Mon père est mort et les seuls mots que j'ai pu entendre sont devenus *mort, mortel, immobile.*

Ne plus jamais bouger. Ne plus jamais avancer. Ne plus jamais reculer. Rester bloquée.

Disparue à jamais comme mon père, un écran vide, une vieille photo sans âme sur un mur, une plaque de glace sur une route vers nulle part, vers rien. Disparue.

Le soleil se couche et il est 17 heures.

Comment font les gens pour vivre ici ? Vivre dans une région où le soleil se couche si tôt devrait être interdit par la loi. Si j'étais dictateur, j'imposerais cette loi. Mais, vu que je ne suis pas dictateur, je sors en titubant dans le froid et allume une balise trouvée dans le kit d'urgence que m'a laissé Betty. Je vérifie les pneus. Puis je remonte dans la voiture.

Quelqu'un frappe à la vitre de Yoko.

Je sursaute dans mon siège et pousse un hurlement. Sans ceinture de sécurité, j'aurais sans doute heurté le plafond de l'habitacle.

Terrifiée, j'enfouis mon visage dans mes mains. Quelqu'un pianote à nouveau à la vitre. Enfin, enfin… je trouve le courage de regarder.

Nick Colt se tient à côté de ma voiture, décontracté, comme si se balader dans les ornières faisait partie de sa routine quotidienne. Je baisse la vitre. L'air glacé envahit la voiture.

Je frissonne. Je lui demande, abasourdie :

— Qu'est-ce que tu fabriques ici ?

Il m'a vue crier. On dirait qu'il trouve tout ça très amusant, ses joues sont agitées d'un petit tic comme s'il me trouvait hilarante.

— En voilà des façons d'accueillir ton sauveur !

Il sourit. Son sourire est parfait.

— Pardon… c'est juste que… Oh, je ne sais pas ce qui m'arrive.

Je secoue la tête.

— J'ai paniqué. Je suis désolée.

— Apparemment.

Il parle d'une voix grave et régulière.

Je frotte mon visage.

— Je n'ai jamais conduit sur glace auparavant. Chez moi, je suis une conductrice émérite !

— J'en suis certain.

— Mais oui. Une personne très compétente.

— J'en suis sûr.

Son sourire creuse une fossette sur sa joue gauche.

Je me force à détourner le regard de ce canon, de cette fossette.

— Vraiment ! Et d'habitude, je ne crie pas quand quelqu'un frappe à ma vitre.

Je fais mine d'ouvrir la portière, mais il la bloque avec les deux bras.

Il jette un coup d'œil vers la forêt.

— Reste dans ta voiture, Zara.

— On ne va pas réussir à la sortir de l'ornière. Il va falloir que tu me raccompagnes chez ma grand-mère.

— Il vaut mieux que tu restes dans la voiture.

Je lui lance un regard furieux. Je sens quelque chose se modifier en moi. Quel crétin, monsieur-je-sais-tout-mieux-que-tout-le-monde…

— Je sais quand même si je dois rester dans ma voiture ou non !

— Je vais plutôt essayer de te remettre sur la route. C'est mieux pour tous les deux si tu peux rentrer chez toi par tes propres moyens.

Il scrute la route et, à nouveau, la forêt. Je suis son regard, cette fois. Et un cri m'échappe dans le silence. J'ai vu une ombre traverser la route en bondissant et disparaître entre les arbres. Oh ! mon Dieu…

— C'est un homme qui vient de sauter dans la forêt ?

Une étincelle traverse les yeux de Nick. De colère ? De détermination ? Je ne sais pas. Bon sang, je ne sais rien du tout.

— Ce n'est rien. Mets-toi au point mort. Je vais essayer de te pousser.

— Mais cet homme, là-bas, il peut peut-être nous aider ?

— Il n'y avait personne.

Je vois ses mâchoires se crisper.

J'avale ma salive.

— Et s'il voulait nous aider, il ne disparaîtrait pas dans les bois, c'est ça ?

— C'est ça.

— Bon. Mais il y avait bien un homme.

Ma voix se teinte de colère et j'ajoute, cassante :

— Tu n'es pas assez fort. Ma voiture est sacrément lourde. C'est une Subaru.

— J'ai bien vu que c'est une Subaru, Zara. Laisse-moi essayer, au moins.

Il jette un nouveau coup d'œil vers les arbres. Ses épaules s'affaissent légèrement et il tend le bras pour venir effleurer mes joues.

Puis, d'une voix plus douce :

— Tu as pleuré ?

Je détourne le visage juste une seconde trop tard : ses doigts sur mes joues ont l'effet d'une décharge électrique, d'un aimant duquel je ne dois pas approcher.

— Je ne pleure pas.

Sur ce mensonge, je m'apprête à relever ma vitre. Sa voix interrompt mon geste.

— Ce n'est pas grave de pleurer. Se retrouver bloquée, ça doit être drôlement énervant, et tu n'as sans doute pas l'habitude de la glace.

— Je ne pleurais pas !

Il secoue la tête, à l'évidence il ne me croit pas, puis fait le tour de la Subaru et crie :

— Maintenant, passe en première !

— D'accord, mais fais gaffe à Yoko.

— Yoko ?

— Ma voiture.

— Tu as baptisé ton car Yoko ? Comme Yoko Ono ?

— Tu as une meilleure idée, peut-être ?

— Pourquoi pas Subaru ?

— Je passe en première !

J'enclenche la vitesse et la voiture bondit sur la route. Je freine, stupéfaite.

Yoko n'est plus bloquée. Yahouu !

Nick approche en courant, frottant ses mains sur son jean. Il se penche vers moi avec un sourire impudent.

— Je t'ai bien dit que je pouvais le faire.

La dureté a disparu de ses yeux.

— Merci, dis-je.

Je me mords les lèvres, détourne mon visage, puis le regarde à nouveau. La paume de mes mains me picote. Pourquoi est-il si mignon ?

— Tu ne t'es pas blessé, au moins ?

— J'ai l'air blessé ?

Il a l'air canon, mais pas question de lui répondre ça. Je coupe le contact et tente de me ressaisir. La main sur le rebord de la vitre, je me tourne vers lui. Il est tellement chou. Il m'a aidée. Il faut que je sois gentille.

— Merci. Je n'aurais pas aimé abandonner Yoko et rentrer chez moi à pied.

Ses yeux redeviennent durs.

— Zara, si jamais tu as besoin de te faire conduire quelque part, appelle-moi ou appelle Issie, d'accord ?

Il place ses mains sur la mienne. Elles sont énormes et chaudes, mais je ne peux retenir un frisson. Pour autant, je ne retire pas la main.

Je n'en ai pas envie.

— Je n'ai pas ton numéro, dis-je lentement, encore sous le choc.

— Je vais te le donner. C'est celui de mon portable.

Il note le numéro sur un vieux ticket de station-service et me le tend d'un geste emphatique. Je le prends.

— Tu es qui ? Monsieur le Protecteur des Nouveaux Élèves ?

J'ai posé la question en riant pour qu'il ne la trouve pas trop agressive.

— Pas de tous les nouveaux élèves.

J'essaye de faire taire mon hurlement de joie intérieur.

— Seulement de moi ?

Il penche la tête.

— Peut-être…

Sa voix s'éteint, puis :

— Tu as vraiment vu quelqu'un entrer dans la forêt, là-bas ?

Je hoche la tête.

— Pas toi ?

Il ne répond pas. Il s'essuie les mains dans ses cheveux. Soudain, en grande dame quasi sudiste que je suis, je me rappelle quelques notions élémentaires de politesse – après tout, il a *bel et bien* déplacé ma voiture.

— Merci pour la voiture, et pour tout le reste.

Il me sourit encore et, du coin de l'œil, je distingue quelque chose sur la route. C'est insupportable. Insupportable de ne pas savoir. J'ouvre la porte d'un coup sec et bondit sur le bas-côté, vers l'endroit où j'ai vu l'homme.

— Qu'est-ce que tu fais ? crie Nick derrière moi. Zara !

— Je l'ai encore vu !

Je continue de courir sans quitter des yeux le sol. Nick se lance à ma poursuite.

— Mais qu'est-ce que tu fais, enfin ?

— Je cherche des traces, dis-je en m'arrêtant.

Je lui montre le sol. Là, sur une parcelle de boue séchée, quelques brindilles se mêlent à des paillettes de poussière dorée, encore plus petites en fait que des paillettes. Je recule, chancelante, et bouscule Nick.

— Oh ! mon Dieu…

Il me serre les épaules, puis se penche pour toucher les paillettes.

— On dirait de la poussière, mais d'or.

— De la poussière de lutin, dis-je. Comment est-ce possible ?

— De la poussière de lutin ? Qu'est-ce que tu racontes ?

— Devyn et Issie ont une théorie à propos d'un truc qui m'arrive en ce moment. Je n'arrête pas de voir le même type, partout. Ils pensent que c'est un lutin. Je sais, ça a l'air débile dit comme ça. Or les lutins sont censés laisser derrière eux de la poussière dorée…

Il approche son doigt scintillant de nos yeux. Je sens sa respiration chaude sur mon visage.

Une odeur de menthe. Son doigt tremble imperceptiblement.

— Comme celle-ci.

— Oui.

Je me recule. Observe son visage pour voir s'il me trouve ridicule.

— Cette histoire de lutin en elle-même est peut-être complètement bidon, mais ce type pourrait être un tueur en série ou un cinglé. Qui se sert de cette poussière comme d'une signature, d'une sorte de carte de visite. Je ne sais pas. Je n'aime pas ça, en tout cas.

— Moi non plus.

Il tire sur ma manche.

— Retournons à la voiture.

— Tu ne veux pas partir à sa recherche ? dis-je en indiquant la forêt.

— Tu n'as pas de bottes.

— Oh, exact.

Nous marchons jusqu'à la Subaru, et c'est alors que je remarque, sur la veste de Nick, des petites paillettes dorées… comme de la poussière.

Nick me suit en voiture jusqu'à la maison pour être sûr que je rentre saine et sauve. Je n'ai pas réussi à aller faire enregistrer Yoko, mais, compte tenu des circonstances, c'est totalement justifié.

Ce n'est pas tous les jours qu'on se met à croire aux lutins ou qu'on panique à l'idée de sortir de voiture et de franchir à pied les six mètres séparant le trottoir de la maison.

Tu deviens parano, Zara. Complètement parano.

Mais ça ne me rassure pas de me le répéter.

Le soleil a presque complètement disparu. J'ouvre ma portière et traverse l'allée glacée qui mène à la porte d'entrée.

Ma grand-mère – charmante attention de sa part – a laissé allumée la lanterne de la véranda et saupoudré le sol de granulés bleus chimiques pour faire fondre la glace. Je devrais faire ça demain, histoire de rendre service à mon tour.

Soudain, dans les bois de l'autre côté de la route, un craquement de branches.

Je réprime un cri et presse le pas vers la véranda en allongeant mes foulées d'une façon totalement disgracieuse et mollassonne.

Puis j'ouvre grand la porte et la referme aussitôt derrière moi en la verrouillant.

Et je ris de ma peur en songeant que c'est sans doute le poids de la neige qui a fait craquer une branche.

Je vérifie la serrure.

Bon, soyons réalistes, le Maine est une région flippante. Il n'y a rien à faire. Flippante, flippante, flippante et où on se gèle.

L'espace d'un instant, je me prends à regretter que Nick Colt ne m'ait pas suivie jusqu'au bout. Il est tellement mignon, avec cet air de dire tout le temps je-vais-te-protéger. Non qu'il y ait des raisons d'avoir peur : après tout, les lutins, ça batifole dans les parterres de fleurs, rien de plus !

Sauf que ce type m'a montrée du doigt.

Je marche jusqu'à la fenêtre donnant sur l'allée, les bois, la pelouse.

— Je deviens ridicule…

Mon regard scrute l'étendue de gazon assombrie par le crépuscule. Les bois, de l'autre côté, paraissent remplis de secrets et de choses inexpliquées…

Je n'aurais jamais dû lire ces histoires effrayantes quand j'étais petite. Qu'est-ce qu'il lui a pris, à mon père, de garder ce genre de bouquins chez nous ? Le chagrin submerge mon cœur, bientôt suivi par la douleur.

Mon père. C'est tellement dur, même de penser à lui.

Je vais m'installer dans le canapé où il aimait s'asseoir. J'enfouis mon visage entre mes mains et me balance doucement d'avant en arrière, mais je ne pleure pas.

Je ne pleure plus.

Betty sort en catastrophe de la cuisine, dans une odeur de viande grillée.

— J'ai carbonisé les côtes de porc, annonce-t-elle. Un vrai massacre.

— Ce n'est pas grave.

— J'ai de la soupe en boîte. Poulet-vermicelles.

— Cool.

Elle me jauge du regard.

— O.K. Qu'est-ce qui ne va pas ?

— Parle-moi du garçon qui a disparu la semaine dernière. Qu'est-ce qui s'est passé ?

Betty se retourne vers la fenêtre.

— Il fait presque nuit. Il faut absolument que tu rentres avant la tombée de la nuit. Tu ne connais pas les routes, par ici. Elles sont dangereuses.

— J'étais chez Issie.

— Ah, tant mieux. C'est une fille adorable. Un peu nerveuse. Ses parents travaillent à la banque.

— Oui, oui… Sinon, je me suis payé une petite sortie de route. La voiture n'a rien, promis ! Nick m'a aidé à la dégager de l'ornière.

— Nick ?

Elle s'essuie le visage avec le torchon et me fait signe de la suivre dans la cuisine.

— Nick Colt ?

J'acquiesce.

— Tu ne t'es pas fait mal ? Tu roulais vite ?

— C'est à cause de la glace.

Elle comprend.

— C'est un bon garçon. Et mignon, en plus. Oh, épargne-moi tes soupirs ! C'est vrai, non ?

— Parle-moi de l'autre garçon, celui qui a disparu. S'il te plaît.

— Il est sorti tout seul, en pleine nuit. Il avait quatorze ans. Le matin, il n'est pas venu au collège.

— Et alors ? C'est la routine, dans la région ?

— Non. Des fouilles ont été organisées. La police est arrivée.

Ses chaussures claquent sur le plancher.

— Je te sens beaucoup plus motivée, tout à coup. Le Maine est peut-être déjà en train de te faire du bien…

— Les policiers ont des pistes ?

Elle ouvre le placard et en sort deux boîtes de soupe.

— Non.

— Et quelle est ton opinion sur la question ?

Elle ouvre les boîtes, en verse le contenu dans deux bols et les glisse dans le micro-ondes. Soixante secondes. Enfin, elle me répond :

— Je pense qu'il a fait une fugue.

J'attends. Elle se retourne et s'accoude au comptoir, comme si cette histoire était trop pénible pour rester debout.

— Bon… Ce que je vais te raconter s'est passé il y a longtemps. Presque vingt ans. Des garçons disparaissaient tout le temps. Pas des filles, hein, juste des garçons. Un chaque semaine. Toujours la nuit. Ça a fait la une des journaux dans tout le pays.

La minuterie du micro-ondes égrène les secondes, se rapproche du zéro.

— Maman et papa ne m'en ont jamais parlé.

— Normal. Ce n'est pas quelque chose dont on a envie de se souvenir, par ici.

— Et tu penses que ça recommence ?

— Mon Dieu, j'espère que non !

— Mais c'est possible ?

Le micro-ondes sonne. Betty jette les côtes de porc dans la poubelle.

— C'est possible. Mais c'est peut-être une fugue.

— Franchement… Pourquoi maman m'a envoyée ici ? La semaine où un garçon a disparu ?

— Ce genre de choses ne se produit jamais à Charleston ? Je parie que le taux de crimes est bien plus élevé qu'ici.

Elle avale sa salive. Elle inspire par les narines comme si c'était la dernière fois qu'elle respirait.

— Elle pensait faire ce qui était bon pour toi. Tu sais, Zara, ça n'a pas été facile pour elle. Ton comportement était devenu complètement inhumain. Elle a pensé qu'un changement de décor pouvait te faire du bien.

— J'allais si mal que ça ? Vraiment ?

Son regard passe au-dessus de l'évier, au-delà de sa collection d'isolateurs en verre, et se perd par la fenêtre.

— Oui.

Juste après dîner, mon téléphone sonne pendant qu'il se recharge et je me précipite vers le comptoir pour décrocher, même si c'est sans doute ma mère. Sur l'écran, un numéro du Maine.

— Allô ?

— Salut, Zara ! C'est moi, Ian.

À sa voix, il est très content.

— Salut, Ian.

Je m'appuie contre le comptoir. Betty écarquille les yeux, comme surexcitée à l'idée qu'un garçon m'appelle. Je refuse de la regarder.

— Désolé de te déranger… J'espère que tu n'es pas en train de manger ?

— Non, on vient de terminer.

— Bon. J'étais en train de penser que ça ne devait pas être facile pour toi de te retrouver dans une nouvelle ville, tout ça…

Difficile de rester immobile : je me tape les fesses contre le bar.

— Ça n'est pas si dur, tu sais.

Je mens.

— Bah, en tout cas, je me disais que je pouvais peut-être te faire visiter le coin, demain, après le cross-country ? Pour te montrer les innombrables sources d'enchantement de Bedford, Maine ?

— Oh… Demain ?

Betty se lève et commence à s'agiter en débarrassant la table.

— Dis oui, murmure-t-elle en passant.

— Il faut que j'aille faire enregistrer ma voiture à la mairie, demain.

— Oh.

— Désolée.

Betty ouvre brusquement le robinet, et l'eau chaude coule en rugissant.

— Je peux t'accompagner, si tu veux ?

— Au service d'immatriculation ?

Je suis surprise.

— Ouais. C'est mortellement ennuyeux, là-bas. C'est plus sympa d'y aller à deux.

— Bien sûr… Entendu…

Je ne sais plus quoi dire.

— Si ça ne te dérange pas…

Je raccroche et Betty me demande qui c'était.

— Un type de l'école qui s'appelle Ian, et me propose de m'accompagner au service d'immatriculation de la mairie.

Elle me tend une assiette à essuyer.

— Waow… Ça c'est de l'amour.

Je grogne.

— C'est le champion de course à pied, pas vrai ? Le meneur de jeu de l'équipe de basket ?

— Je ne sais pas. Je sais qu'il fait de la course, oui, et qu'il participe à des tonnes de clubs.

— Classique chez les hyperactifs. Sa famille est une des plus anciennes de Bedford. Son père pêche le homard. Son grand-père était bûcheron. Ils sont dépourvus de tout, vivent en gros dans une simple cabane. La réussite de ce gamin est tout bonnement incroyable…

Tout en essuyant l'assiette, je pense à Ian, à tous ses clubs et à toute cette énergie…

— Ouais.

Elle me pointe du bout de sa fourchette.

— Et, s'il t'a déjà remarquée, il a manifestement bon goût.

Je pose l'assiette et lui prend la fourchette des mains.

— Il veut juste rendre service.

— Mais oui…

Je me réveille en pleine nuit. J'ai entendu du bruit au rez-de-chaussée, des petits coups sur le parquet. J'attrape la grosse lampe torche métallique posée à côté du lit et me glisse hors des couvertures.

Mais je n'allume pas la lampe : je la tiens comme font les flics, prête à assommer quelqu'un.

Je descends l'escalier sur la pointe des pieds et c'est alors que je la vois : Betty, devant la fenêtre.

Son corps est tendu, robuste. On dirait une athlète, une guerrière – pas une grand-mère.

Craignant de la faire sursauter, je murmure :

— Betty ?

Elle me fait signe de la rejoindre. Bientôt, je suis à ses côtés, dans l'obscurité.

— Qu'est-ce que tu fais ?

— Je cherche des choses dans la nuit.

— Et tu en vois ?

Elle rit.

— Non.

Elle me serre contre elle et m'embrasse sur la tête.

— Remonte te coucher. Je contrôle la situation.

Je retourne dans l'escalier et, en posant le pied sur la première marche :

— Mamie ? Tu cherches vraiment des choses dans la nuit ?

— On ouvre toujours les yeux dans le noir, Zara. On a peur de ce qu'on pourrait voir. La nuit dehors, la nuit dans notre âme, mais je crois qu'il vaut mieux garder les yeux ouverts plutôt que ne jamais savoir. Tu comprends ?

— Pas vraiment.

Elle s'écarte de la fenêtre et me pousse dans l'escalier.

— Au lit ! Demain, tu as cours. Compris ?

— Compris.

Couplogagophobie

Peur de tenir la chandelle

Cette nuit, *toute* la nuit, j'ai rêvé de mon père. Il se tenait devant l'allée de Betty, sous la neige. Il y avait des empreintes de pattes géantes tout autour de lui. Sa bouche était ouverte, ses lèvres bougeaient, mais aucun son n'en sortait.

Je me force à me réveiller. La chambre est glaciale. Fouettées par les vent, les branches d'arbre frappent la façade de la maison avec des bruits de raclement. J'allume ma lampe de chevet en essayant de ne pas paniquer.

— C'est juste un rêve, dis-je à voix basse.

La vérité, c'est que, lorsque mon père s'est effondré, ses lèvres bougeaient, mais aucun son n'en sortait.

Ce matin-là, nous étions juste rentrés de notre

footing quotidien. Nous partions toujours courir avant le petit-déjeuner, avant que la chaleur de Charleston ne soit trop écrasante et ne transforme chaque foulée en effort insurmontable. Nous discutions du mariage gay. C'est lui qui m'avait incitée à écrire des lettres pour Amnesty International. Je venais d'entrer à l'école et, du haut de mes six ans, je lui expliquais en geignant qu'écrire c'était ennuyeux, stupide, bref une perte de temps. Il s'était assis avec moi à la table du salon et m'avait raconté des histoires de gens qui souffraient. Il m'avait dit qu'écrire n'est jamais une perte de temps, et c'est là que j'avais écrit ma première lettre.

Le jour où il est mort, nous ne parlions pas d'Amnesty International, mais de ses amis Dave et Don. Don, l'artiste, était malade, mais la protection santé de Dave refusait de prendre en charge ses soins. Mon père avait ouvert la porte de la maison et nous étions entrés.

— C'est une situation absurde… Tu peux aller me chercher de l'eau, ma chérie ?

Il souriait, puis s'était penché en avant pour reprendre son souffle, appuyé sur ses genoux. Il avait déjà retiré sa casquette rouge et ses cheveux argentés étaient collés par la sueur.

J'avais sorti du frigidaire deux bouteilles d'eau minérale, je m'étais retournée et on aurait dit que mon père n'était plus là. C'est la seule façon dont je puisse décrire ce qui se passait. Son visage s'était crispé, sa peau d'ordinaire rougeâtre n'était plus qu'une masse blanche et grise.

— Papa ?

Il n'avait pas répondu, il avait juste levé la main comme pour me faire signe. Puis il avait tendu le doigt vers l'évier.

— La fenêtre… Il est… Je l'ai vu… Va-t'en !

— Quoi ?

— Ne le laisse pas prendre…

— Papa ?

Je m'étais retournée vers la fenêtre, mais c'est à ce moment qu'il avait basculé sur le côté, bouche grande ouverte comme pour essayer d'avaler de l'air. Son sang ne savait plus quoi faire, car son cœur venait de se bloquer.

J'ai lâché les bouteilles d'eau. L'une d'elles a roulé jusqu'à sa chaussure, l'autre derrière le frigidaire – pour se cacher, je suppose. Moi aussi j'aurais voulu me cacher.

Incapable de se contrôler, mon propre cœur s'était mis à battre n'importe comment dans ma cage thoracique. J'ai pris la main de mon père, il avait serré la mienne, mais sans force, sans tension, sans puissance. Il était faible.

J'ai hurlé :

— Maman ! Maman !

Elle a dévalé les marches de l'escalier et s'est arrêtée sur le seuil de la cuisine. Inspirant profondément, elle a agrippé le grand palmier près de l'évier, et ses mots sont sortis dans un souffle :

— Il a une crise cardiaque.

Mon cœur a cessé de battre et les yeux de mon père se sont écarquillés, comme s'il me suppliait. Il ne m'avait jamais regardée ainsi. Ses lèvres bougeaient. Aucun son n'en sortait.

Au lycée, Issie s'assied à côté de moi en classe et à la cafétéria. Devyn se joint à nous à la cafétéria et, à les voir tous les deux rire d'autant de choses aussi stupides, il est difficile de ne pas prendre le fou rire, même si je dois quand même m'assurer que je ne suis pas devenue transparente à leurs yeux.

Mais c'est difficile de leur en vouloir : ils sont si mignons ensemble.

— Bien, dis-je, je crois que je vais croire à votre histoire de lutin.

— Pourquoi ? demande Issie.

Je mâchonne mon bagel.

— Hier, ma voiture s'est retrouvée dans le fossé à cause de la glace sur la route.

— Nick nous en a parlé, dit Devyn avant de mordre dans un gros sandwich au bœuf rôti.

— Et il vous a aussi parlé de la poussière ?

— Oui, oui, dit-il, la bouche pleine.

— C'est bizarre. Surtout avec le garçon qui a disparu la semaine dernière. J'ai l'impression que tout ça est lié…

— Tu es au courant, pour le fils Beardsley ?

— Betty m'a raconté que c'était déjà arrivé dans le passé. J'ai envie d'aller faire un tour en salle d'informatique pour faire quelques recherches sur le Net.

— Je t'accompagne ! me lance Devyn en mâchant le reste de son sandwich.

— Moi aussi, renchérit Issie en ramassant les déchets de Devyn avec les siens.

— Vous devriez vous mettre en couple, dis-je à

Issie pendant que nous jetons nos déchets dans la poubelle. Vous n'êtes pas déjà un couple, si ?

— Moi et Devyn ? glousse-t-elle.

— Ouais, toi et Devyn, dis-je en lui donnant un coup de coude dans les côtes. Je crois qu'il t'aime bien.

Elle lâche sa canette de soda dans la poubelle et se retourne pour regarder Devyn.

Il lui fait signe de la main.

Un immense sourire illumine le visage d'Issie.

— Tu crois ? me demande-t-elle.

Je jette mon trognon de pomme.

— Je crois.

Elle passe son bras sur le mien.

— Je suis tellement heureuse que tu sois là, Zara. Et que tu ne traînes pas avec Megan et sa bande…

Elle regarde en passant Megan qui tient salon devant sa cour d'admirateurs.

Megan lève les yeux et croise les miens. Je jure que si elle pouvait me tirer dessus, ou me pulvériser à coups de rayons laser, elle le ferait.

— Elle me déteste, dis-je. Bah, ce n'est pas une grande perte. Je préfère de loin être ton amie.

C'est cul-cul, comme remarque, mais Issie est aux anges.

— Vraiment ? Il faut que tu reviennes à la maison, tu sais. Il y a tellement de trucs dont j'ai envie de te parler.

Elle me ramène jusqu'à la table en sautillant.

— Devyn ! Devine ce que Zara vient de me dire.

— Qu'elle adore la neige ? Et qu'elle ne souffre plus de cheimatophobie ?

Issie lèche un peu de miel qui dégouline de son sandwiche sur ses doigts.

— Non.

— Qu'elle a téléphoné à sa mère et qu'elle lui pardonne de l'avoir envoyée dans le Maine, renonçant du même coup à passer plusieurs décennies de séances de psy et à financer le train de vie somptuaire de mes parents ?

— Non.

Je lui tire la langue.

— Qu'elle est enfin parvenue à faire libérer tous les prisonniers politiques dans le monde ?

— Devyn !

Il rit.

— O.K., O.K., je redeviens gentil. Alors, Issie, qu'est-ce que Zara vient de dire ?

— Qu'elle préférait être mon amie plutôt que celle de Megan.

— Zara n'est pas une idiote.

Il lève un sourcil en me regardant.

— Je sais que tu en étais capable…

Je perds le fil. J'avale une gorgée de soda.

— Comment ça ?

— De faire les bons choix. Même si Megan ne te haïssait pas, tu choisirais Issie, pas vrai ?

J'observe du coin de l'œil Megan, avec son fard à paupières, sa coupe de cheveux parfaite, son rire joyeux et son groupe d'admirateurs.

— Megan est glaciale.

Devyn acquiesce.

— Exactement.

On passe un temps fou sur Google. La plupart des résultats sur « lutin » aboutissent à des sites de jeux de rôle débiles, jusqu'à ce qu'on tombe sur le bon filon :

> Les gens croient que les lutins sont de joyeux lurons tout petits et juste un peu malicieux. c'est faux. Tout aussi insensibles que les vampires au caractere sacré de la vie humaine, les lutins doivent être à tout prix évités. La seule protection possible contre leur courroux est leur ennemi mortel, le garou.

— Le garou ?

Devyn et Issie échange un regard.

— Pas comme dans « Gare ou je t'en colle une ! », m'explique Devyn, mais comme dans « loup-garou », « ours-garou », ce genre de bestioles…

Il sourit comme si tout cela était évident.

— Tu *plaisantes* ?

Je me balance sur ma chaise en secouant la tête.

— Les garous protègent les humains et se protègent entre eux, explique Issie. C'est un peu leur mission sacrée…

— Et d'où tu sais ça ?

— Projet de cryptozoologie en troisième.

Elle se retourne vers l'écran.

— Il y a d'autres infos, Devyn ?

Nous lisons la page en silence. Devyn doit être plus rapide que nous, car il nous montre un paragraphe tout en bas.

Les lutins ont pour habitude de se réunir dans les zones boisées. Certains prennent une apparence humaine séduisante qui leur permet d'entrer en contact avec les humains. Il faut toujours s'en méfier. si le roi des lutins n'a pas de reine pendant trop longtemps – la durée reste à déterminer –, il réclamera un tribut sous la forme de jeunes hommes...

Devyn lit à haute voix la suite du paragraphe :

... Que les lutins tuent apres les avoir torturés pour assouvir leurs appétits sanguinaires.

— Ça, ce n'est pas cool, commente Issie.
— Pas cool du tout, dis-je.
Je lis la suite :

... Les garcons torturés sombrent peu à peu dans l'hystérie...

Tu m'étonnes...

... Puis perdent peu à peu leur âme, devenant de simples coquilles vides avant de mourir.

— C'est vraiment affreux, chuchote Issie en agrippant le bras de Devyn.
La tristesse et la peur passent dans ses yeux, mais sa voix est courageuse :
— Ça va aller, Issie.
— Vous nous voyez confrontés *vraiment* à ça ?

dis-je dans un murmure. Si ça se trouve, c'est *déjà* en train de se passer…

Je regarde leur visage pâle et immobile. J'essaye de me ressaisir.

— En même temps, c'est juste un site Internet, non ? N'importe qui peut écrire n'importe quoi sur le Web…

La sonnerie résonne.

— Exact.

Devyn efface l'historique de notre navigation. Tout le monde a l'air tellement mal à l'aise que je tente une plaisanterie :

— On dirait que les garous de la région font mal leur boulot…

Pas le moindre début de sourire.

— Allez, quoi ! Vous n'allez pas me dire que vous croyez vraiment à ces histoires ?

Issie se frotte le nez du tranchant de la main.

— Ben… un peu, si.

Je fixe du regard Devyn.

— Vous croyez aux loups-garous et aux lutins ? Comme s'il n'y avait pas déjà assez de mal dans la vraie vie ? Il vous en faut encore plus ?

— Zara… Comment tu expliques la poussière ?

Je retiens ma respiration. Je me rappelle la poussière près de ma voiture, près de la forêt, sur la veste de Nick…

— Je ne sais pas.

— Tu crois que les gens d'ici sont tellement intelligents qu'ils comprennent tout du premier coup ?

— Non. Mais qu'est-ce que Nick pense de tout

ça, selon toi ? Lui aussi croit que ce type est un lutin.

Sa voix résonne derrière moi.

— Oh, perso, je dirais que j'y crois, oui.

Il éteint l'écran de son ordinateur. Je ne le quitte pas des yeux.

— Ta bouche est grande ouverte, Zara, me signale Issie à mi-voix.

Nick se penche vers moi et me relève.

— Vous avez déjà mangé ?

Je hoche la tête.

— Vous m'accompagnez ?

Je hoche encore la tête, les yeux posés sur ma main tenue par la sienne. Issie se met à ricaner et Nick lâche ma main.

Comme la neige a presque entièrement fondu, l'entraînement de cross-country peut se passer dehors.

Le parcours est assez représentatif du Maine : on court à travers un champ immense, puis sur un étroit sentier en lacets qui sinue à travers la forêt, avec des pins qui paraissent se courber sur votre passage, prêts à vous attraper.

L'endroit idéal pour un cinglé guettant, à l'affût, sa prochaine victime.

Mais rien de tel n'arrive. Pourtant, je regrette de ne pas avoir une bombe lacrymogène sur moi. Nous nous réunissons tous autour du coach qui gonfle le buste comme s'il se prenait pour le centre du monde, une sorte de tyran dictant ses lois – ce qu'il doit être un peu, j'imagine.

Une odeur de Noël, de déodorant et de talc flotte sur la scène. Le talc, ça doit être Megan.

— On va faire des binômes. Megan, avec la nouvelle !

Elle prend un air horrifié.

— Pas question.

— J'y vais ! s'écrient en même temps Nick et Ian.

— Oh, quel succès ! raille Megan tandis que le coach secoue la tête.

— Bon, dit-il. Colt, tu te mets avec Zara.

Nick hoche la tête. Je me mords les lèvres.

— Quoi ? dit le coach. Ça ne te va pas ?

— Si, si, dis-je en bafouillant. Très bien.

Une fois les binômes constitués, le coach Walsh nous fait partir deux par deux.

— Tranquille, aujourd'hui. On n'essaye pas de battre son RP.

— Ça veut dire « record personnel », m'explique Megan.

Je m'étire en touchant mes orteils.

— Je sais ce que ça veut dire.

Nous sommes les quatre derniers à partir. Pendant tout le parcours, Nick reste un pas ou deux derrière moi et ça me rend dingue, comme si je n'étais pas suffisamment bonne pour qu'il coure à côté de moi.

— Tu es obligé de rester derrière ? finis-je par lui demander en attaquant une colline qui traverse la forêt.

— Ça t'embête ?

— Ouais.

— Je te promets, je ne te mate pas les fesses.

Je m'arrête. Il me bouscule et nous tombons à la renverse. Je tends les bras pour me réceptionner, mais c'est inutile : il enveloppe ma cage thoracique de son bras droit et tombe de telle sorte qu'il amortit ma chute. Je suis au-dessus de lui et, pendant une seconde, son bras reste contre moi. Quand il le retire, je me relève et Nick se lève en regardant autour de lui, essayant de comprendre ce qui s'est passé.

— Qu'est-ce que tu fabriques ? aboie-t-il.

— Je te mate les fesses, dis-je pour le taquiner.

Puis je m'élance, le laissant derrière moi, jusqu'au champ où le coach peut me donner mon temps et le signal du retour à la maison.

Nous nous retrouvons tous autour du coach, à nous étirer vaguement, pendant qu'il fait ce qu'un coach est censé faire : marmonner dans sa barbe et jeter des coups d'œil à son porte-bloc. Ian avance jusqu'à moi avec un sourire. Il tend la jambe en arrière pour étirer ses quadriceps, son talon finissant par toucher ses fesses. Je me penche pour toucher mes pointes de pied sans aller aussi bas, car le sol est gelé.

— Nick t'en a fait voir de toutes les couleurs ?

Je grogne et me relève en tendant les mains vers le ciel.

— Je crois qu'il t'aime bien.

— Vraiment ?

— Ouais. Même si c'est un solitaire : on ne l'a jamais vu avec une petite amie.

— Sérieux ?

Ian lève la main droite.

— Je le jure.

— Bien.

— Bien ?

Le pied de Ian retombe brusquement par terre. Je jette un regard à Nick. Il marche en cercle, sans même faire semblant de s'étirer. Puis il court vers moi sans un coup d'œil vers Ian.

— Je me disais que ce serait mieux si je te suivais jusque chez toi, pour m'assurer que ta voiture ne se retrouve pas encore dans le fossé.

— Je ne rentre pas chez moi.

Nick penche la tête sur le côté.

— Pardon ?

— Je l'accompagne au service des immatriculations de la mairie pour qu'elle puisse faire enregistrer sa voiture, intervient Ian.

Il se tient près de moi, je sens l'odeur de son eau de Cologne.

Les narines de Nick se dilatent. Il me regarde.

— Oh. O.K. Dans ce cas, à plus tard, Zara. Sois prudente sur la route, d'accord ? C'est encore glacé.

— Mais la neige a fondu, un peu plus tôt.

— Elle fond une seconde, se transforme en eau et la seconde suivante se transforme en glace. En verglas, pour être exact. C'est dangereux, alors fais attention, promis ?

— Promis.

Je le regarde s'en aller. Et, malgré la fatigue, chaque cellule de mon corps veut que je m'élance après lui.

Philophobie

Peur de l'amour

Ce soir-là, quand je descends l'escalier à pas feutrés, je retrouve ma grand-mère devant la fenêtre du salon. Elle tient le rideau d'une main tremblante et scrute l'obscurité au-dehors.

— Oh, seigneur… gémit-elle.

Je lui touche l'épaule. Elle sursaute et pivote en émettant une sorte de grognement. Ses yeux étincellent.

— Mamie ? Que se passe-t-il ?

— Tu m'as flanqué une de ces trouilles !

— Pardon.

Elle pose les mains sur son cœur.

— Qu'est-ce que tu étais en train de regarder ?

— Rien, répond-elle avec un sourire forcé. Il faut que j'appelle ta mère, tu sais ? On lui doit un coup de fil. Si tu commençais à préparer le dîner ? J'ai acheté un poulet rôti chez Shaw et de la garniture.

— Mamie ?

— Tout va bien, Zara. Ne t'inquiète pas pour une vieille femme qui regarde par la fenêtre le soir…

Oui, bien sûr. Je jette un coup d'œil dehors : seule l'obscurité me répond.

— Pourquoi Nick n'est pas avec nous ? dis-je à Issie et Devyn en cours de sport.

Nous sommes en train d'attendre l'arrivée du coach Walsh. Selon Devyn, il est dans le vestiaire en train de passer un savon à Ian. Nous restons assis en bas des gradins.

Devyn pianote sur l'accoudoir de son fauteuil.

— Je crois qu'il essaye juste de ne pas attirer l'attention sur toi. Tu sais, si on remarque qu'il s'intéresse à toi, alors tu vas devenir le centre d'attention de tout le monde. Et puis, ça fait partie de son image : c'est son côté mauvais garçon.

— L'étalon sexy au cœur de pierre, ironise Issie en laçant ses baskets.

Comme je la vois s'emmêler, je m'agenouille devant elle et l'aide à faire ses boucles.

— Vous êtes mignons, dis-je.

Devyn rit. Des taches de rousseur apparaissent sur son visage.

Et chaque fois que ses taches de rousseur apparaissent, Issie se met à rougir comme jamais.

— L'étalon sexy au cœur de pierre, répète-t-il tandis que je m'attaque à la seconde basket d'Issie. C'est bien vu !

— Il n'a jamais ne serait-ce qu'embrassé une fille, donc la formule ne lui correspond pas bien.

Mes entrailles se figent pendant quelques secondes.

— Sérieux ? Allez ! Comment vous savez un truc pareil ?

— Il l'a dit à Devyn. Devyn me l'a dit. Donc cette formule ne convient pas. O.K. Suivante ! Pourquoi pas : le héros trop exigeant ?

— Le héros ? dis-je en serrant la boucle. Nick ?

Devyn hausse les épaules.

— Ben oui. Il m'a sauvé la vie, quand même.

Je hausse un sourcil et lui demande comment, mais Megan choisit ce moment pour passer.

Avec son short minuscule et son débardeur à fines bretelles, elle est sexy en diable et se fiche bien que sa tenue enfreigne le règlement du lycée. Le coach Walsh aussi, apparemment.

Quelque chose se coince dans ma gorge lorsque Megan vient s'intercaler entre Nick et mon champ de vision.

Elle sourit.

Son sourire est faux.

Issie tousse et s'entortille les mains. Je glisse un ongle dans le nœud des lacets et le desserre légèrement, comme si j'avais tout mon temps. Puis je lève la tête et croise le regard de Megan. Ses yeux contredisent son sourire. Elle n'est pas assez bonne comédienne pour les rendre amicaux.

— Zara ? commence-t-elle en enroulant une mèche de cheveux vénitiens autour de son index parfait. Tu viens de Charleston, n'est-ce pas ?

J'acquiesce et attends la suite.

— Ça ne doit pas être facile de se faire à la vie de Bedford.

Je regarde Devyn, et ses yeux pleins de sympathie.

— Ça va.

— Certaines personnes n'arrivent jamais à s'adapter, tu sais.

— Ce n'est pas vrai, lance Issie. Merci pour mon lacet, Zara.

Megan lui lance un coup d'œil assassin.

— Oh si. Certaines personnes ne s'adaptent jamais.

Je termine les lacets. Une oreille de lapin. Deux oreilles de lapin. Fini.

— Et pourquoi j'aurais envie de *m'adapter* ? dis-je, bras croisés sur la poitrine.

Megan avance d'un pas vers moi et se penche légèrement, de sorte que son visage est tout proche du mien. Je remarque le mascara blanc sur ses cils, qui donne à ses yeux bleus quelque chose d'inquiétant. Ça ne lui va pas.

— Ça saute aux yeux que tu ne veux pas, sinon tu ne passerais pas ta vie avec les deux cinglés, là, l'handic' et la surexcitée.

Elle se détourne et s'éloigne, mais je lui agrippe le bras. Il est glacé.

— Qu'est-ce que tu viens de dire ?

Elle ne répond pas. Mes ongles tracent des demi-lunes dans sa peau, mais je ne relâche pas ma prise.

— Ne menace pas mes amis, compris ? Et ne les insulte pas.

Elle dégage son bras et me fixe d'un air hautain. Puis, rejetant ses cheveux en arrière, elle répond avec condescendance :

— Oh, pauvre petite princesse. Ce n'est pas de moi que tu dois avoir peur.

Et elle part un peu plus loin, sur les gradins, rejoindre ses amies qui l'accueillent avec ce gloussement caractéristique. Je les ignore. Et Megan ajoute, dans un cri :

— Et puis, tu sais, toutes ces conneries de *peace and love*, c'est fini depuis des dizaines d'années ! Et John Lennon est mort !

— Tu trembles, remarque Devyn. Ça va aller, Zara. Assieds-toi.

Je baisse les yeux sur mon t-shirt et quelque chose en moi doit céder, car je pousse un petit soupir. Issie me prend la main et la tire doucement. Je n'arrive pas à m'asseoir.

Comment pourrais-je m'asseoir pendant que cette fille continue de me dévisager ? Je voudrais courir, m'enfuir loin d'ici. Mais où aller ? Je cherche du regard des issues. Mon souffle se fait court, mon cœur bat à huit cents pulsations/minute…

— Zara, ça va aller, répète Devyn.

— Je lui ai serré le bras… Je ne fais jamais ça d'habitude. Jamais.

L'air un peu paniquée, Issie ouvre la bouche, mais le coach Walsh déboule sur la piste avec Ian, qui court vers moi.

— Je suis avec toi pour les séances d'abdos. Resserre tes pieds.

Je hoche la tête.

— D'accord. Bien. Euh… Ça risque de ne pas plaire à Megan.

— Et alors ?

Il me fixe durement. Je remarque des petites rides au bord de ses yeux.

— Alors vous êtes amis, et tout et tout, et je n'ai pas envie qu'elle soit furieuse contre toi.

— Je n'appartiens pas à Megan, Zara !

Je cherche mes mots pour lui répondre.

— Ouais, euh, bon… Hum. Ça ne te dérange pas, Issie ?

— Non !

Elle se relève. Ses lacets sont, je dois dire, superbement noués ; ils ne traînent pas bêtement par terre.

— Devyn, je peux coincer mes pieds contre ton fauteuil ? Tu comptes pour moi, d'accord ?

— Pas de problème, Issie.

Les taches de rousseur de Devyn réapparaissent. Issie rougit – encore. J'aimerais tant être si mignonne avec quelqu'un…

Ian pose le bras autour de mes épaules et me conduit vers un tapis de sol.

— Alors, comme ça Megan n'est pas sympa avec toi ?

— Ça va, dis-je en me mettant en position pour les abdominaux.

Le tapis de sol dégage une odeur de craie et de sueur de lutteurs. Ian a l'air maussade. À cause de moi ou à cause d'elle ?

Je tourne le visage sur le côté et aperçois Megan et Nick en pleine séance.

Nick murmure quelque chose à Megan qui prend aussitôt une expression soucieuse. S'il m'aime bien pourquoi il est avec Megan ? En train de lui chuchoter à l'oreille ? S'il est l'ami d'Issie et Devyn, comment peut-il même adresser la parole à cette fille ? Issie peut être si naïve, parfois.

Pour je ne sais quelle raison stupide, une douleur traverse mon cœur. Je n'aime pas Nick Colt.

Je n'aimerai pas Nick Colt. À moins que je n'aie peur de l'aimer ?

— Eh, Ian ! dis-je en me relevant.

Je le dévisage : il a de belles dents, bien blanches et bien régulières.

— Issie et moi, on va lancer une association Amnesty International dans le lycée. Nous écrirons des lettres pour essayer de faire libérer des prisonniers politiques, ce genre de choses. Tu as envie de participer ?

— Qu'est-ce qu'on gagne ?

Je me laisse retomber en arrière, me relève, de plus en plus vite.

— Mon respect éternel, ça t'irait ?

— Impeccable. Et tu accepterais aussi de sortir avec moi vendredi ?

Je lui souris et on change de place. Je lui tiens les pieds et me demande ce qu'il penserait de notre théorie du lutin, ce qu'il pense du fils Beardsley. Lui aussi court peut-être un danger.

Comme n'importe quel garçon du lycée.

— Eh bien ?

Je lui réponds enfin :

— Il faut voir.

De toute façon, je n'ai pas la moindre chance avec Nick.

— Alors comme ça, tu trouves que je t'ignore ? déclare Nick en se glissant sur une chaise à côté de moi à la cafétéria.

Ma bouche doit encore être grande ouverte, car Devyn se penche et remonte mon menton en disant : « Oh, oh… »

Issie a un mouvement de recul embarrassé et saute de son siège.

— Oups… Pardon. Je vais aller me chercher un cookie. Quelqu'un veut un cookie ?

Personne ne répond. Issie tire Devyn par le bras.

— Devyn, je suis *sûre* que tu veux m'aider à choisir un cookie.

— Quoi ?

Il finit par comprendre et jette sa serviette qui atterrit mollement sur la table.

— Ah, oui…

— Ils m'abandonnent, dis-je.

— Ils *nous* abandonnent, rectifie Nick. Ils ne veulent pas qu'on se batte.

— Moi non plus. Je déteste me battre.

— Ah, vraiment ?

— Oui, vraiment. Pourquoi cet air surpris ?

— Parce que j'aurais dit que tu aimais ça, te battre.

— De toute évidence, tu ne me connais pas.

— Tu aimes ça, mais tu n'aimes pas l'idée que tu puisses aimer.

— Oh ? Merci pour cette brillante analyse.

— Tu as malmené Megan aujourd'hui.

Je passe une main sur mes yeux.

— C'était horrible…

— Je n'ai pas dit « brutalisé ».

— Je l'ai agrippée par le bras, chose que je ne fais jamais d'habitude.

— Elle avait insulté tes amis.

— Ouais. Et ensuite, j'ai vu que tu l'aidais pendant la séance d'abdos. C'était vraiment vache de ta part.

— Vache ? Pourquoi ?

— Parce que ce sont aussi tes amis qu'elle insultait. On aurait dit que tu les trahissais.

Il secoue la tête. Ses cheveux flottent légèrement sur ses oreilles. Un muscle tressaute près de sa mâchoire.

— Zara, je ne serai jamais un traître.

— Ce n'est pas grave. Elle est jolie.

— Je suis allé lui parler. Lui dire de laisser Devyn et Issie tranquilles. De *te* laisser tranquille.

Je pioche une feuille de laitue. Ma fourchette la traverse de part en part, mais, quand je la porte à ma bouche, elle glisse et tombe en voletant dans mon assiette. Tout tombe autour de moi : la serviette de Devyn, la laitue, mon cœur, mon ego, tout. Quand je reprends la parole, ma voix s'est adoucie.

— Je n'aime pas me dire que je lui ai agrippé le bras. Je n'aime pas me dire que je lui ai crié dessus. Je déteste crier. Le conflit, ce n'est vraiment pas mon truc. Il y a longtemps de ça, je me suis fait la promesse que je ne blesserai jamais quiconque, pour quelque raison que ce soit…

Nick se penche vers moi.

— Quoi ? Tu n'aurais pas envie d'attaquer le cinglé qui te montre du doigt ?

Je hausse les épaules.

— Je ne sais pas. Je ne sais pas si je suis capable de faire du mal à quelqu'un.

— Allons, Zara ! Tu n'as pas une image de toi aussi négative, quand même ?

Il s'adosse sur sa chaise. Sa cuisse effleure ma cuisse. Aucun mouvement de recul chez lui ou chez moi.

— Ce n'est pas ça. Je ne sais pas comment l'expliquer. Ça se résume à une question : qui je suis pour décider que ma vie vaut plus que celle de quelqu'un d'autre ?

Je sens un picotement à l'endroit où nos cuisses se touchent.

Au-dessus de nous, un néon de la cafétéria grésille et bourdonne. Derrière, les plateaux s'entrechoquent. Les discussions des élèves – devoirs, qui sort avec qui… – forment un murmure, et nous sommes là, tous les deux, en train de parler de choses graves.

Nick sent les bois. J'essaye de ne pas remarquer son odeur, elle me fait tourner la tête. J'essaye de rester concentrée.

Il me demande :

— Tu ne tenterais pas d'attaquer une personne qui kidnappe quelqu'un ? Qui fait du mal à un bébé ? Ou qui…

— Stop ! dis-je. Je n'en sais rien, O.K. ? Je sais ce que c'est que l'autodéfense, mais pas si je serais capable de la mettre en pratique. Si elle est moralement justifiée.

— Mais si, tu le ferais, répond-il avec un large sourire, sûr de son fait. Si Issie se faisait agresser, ou ta grand-mère, ou Devyn. Ou peut-être même Ian.

Je ferme les yeux. C'est sans doute vrai.

— Je ne veux pas que ce soit vrai.

— Pourquoi ?

— Parce que je ne veux pas être violente.

— Ça n'est pas être violente que de protéger ses amis.

— Peu importe. Et puis Issie ne va pas se faire agresser.

— On n'en sait rien.

— Quoi ? Tu penses qu'elle est en danger ?

— Non !

Il lève les deux mains.

— Je crois que nous sommes *tous* en danger.

— À cause de ce type ? Le type de la forêt ? Tu crois vraiment qu'il nous veut du mal ?

— Ouais. Je le crois vraiment.

Je me rapproche de lui.

— Comment peux-tu le savoir ? Comment ?

— Je le sens ici, répond-il en tapotant son estomac.

Nous échangeons un long regard. Il y a quelque chose dans ses yeux qui m'effraie, tout en ne m'effrayant pas. Absurde… C'est comme si tout en moi réclamait ses yeux pour réussir à regarder d'une certaine façon au fond des miens. Et ça me fait peur. J'ai envie de lui parler de la poussière que j'ai vue sur sa veste, mais de cela aussi j'ai peur.

— Quelle mauviette je fais…

Nick doit croire que je pense encore à l'homme de la forêt, car il secoue la tête et répond :

— Non. Tu ne veux pas t'autoriser à être courageuse, c'est tout.

— Quoi ?

Nick se tait, car Devyn vient de revenir à table. Sur une serviette posée sur ses genoux, une pile de cookies.

Issie se dandine juste derrière lui.

— Issie a craqué sur les cookies.

— Je ne savais pas lequel vous préfériez, alors…

Elle prend les cookies un à un et les pose sur la table.

— Oh, non ! gémit-elle. Vous êtes en train de vous battre…

— Non, l'assure Nick.

Devyn nous balaye du regard.

— Vraiment, renchéris-je. On ne se bat pas.

— Alors d'où vient cette vibration lugubre et sinistre ? demande Issie en s'asseyant et en me tendant un cookie M & M's/copeaux de chocolat.

— Je lui ai fait peur, explique Nick en jetant son dévolu sur un cookie flocons d'avoine/raisins.

— Parfait, commente Devyn. Il faut lui faire peur.

Issie se tourne vers lui brusquement.

— Quoi ?

— La peur nous rend plus forts, plus vigilants. On doit l'accueillir en nous…

Issie casse en deux son cookie.

— Ce que les mecs peuvent être idiots, parfois.

Exact. Le visage de Devyn devient cramoisi, mais Nick se contente de rire.

— Bref, dis-je rapidement, est-ce qu'on va en bibliothèque après les cours aujourd'hui ?

— Il n'y a pas de cross-country ? demande Devyn.

— C'est annulé, explique Nick. Quelqu'un est intéressé par du covoiturage ?

Je me tourne vers lui.

— Tu t'en vas ?

— Ouais. Bien sûr. Ça ne te dérange pas, si ?

Je secoue la tête.

— Non, pas du tout, et tout à fait d'accord pour le covoiturage. Ça réduit notre dépense carbonique, etc., etc.

Mais, pour je ne sais quelle raison, savoir que je vais me retrouver avec Nick dans la bibliothèque me noue l'estomac – le cookie trop cuit n'y est pour rien. Ce nœud est un sentiment familier : la peur.

Mais, après tout, cette poussière sur sa veste, ça ne veut rien dire, pas vrai ? Tout comme le fait que mes entrailles soient chamboulées chaque fois que je croise ses yeux… Ça ne veut rien dire du tout.

Les bibliothèques, les vieilles bibliothèques, dégagent quelque chose de presque sacré.

Il y a l'odeur du papier, de l'humidité et des produits utilisés pour les reliures.

On dirait que les livres rassemblés là luttent contre la déchéance, se battent pour ne pas tomber en poussière tout en réclamant notre attention.

Je touche la couverture d'un livre.

— J'ai l'impression de l'entendre crier : « Lis-moi ! Lis-moi ! »

Nick se tourne vers moi.

— Ce livre ?

— On dirait qu'ils se sentent seuls, ici.

Je hausse exagérément les épaules pour qu'il ne me trouve pas folle.

— Les livres se sentent seuls, oui, répète-t-il sans me regarder, passant en revue les titres au-dessus de sa tête.

— Ben quoi ?

— Rien. C'est mignon, comme idée.

Je suis mignonne. Mon cœur valse et je me mords doucement la lèvre.

Mignonne comme une sucette ou mignonne comme une fille qu'on embrasse passionnément parmi les piles de livres ?

Là est la question.

Je m'accroupis, vérifiant les numéros sur les dos.

— J'ai trouvé !

Nick s'accroupit à côté de moi.

— Waouh !

Nous retirons de l'étagère plusieurs volumes : *Le Trésor des fées*, *Sorts féeriques*, *Une encyclopédie des fées*. D'autres suivent…

Nick les rapporte tous jusqu'à une table près d'une grande baie vitrée. Des particules de poussière volent dans les rais de soleil. Devyn et Issie ont l'air de personnages magiques, comme des héros de contes.

— Vous avez trouvé quelque chose ? demande Issie d'une voix trop forte.

Un homme feuilletant une revue lui lance un « chut ! » courroucé.

— Pardon, pardon !

Elle lève la main pour s'excuser, puis, murmurant :

— Quel rabat-joie. Nous aussi, on a fait des découvertes. Pas vrai, Devyn ?

Plongé dans la lecture d'un vieux volume d'où monte une odeur défraîchie, Devyn acquiesce sans rien dire. J'éternue et m'installe sur ma chaise. Nick prend place à côté de moi. Il divise notre pile en deux et fait glisser trois livres jusqu'à moi.

— Allez, on cherche !

Je commence à chercher…

Nous lisons depuis longtemps quand Nick annonce :

— J'ai quelque chose.

Je renifle.

— Quoi ?

Issie me tend un mouchoir sorti de son sac.

— Il est propre.

— Merci.

Je me mouche.

— Désolée, hein, je suis allergique.

— Aux livres ?

Devyn hausse un sourcil comme s'il avait du mal à y croire.

— Aux vieux livres.

Je me penche pour voir le livre ouvert devant Nick.

— Tu as trouvé quoi ?

— Quelque chose sur les offrandes…

Sa voix a un accent presque féroce.

— … mais je te préviens, c'est horrible.

— On t'écoute, dit Devyn.

— À voix basse, ajoute Issie en jetant un regard à l'Homme à la Revue, qui nous observe d'un air sombre tout en feuilletant le dernier numéro de *Fortune.*

À mi-voix, Nick commence :

— *Si un lutin est à vos trousses…*

— Ce n'est pas ce qui est écrit, s'insurge Issie en arrachant le livre des mains de Nick. Oh ! mon Dieu ! Si…

— Issie ! Arrête tes bêtises… dis-je d'un air réprobateur en vérifiant que Nick ne s'énerve pas.

Il ne s'énerve pas.

— Mais c'est ce qui est écrit ! insiste-t-elle.

Elle me rend le livre en indiquant le passage.

— *La survie de tous les Êtres magiques – lutins, elfes, fées – repose sur la préservation de la lignée princière. Tous ces êtres partagent le même héritage luiton. Le nom même de* lutin *provient de* luiton. *Ils font tous partie du Caille Daouine, le peuple de la forêt. Si un lutin mâle vous poursuit, vous pouvez en être fière. C'est vous qu'il a choisie pour perpétuer la race. Cela ne se produit que très rarement. Surtout avec des humains. Du sang luiton coule peut-être déjà dans vos veines...*

Je referme le livre.

— Oh, très honorée !

— C'est extraordinairement bizarre, dit Devyn en me dévisageant comme s'il ne m'avait jamais vue auparavant. Tu penses que tu as du sang luiton ?

— Quoi ? Non !

Je les regarde tous.

— Attendez, ne me dites pas que vous y croyez ?

Nick et Issie posent une main sur mes bras. Issie est obligée de s'étendre de tout son long sur la table pour me toucher.

— Je sais que c'est un peu effrayant, concède-t-elle.

— Un peu effrayant ?

Je retire mon bras.

— C'est carrément flippant, oui !

— S'il vous plaît, un peu de silence ! lance le lecteur de *Fortune*.

— Pardon, pardon.

Je me rassieds. M'efforce de ralentir ma respiration.

— Peut-être qu'il veut faire de toi sa reine. Perpétuer la lignée avec toi.

— Foutaises, lâche Nick.

— Ouais…

Je lui lance un coup d'œil sombre.

— Pourquoi un type voudrait-il faire de moi sa reine, on se demande…

— Ce n'est pas ce que je voulais dire, m'interrompt Nick en tirant sa chaise en arrière.

Je ne parviens même pas à le regarder.

— Je ne vois toujours pas le rapport avec les disparitions de garçons, c'est tout, ajoute-t-il en chuchotant d'un air grave et sérieux. Tu en penses quoi, Devyn ?

Devyn se frotte le nez et tend les bras comme si ses muscles étaient fourbus d'avoir trop soulevé d'haltères.

— Le site Web, l'autre jour, disait que, si un roi ne trouve pas sa reine, il a besoin de recevoir des offrandes sacrificielles…

Issie frissonne.

— L'horreur…

— Mais c'est quoi, au juste, des « offrandes sacrificielles » ?

J'attrape un des livres dans la pile de Nick et parcours l'index.

— Ah, voilà. Page cent vingt-trois.

Je parcours rapidement les lignes et retiens ma respiration.

— Ça dit quoi ? demande Devyn.

Quand je lève les yeux de la page, j'aperçois Devyn fixant Nick comme s'il essayait de puiser en lui de la force. Son visage pâlit.

Nick me fait un signe de tête.

— Lis-nous le passage, Zara.

— *Quand il ne peut pas s'accoupler avec sa reine, le roi lutin n'a pas d'autre choix que de recevoir en offrandes le sang de jeunes mâles.*

Ma voix commence à flancher et Nick pose une main sur mon épaule pour m'aider à tenir le coup.

— *Toute sa cour part en quête de jeunes garçons, qui sont enlevés et amenés dans la demeure royale, où le garçon est peu à peu vidé de son sang...*

J'interromps ma lecture. Le visage de Devyn est livide, délavé, toute la couleur qui lui donnait bonne mine s'est retirée d'un coup.

Les yeux d'Issie sont encore plus écarquillés que d'habitude.

— C'est dégueu...

Elle se rassied, s'appuie contre Devyn qui donne toujours l'impression qu'il va s'évanouir ou vomir.

Nick me presse l'épaule.

— Autre chose ?

Je tourne la page. Je ne veux pas continuer à lire. Pas si ça bouleverse autant Devyn.

— Ça va, m'assure Devyn.

Je m'éclaircis la gorge et reprends :

— *Les garçons finissent par mourir, leur corps ne résistant plus aux atrocités que leur font subir les lutins. Précisons que les lutins ne manifestent aucune envie de lutter contre ce besoin accablant. Le roi des lutins ne peut rester sans reine trop longtemps, sans quoi il succombe au côté sombre et torturé de sa nature. Affaibli, il contamine les autres lutins qui dépérissent à leur tour, écument les bois à la recherche de reines possibles et d'offrandes sacrificielles.*

— Regardez ! lance Nick. Dans la marge !

— Ça dit quoi ? demande Issie.

Je plisse les paupières pour déchiffrer un griffonnage à l'encre pâle.

— *Restez en dehors de la forêt.*

— Bon conseil, dit Nick.

Sa main quitte mon épaule et je me sens soudain abandonnée, plus froide en quelque sorte. Je regarde au dos du livre où se trouvent notées sur une étiquette les dates de retours. Personne ne l'a pris depuis qu'une nouvelle étiquette a été collée sur l'ancienne. Mais je distingue une écriture en transparence.

J'entreprends de décoller les bords de l'étiquette pendant qu'Issie nous explique :

— Je ne marche vraiment pas dans ces histoires de lutins. Mais vous y croyez, vous, pas vrai ? Les offrandes sacrificielles, tout ça ?...

— Ouais, moi je sais que c'est vrai, répond Devyn. Mais pourquoi ce type montre toujours du doigt Zara ?

— C'est évident, intervient Nick. Il veut faire d'elle sa reine.

J'avale ma salive et, en répondant, me détourne d'Issie pour me concentrer sur Nick.

— Et pourquoi pas ? Il n'est écrit nulle part que les reines des lutins sont méchantes…

— Ni qu'elles sont gentilles !

Devyn a presque crié. Le lecteur de *Fortune* jette son magazine sur la table et s'en va d'un pas furieux. Issie baisse la voix.

— Sans doute parce qu'on n'a pas encore lu le passage où la reine des lutins se fait massacrer et violer avant d'être offerte en sacrifice…

— Sans doute, admets-je.

— Zara, on dirait que tu as quelque chose derrière la tête, remarque Nick d'un ton inquiétant.

— Pas du tout.

Je me lève juste après ce mensonge. J'attrape le livre et quelques autres en plus.

— Je vais les emprunter. Il fait presque nuit. Betty va me tuer si je ne rentre pas avant le coucher du soleil.

— Tu crois qu'elle sait ? demande Devyn.

— Qu'elle sait ?

— Pour les lutins.

Je visualise ma grand-mère avec son chemisier en flanelle rugueuse et sa mentalité pragmatique.

— Aucun risque.

Nick me raccompagne jusqu'à l'allée où Yoko m'attend bien sagement – toute seule, puisque le covoiturage était à l'ordre du jour.

Nous sommes restés silencieux pendant une bonne partie du trajet.

— Je ne suis pas sûre de vraiment croire à tout ça, dis-je enfin.

— Mais ?

— Mais si c'est vrai…

— Ça craint.

— En gros, oui.

Il gare sa Mini.

— Une fois qu'on aura bien compris la situation, peut-être qu'on pourra préparer un piège.

— Un piège ?

Je retourne le livre et tripote encore l'étiquette. Les petits rouages qui tournent dans mon cerveau font des heures supplémentaires.

— Qu'est-ce que tu fais ?

— Je me passe les nerfs, je crois…

Je parviens à retirer toute l'étiquette et à lire les noms, écrits proprement à la main, de tous les élèves qui ont emprunté ce livre. J'étouffe un cri.

Nick se penche sur moi, avec son odeur de forêt sombre.

— Quoi ?

Les mots se brouillent sur le papier.

— La liste des emprunts. Le dernier nom.

— Matthew White.

Il me regarde.

Une larme s'échappe de mon œil avant que j'aie le temps de la retenir. Nick tend le pouce et m'essuie la joue.

— C'est mon père, dis-je en fixant le nom écrit en grandes lettres anguleuses. Ça signifie…

— Qu'il était au courant.

— Pour les lutins ?

Nick hoche la tête.

— Mais regarde, ici…

Un message au stylo sinue entre les différents noms, comme pour délimiter une sorte de frontière.

— *N'ayez pas peur. En ce lieu, des tigres. 157.*

— Qu'est-ce que ça veut dire ?

— Issie saura peut-être nous répondre. Ça sonne familier, non ?

Nick sort son téléphone portable, mais je m'aperçois que ses yeux se voilent.

— Tu ne me dis pas tout, Nick.

— Quoi ?

— Tu me caches quelque chose.

— Et d'où tu sors ça ? Tu lis dans les pensées, maintenant ?

— Ta joue se crispe nerveusement. J'ai une… euh… théorie selon laquelle cette crispation revient chaque fois que tu mens ou que tu caches quelque chose. Comme si tu essayais de t'échapper de ta propre peau.

Il secoue la tête en composant le numéro sur le clavier.

— Je ne sais vraiment pas quoi faire avec toi…

Je souris.

— Tu pourrais commencer par me dire à quoi tu penses ?

— Attends…

Il explique à Issie ce que nous avons découvert, écoute sa réponse, puis raccroche.

— Alors ?

Il change légèrement de position sur son siège et glisse son portable dans un interstice entre nous.

— Elle pense que c'est une allusion à une vieille formule utilisée sur les cartes médiévales pour prévenir les voyageurs des régions dangereuses : *Là sont les dragons.*

— Je savais bien que ça me disait quelque chose.

— Hum, hum…

— Mais le sens m'échappe.

— Pourquoi ?

J'indique les trois premiers mots.

— Pourquoi est-il écrit *N'ayez pas peur* ?

— Et il n'est pas question de dragons.

— Mais de tigres.

— Bizarre…

Betty sort sur la véranda et crie :

— Vous allez rester longtemps dehors, tous les deux ?

Je rougis.

— Je ferais mieux d'y aller.

— Ouais.

Je sors de la voiture. L'air glacé me fouette

pendant que je fourre les livres de la bibliothèque dans mon sac avec tous les autres.

Je passe la bandoulière sur mon épaule – le poids me fait vaciller.

Nick bondit de la voiture si rapidement que je m'en aperçois à peine et, soudain, il est à côté de moi et me dit :

— Laisse, je vais le prendre.

Je suis pour l'égalité homme-femme, mais là c'est vraiment trop lourd.

— Merci.

Il m'accompagne jusqu'à la véranda où Betty se tient toujours, bras croisés sur sa poitrine absente, tout sourire. Nick me chuchote à l'oreille :

— Ne fais pas de bêtises.

— Toi non plus.

Betty a un petit grognement réprobateur en nous voyant monter les marches.

— Allons, monsieur Colt, vous allez bien rester à dîner ?

Je préfère mettre en garde Nick.

— C'est elle qui cuisine.

Betty me donne un coup de torchon.

— Spaghettis au menu ! Il faudrait être une vraie nouille pour les rater…

Nick pose le sac juste sur le seuil. Il a vraiment l'air méfiant.

— Merci, mais j'ai un steak qui m'attend à la maison.

— Bien, dit Betty en nous adressant, à lui puis à moi, un clin d'œil.

Nick rougit.

— Je vous laisse vous dire au revoir.

Je lâche entre mes dents :

— Oh ! la honte…

Nick rit. La fossette réapparaît au-dessus de ses lèvres. *Ne pas regarder ses lèvres.* Comment est-ce possible qu'il ne s'en soit jamais servi ? C'est un crime contre l'humanité…

— Salut ! dit-il. On se voit au lycée.

— Salut, dis-je avant de lui tourner le dos.

Le soleil est presque entièrement couché, la forêt sombre dans l'obscurité, les arbres forment une masse opaque qui ancre le ciel à la terre. N'importe qui pourrait se cacher dans l'ombre.

Je regarde Nick monter dans sa voiture, je regarde la Mini s'éloigner. Pendant tout ce temps, je m'attends à voir quelque chose surgir, le happer et l'emporter dans la nuit pour en faire une offrande sacrificielle. Je secoue la tête. Les feux arrière disparaissent au détour d'un virage.

La main de Betty se pose sur ma taille et je sursaute.

— Ne reste pas là, le froid entre dans la maison, dit-elle avant de refermer la porte.

— Le fils de John McKee a une rupture d'appendice, m'annonce Betty en faisant bouillir l'eau des pâtes.

Je mets le couvert. Les dents d'une fourchette se posent sur une tache d'eau qui ressemble à un nuage sur une planche de bois.

— Dommage pour lui.

— C'est pire que dommage : ça veut dire que je peux être appelée à tout moment, car nous sommes la seule équipe paramédicale disponible en ville, la seule à pouvoir intervenir en cas de problème. Ceux du standard sont juste des conducteurs : ils ont besoin de John ou de moi pour les interventions délicates.

— Et alors ?

— Et alors ? Et alors ?

Elle jette un gros paquet de spaghettis dans la casserole. La moitié dépasse le bord.

— Alors, ça signifie que je dois trouver quoi faire de toi.

Les mots me viennent lentement, portés juste sous la surface par un frémissement de colère.

— Quoi faire de moi ?

— Si je dois partir.

Je pousse Betty, m'empare de la cuillère en bois et enfonce dans la casserole la moitié émergée des spaghettis.

— Tu peux me laisser ici toute seule. Je suis une grande fille.

— Je ne veux pas te laisser seule ici.

— Pourquoi ?

— La nuit, les gens sont davantage sujets à la déprime. Presque tous les appels pour suicide surviennent la nuit. On veut juste… on veut juste que tu te sentes bien, Zara.

Je baisse la flamme pour que l'eau ne déborde pas de la casserole.

— C'est pour ça que maman m'a envoyée ici ? Parce qu'elle avait peur que je me suicide, une nuit ?

Les paupières de Betty tressautent.

— Elle se faisait du souci pour toi.

— Je suis une grande fille. Je vais bien.

— Ton père te manque.

— Bien sûr qu'il me manque !

Je pointe la cuillère en bois vers elle, geste un peu trop mélodramatique peut-être. Je la pose à côté de la cafetière.

— Ça ne fait pas de moi une suicidaire. Ça ne m'oblige pas à avoir une espèce de baby-sitter urgentiste flippante qui ne me lâche pas d'une semelle !

Le visage de Betty s'affaisse, mais son corps mince et noueux se tend comme s'il était fait d'acier.

— C'est comme ça que tu me vois ?

— Non, pardon. C'était méchant.

Je ravale ma salive, détourne le regard de l'expression meurtrie sur son visage et m'occupe des pâtes. Je reprends la stupide cuillère en bois et la tourne dans l'eau, comme s'il n'y avait rien de plus important en ce moment que surveiller la cuisson des pâtes.

— Si jamais on t'appelle, je viendrai avec toi.

Elle soupire.

— Ça sera plus simple, je pense. Sauf si c'est pour quelque chose de grave. À ce moment-là, tu resterais dans l'ambulance. De toute façon, tu n'as pas le droit de m'accompagner.

— Pas le droit ?

— C'est illégal de faire monter des civils dans l'ambulance.

Je remonte le gaz et me tourne vers Betty.

Elle sourit.

— Je pourrais demander à ton ami Nick de venir à la maison te tenir compagnie ?

— Non !

— Quoi ? Tu ne l'aimes pas ? J'ai entendu dire qu'avec lui, Issie et Devyn vous n'arrêtiez pas de vous promener en ville. Par exemple, aujourd'hui vous étiez en bibliothèque, n'est-ce pas ?

— Tu m'espionnes ?

— Non. C'est une petite ville. Les gens se parlent…

Je secoue la tête, prends deux verres et ouvre le frigidaire.

— Hors de question que tu téléphones à Nick.

Elle sort des serviettes en papier d'un tiroir et les pose sur la table.

— De toute façon, si ça se trouve, je ne serai pas appelée cette nuit…

Au milieu du repas, le biper de Betty se déclenche.

— Merde !

Elle branche le scanner de la radio : arrêt cardiaque probable au YMCA.

— Désolée, dit-elle. Tu restes tranquille jusqu'à mon retour, promis ? J'appelle Nick sur la route.

— Non !

— Si. Et tu n'ouvres à personne d'autre que lui. Je suis sérieuse, Zara. Oh, merde…

Elle dépose un baiser sur mon front et enfile un bracelet à mon poignet.

Elle a l'air nerveuse.

— Ta mère m'a dit qu'elle viendrait bientôt nous rendre visite.

Je lève le bras, regarde le bracelet métallique.

— C'est quoi, ça ?

— Un petit cadeau.

Elle attrape sa veste.

— Je rentre dès que possible. Ne t'embête pas pour la vaisselle.

— N'appelle pas Nick !

Je touche le métal froid du bracelet.

Elle m'ignore.

— Et toi, n'oublie pas de fermer le verrou !

Je pourrais m'occuper en écrivant quelques lettres pour Amnesty International.

Mais je ne le fais pas.

Je pourrais appeler Nick et lui dire de ne pas venir. Mais je ne le fais pas non plus.

— Ici Unité 1. Je suis 10-23 au YMCA.

La voix de Betty résonne dans la radio posée sur le comptoir. Celle de Josie, la standardiste, lui répond :

— 10-4, Unité 1. 10-23 au YMCA, heure : 1845.

En langage d'ambulancier, 10-23 signifie « arrivé sur place ».

En langage normal, on dirait « je suis arrivée ». L'Unité 1 désigne Betty. 1845 correspond à l'heure, dans un style militaire.

Tout ça me semble un peu ringard.

Traduit, ça donne : « Betty est arrivée au YMCA à 18 h 45. » Comment je sais ça ? Grâce à une liste de dix codes fixée par un aimant à la porte du frigidaire. J'en ai déjà retenu une bonne moitié. Grâce au Maine, je deviens une vraie geek !

Je me lève de table, pose nos assiettes dans l'évier et commence à jeter les spaghettis. Comme Betty, partie en coup de vent, n'a pas eu le temps de finir les siennes, je les mets dans un Tupperware que je range dans le frigidaire.

Elle aura peut-être faim en rentrant. Je jette les miennes : ce n'est pas drôle de manger toute seule.

Par la fenêtre au-dessus de l'évier, je regarde la forêt dans la nuit.

La pleine lune donne au décor quelque chose de scintillant et de presque beau.

Même la neige n'a plus l'air si froide. Je parie que le type, le lutin, est dans le coin.

Et que, si je sors, il me trouve – un bon moyen pour obtenir des réponses aux questions que je me pose. En plus, comme je ne suis pas un garçon, je ne suis pas vraiment en danger.

À la radio, de nouveau, la voix de Betty.

— Je suis 10-6, avec un homme, quarante-cinq ans, natif de Bangor. Il est CH3. 10-4 ?

— 10-4, répond Josie.

— 10-4, dis-je dans le micro comme si elles pouvaient m'entendre. Je suis 10-6, je pars à la recherche d'un lutin. 10-3 ?

Je fonce dans les escaliers jusqu'à ma chambre où je sors ma tenue de footing. Un justaucorps spécial temps froid et une gaine Under Armour qui absorbe la sueur. C'est la sueur qui transmet la sensation de froid. J'enfile un bonnet en laine trouvé dans le placard de Betty, ce qui me donne une tête pas possible, surtout avec une masse de cheveux comme la mienne, mais après tout je ne participe pas à un concours de beauté pour être élue Miss Maine.

Je pars courir dans la nuit, personne ne me verra. Du moins tant que Nick ne sera pas arrivé.

Exact…

Je sors courir et, peut-être, trouver ce lutin qui kidnappe des garçons. Pendant une seconde, je reste l'esprit vide, puis regarde dans le miroir cette version plus pâle et plus mince de moi-même que je suis devenue.

Même mes yeux semblent inertes. Bleus, mais pas autant qu'ils l'étaient avant. Si mon père était là, il prendrait ma température et me préparerait une gratinée à l'oignon.

Mais ce n'est pas mon corps qui est malade.

Ce sont mes entrailles. Mes entrailles sont vides, car j'ai eu trop peur de continuer à vivre – une peur totalement égoïste et pitoyable quand on songe à tous ces gens qui croupissent en prison pour rien, pour avoir eu un blog, pour avoir osé parler, avoir des idées différentes…

Ces gens-là donneraient sans doute tout pour pouvoir continuer à vivre, tourner la page…

Y a-t-il un nom pour cette peur ? Je n'en suis pas sûre. Il faut que je fasse des recherches.

Il y a bien la tachophobie, la peur de la vitesse, de se déplacer trop rapidement.

Je sors de ma torpeur et lace mes baskets. C'est un bon début pour aller de l'avant, un bon début pour partir à la chasse au lutin, un bon début pour reprendre en mains ma vie – parce que j'en suis capable.

J'envoie un texto à Issie pour lui dire que je sors courir et qu'on devrait continuer nos recherches sur Internet demain.

Puis un autre texto, à Nick :

Sortie courir. RDV sur la route.

Comme ça, j'assure mes arrières.

Et je peux partir chasser le lutin.

Scotophobie

Peur de l'obscurité

Ma mère a peur du noir.

Quand j'étais petite, il y avait des veilleuses dans toutes les pièces de la maison, pas seulement dans ma chambre et dans la salle de bains.

Il y en avait deux dans le couloir de l'étage, une dans chaque chambre d'amis, une dans la cuisine, la salle à manger, les toilettes du rez-de-chaussée, le séjour, partout. Un jour, je lui ai demandé pourquoi. Nous étions dans la cuisine, moi assise sur le comptoir, battant des pieds dans mon pyjama « 1, rue Sésame », regardant ma mère s'affairer.

— Maman, pourquoi tu as peur du noir ?

Elle préparait des pancakes et mélangeait vigoureusement sa pâte en y ajoutant de temps en temps des myrtilles.

— Je n'ai pas peur du noir.

— Alors pourquoi on a des millions de veilleuses dans la maison ?

La cuillère heurtait le grand bol en céramique, celui avec deux rayures beige près du bord.

— Je n'ai pas peur. J'aime bien le noir.

— Non, ce n'est pas vrai.

Elle m'avait fixée du regard, son visage s'était durci au point de devenir méconnaissable.

Elle avait remué trop fort sa préparation et, dans le bol, les myrtilles étaient tout écrasées.

— Les pancakes vont être bleus, avais-je remarqué.

Elle avait regardé le bol, froncé les sourcils et posé la cuillère.

— Mince !

— Pas grave. C'est joli, le bleu.

Elle m'avait embrassée sur le bout du nez.

— Je vais te dire quelque chose, Zara. Parfois, il y a des choses dont les gens devraient avoir peur.

— Comme le noir ?

Elle avait secoué la tête.

— Non. Plutôt l'absence de lumière. Tu comprends ?

J'avais hoché la tête, mais je n'avais rien compris. Rien du tout.

Je claque la porte et descends les marches de la véranda. Je saute l'échauffement. Je ne m'étire pas. Je commence tout de suite à courir au clair de lune. Des cristaux de givre couvrent les vitres des fenêtres. Les branches d'arbres semblent ployer sous le poids de l'air. L'absence de lumière est complète, mais j'ai enfilé sur mon crâne un de ces bandeaux équipés de petites lampes : tant que je fais attention, je ne risque pas de trébucher.

Dès que je me mets à courir, quelque chose dans l'air glacé me déchire les poumons.

Chaque respiration est comme un coup de hache dans ma poitrine.

Chaque respiration est une décision que je dois prendre – la décision de continuer à vivre.

Ça fait mal, mais je surmonte cette douleur et elle finit par s'atténuer. Elle ne disparaît pas, mais la déchirure n'est plus aussi violente. Je ne trouve pas de meilleur mot : la déchirure.

Respirer devrait toujours être une action simple, mais rien n'est simple dans le Maine. Rien n'est simple dans le froid. Mais je continue à courir. Je quitte l'allée, m'engage sur la route principale. C'est plus facile de courir sur l'asphalte que sur la terre, le placement des pieds est plus naturel.

Mais mes articulations en souffrent davantage, et cela fait un peu peur aussi – comme si quelqu'un était en train de m'observer.

Mes jambes se détendent et j'adopte peu à peu le bon rythme, mais cette sensation revient. Un bruit résonne dans la forêt à côté de moi et je continue de courir. Le Maine me rend nerveuse.

Je ne me suis jamais sentie une telle mauviette.

À Charleston, j'ai fait du footing à travers toutes sortes de quartiers, mais je n'ai jamais eu peur.

Je déteste avoir peur.

— Si tu parviens à nommer les choses qui te font

peur, alors ta peur disparaîtra, me disait mon père. Les gens ont peur de ce qu'ils ne connaissent pas.

Je tourne la tête, scrute la forêt, mais je ne vois rien d'autre que des arbres et des ombres. Je n'aperçois personne ni rien d'anormal.

Mon esprit se remplit de visions d'ours et de loups, mais les seuls ours qu'on trouve dans le Maine sont terrifiés par les hommes.

Selon les services de protection de la nature du Maine, aucun loup n'a jamais été vu dans la région, juste des coyotes. Je le sais parce que j'ai consulté leur site après avoir vu ces gigantesques empreintes dans la neige, le premier matin. J'en ai parlé à ma grand-mère et qu'a-t-elle répondu ?

— Ils ont peur d'admettre que ce sont des loups, mais, ici, tout le monde le sait. Peu importe : tu n'as aucune raison de t'inquiéter. Les loups ne veulent aucun mal aux humains.

Je ne cesse de me le répéter : *Les loups ne veulent aucun mal aux humains. Les loups ne veulent aucun mal aux humains.*

Je ne suis pas rassurée pour autant.

Les loups ne veulent aucun mal aux humains. Les lutins veulent du mal aux humains.

De nouveau, cette impression que de minuscules araignées grouillent sous la paume de mes mains.

Soudain, je l'entends.

Mon prénom.

— Zara.

Je trébuche légèrement, bute sur une pierre ou quelque chose qui traîne sur la bande d'arrêt d'urgence. Pourquoi n'y a-t-il pas de voitures par ici ?

Oh, c'est vrai : le Maine n'est pas exactement l'État le plus peuplé d'Amérique, surtout l'endroit où vit Betty.

Je continue de courir, retrouve mon rythme, reste aux aguets.

Puis je l'entends encore. Mon prénom qui semble ricocher, comme en écho, sur chaque arbre de la forêt. Il résonne des deux côtés de la route, derrière moi, partout autour de moi.

Pourtant, c'est une voix douce. Un doux murmure impérieux.

— Zara. Viens à moi, Zara.

On dirait un refrain tiré d'une mauvaise comédie musicale, une phrase sirupeuse, même pas effrayante. Hum… le mensonge est trop gros, là : je suis terrorisée. *Foutaises... Foutaisesfoutaises-foutaises...*

C'est ce que je voulais. Je voulais le faire sortir de sa tanière. Et maintenant ? La peur accélère ma course, mes battements cardiaques…

Mon cœur martèle ma poitrine, comme s'il essayait de s'enfuir. Mais de quoi ? D'une voix ? D'une ombre ? Je suis sortie pour le trouver, et c'est lui qui m'a trouvée.

La vérité me frappe de plein fouet :

Je n'ai pas imaginé cet homme à l'aéroport.

Je n'ai pas imaginé cette sensation sous ma peau chaque fois que je le voyais.

Je n'ai pas imaginé la poussière dorée ni les mots écrits dans les livres.

Le claquement de larges ailes fendant le ciel me fait lever les yeux. Un aigle vole au-dessus de moi, puis pique à travers les arbres. Sa tête blanche scintille.

— Idiote… Je suis une idiote. C'était sûrement les cris de l'aigle, rien de plus.

Si mon père était là, il rirait et me traiterait de poule mouillée. Je ris en pensant « Quelle poule mouillée ! » et je continue de courir. Ma respiration produit de petits nuages effilochés. J'inspire, j'expire, me concentre sur mes pieds.

— Zara !

Je m'arrête. La colère monte en moi. Au diable, la poule mouillée et les citations de Booker T. Washington !

— Quoi ?

L'air glacé me pétrifie. Mes mains se transforment en poings. Je hurle :

— Qu'est-ce que tu veux ? Pourquoi tu me suis ?

Je me force à écarquiller les yeux et regarde autour de moi en balayant le décor avec mes lampes frontales. Qu'est-ce que je cherche ? Un homme, peut-être ? Un homme avec un costume sombre ? Le genre d'homme qui montre du doigt les avions et transforme votre peau en avenue où défilent les araignées ?

La forêt paraît regarder avec moi. Chaque branche d'arbre semble se tendre vers la route pour essayer de palper cette présence autour de moi. Soudain, un mouvement parmi les troncs. J'attrape un morceau de bois sur le bas-côté, le brandit devant moi et me retourne pour faire face au danger. Les faisceaux lumineux bougent avec moi et je continue de scruter la nuit.

Il n'y a pas vraiment de bruit, c'est plus un pressentiment, une sensation de mouvement.

— Je n'ai pas peur ! dis-je en revenant vers la route. Sors et viens me parler ! J'ai lu des choses sur toi. J'ai trouvé un livre.

Ma voix se disloque. La main qui tient le morceau de bois n'est plus si ferme.

— Zara. Viens à moi.

— C'est ça…

— S'il te plaît.

— Non. Si tu veux parler, viens ici.

L'aigle pousse un cri, comme pour me mettre en garde.

Un bruit de craquement dans la forêt, à l'opposé de l'endroit d'où semble venir la voix.

Je pivote d'un coup, prête à tomber sur n'importe quoi – un fou furieux, un loup, un ours, un dinosaure…

— Je sais que tu es un foutu lutin et si tu crois que j'ai peur, tu es un crétin ! Et je sais aussi que tu me suis partout…

La forêt reste silencieuse. Les araignées battent en retraite sous ma peau.

— Quoi ? Tu t'en vas ? Tu joues avec moi ? C'est vraiment lamentable…

Rien.

— Si tu veux que je devienne ta stupide reine, tu ferais mieux d'arrêter de te cacher. Mais je vais te dire un truc, monsieur le Lutin, il n'y aura plus de garçons torturés tant que je serai là, pigé ?

La colère me tétanise et je rugis, de toutes mes tripes je rugis comme un catcheur fou pendant un combat. Je hurle ma colère avec une sorte de virilité gutturale. Je suis venue jusqu'ici parce que je veux voir le lutin, je veux savoir ce qui est vrai dans toute cette histoire, et parce que je veux y mettre un terme.

La lumière aveuglante de phares frappe mes yeux lorsqu'une Mini Cooper sort du virage dans un vrombissement de moteur.

Le conducteur klaxonne de toutes ses forces et j'ai juste le temps de bondir sur le bas-côté de la route, puis de tomber dans le fossé.

Je m'érafle la joue sur une pierre.

Une seconde suffit pour que je comprenne ce qui se passe. Je me lève, j'ai lâché mon bout de bois, devant moi le monde ondule, flou et vaporeux.

Le bandeau lumineux n'est plus sur ma tête, je ne le retrouve plus.

— Zara !

Nick claque la portière après avoir rangé sa voiture quelques mètres plus loin. Il court et s'arrête juste devant moi. Je ne vois pas les traits de son visage à cause des phares derrière lui.

Ce n'est qu'une silhouette massive, mais je la reconnaîtrais entre mille.

— Qu'est-ce que tu fous dehors ?

Sa voix est pleine de colère. La mienne n'est qu'un faible murmure :

— Je voulais le trouver.

— Quoi ?

Il serre les poings et tout son corps semble parcouru d'un tremblement.

— Ça ne va pas bien, ou quoi ?

Je me fais toute petite. Personne ne m'a jamais hurlé dessus comme ça. Personne.

Il a l'air tellement hors de lui que je m'attends presque à ce qu'il me frappe. Je me relève et dois tituber, car il passe un bras autour de ma taille et me conduis vers sa Mini.

— Je voulais juste que ça s'arrête. Je voulais juste sauver quelqu'un alors que je n'ai pas pu sauver mon…

— Je te ramène chez toi, dit-il d'un ton beaucoup plus calme.

Dans sa voiture, je retrouve son odeur – une odeur de pins et d'embruns. Je touche mon visage : le sang macule mes doigts.

Nick attrape un mouchoir dans la boîte à gants et le presse sur ma joue.

— Ça va, dis-je.

Ses yeux n'ont pas l'air d'y croire. J'ajoute :

— Ne m'en veux pas ! Et pose les doigts sur le mouchoir.

J'effleure ses doigts. Une décharge électrique – violente et agréable – me parcourt aussitôt. Peut-être l'a-t-il sentie lui aussi, car il retire sa main. Il regarde le sang sur ses doigts et sa mâchoire se crispe.

— Verrouille ta portière, ordonne-t-il.

J'obéis.

Il met le contact et me conduit jusque chez Betty. Le trajet est bref, mais Nick ne dit pas un mot et son silence m'oppresse.

Tout mon corps fourmille, tendu dans l'expectative et la crainte.

À côté de moi, Nick pianote sur le volant.

— Tu veux me raconter ce qui s'est passé ? me demande-t-il.

Mes yeux restent fixés sur la route. La lune flotte au-dessus de nous, elle aussi dans l'attente, qui sait ? Les arbres sont noirs. Je touche ma tête, à la recherche du bandeau.

Enfin je réponds :

— Je ne sais pas. J'ai cru que le lutin était dehors et appelait mon nom, comme dans un film d'horreur. Alors j'ai hurlé, et j'ai vu un aigle, et j'ai hurlé encore plus et il a disparu.

— Tu veux dire que… tu as fait peur au lutin ?

— Je ne sais pas.

— Pourquoi tu es sortie ?

— Je voulais qu'il me prenne. Je ne veux pas qu'il te fasse du mal, ni à Devyn, ni à personne d'autre. Alors j'ai pensé que… Oh, c'est stupide.

— Tu voulais te sacrifier pour sauver tout le monde ?

Je voudrais entrer sous terre.

— Mais je me suis dégonflée…

Nick se gare devant chez Betty et bondit hors de la Mini. Je déverrouille la portière et il m'aide à sortir en plaçant ses deux grandes mains autour de ma taille, comme si j'étais une petite fille.

— C'est bon, dis-je en essayant de me dégager, je peux marcher toute seule.

Il hausse les sourcils, mais me lâche et me regarde remonter l'allée en oscillant.

— Tu es encore sous le choc, remarque-t-il.

— Ben, tu as failli me renverser, quand même !

— Tu étais au beau milieu de la route ! se défend-il tout en me poussant vers la maison.

Je décide de le taquiner.

— Tu accélérais !

J'ouvre la porte d'entrée et me retourne.

— Je n'accélérais pas, répond-il en ajustant sa casquette ornée d'un grand B – pour « Bedford ».

— Je suis désolée, dis-je.

C'est la vérité.

Je m'adosse à la porte. Ce qu'il y a de bien avec les portes, c'est qu'elles ne disent rien, elles ne se plaignent pas de votre comportement ou de quoi que ce soit d'autre. Le sang a filtré à travers le mouchoir. Je le tiens toujours contre ma joue.

Il m'observe, sans bouger.

— Tu sais, à Charleston je sortais tous les soirs.

— On n'est pas à Charleston, ici.

Je ris.

— Ça, j'avais remarqué.

— Zara, c'est une affaire sérieuse.

Il me pousse doucement à l'intérieur.

— « Une affaire sérieuse »… Pourquoi ? Parce que ça concerne des lutins ?

Je me retourne et vais l'installer sur le canapé. Je me sens ridicule, car j'ai complètement perdu ma décontraction pour me transformer en je ne sais quel dictateur diabolique.

Je dois retrouver un semblant de dignité. Je me tapis dans un recoin du canapé et m'agrippe à l'accoudoir. Nick reste debout. Naturellement. Il ne va quand même pas me donner l'impression qu'il veut rester un peu avec moi, boire un chocolat chaud et bavarder – m'expliquer, par exemple, pourquoi tous les habitants de cette ville déprimante ont l'air cinglés, paranoïaques et d'où leur vient cette faculté de courir aussi vite…

— Quoi ? finis-je par dire. Tu ne pars pas ?

— J'ai promis à Betty.

Il serre les mâchoires, puis ajoute, d'une voix calme un rien forcée, comme un acteur dans le rôle d'un flic :

— Tu ne dois pas sortir quand il fait nuit.

— Je ne suis pas un jeune homme.

— Ah, non ? Vraiment ?

Sa bouche s'affaisse.

— Mais c'est quand même toi que le lutin veut.

— Tu crois ? Dans ce cas, pourquoi il ne m'a pas prise ? Pourquoi il s'est contenté de prononcer mon nom ?

Je retire le mouchoir de mon visage. Le sang s'égoutte doucement.

— C'est peut-être comme ça que ça doit se passer… Je ne sais pas. J'ai l'impression que je ne sais pas grand-chose.

Nick me prend par les bras et me force à me relever, puis m'amène dans la cuisine. L'odeur des spaghettis flotte toujours dans l'air.

Il prend un torchon, le passe sous le robinet, puis l'applique sur ma joue. L'eau dégouline.

— Pardon ! J'ai oublié de l'essorer.

Il rougit – il rougit *vraiment* – en essorant le torchon au-dessus de l'évier. Ses doigts tordent et serrent le tissu. Puis il le pose à nouveau sur ma peau. Ses gestes sont empreints de douceur et son regard semble s'être adouci. Appuyée contre le plan de travail, je lève les yeux sur lui. Il est si proche. Il pose sa main libre sur mon autre joue et incline la tête. Il me regarde intensément. Il regarde *en* moi.

— Je n'arrive pas à te comprendre, Zara.

Je déglutis. Ses yeux observent les mouvements de mon cou, puis se durcissent en se posant sur le torchon appliqué sur ma plaie.

— Tu essayes de me rendre fou, c'est ça ?

— Non.

Si je garde les yeux ouverts un peu plus longtemps, je pourrai peut-être comprendre où il veut en venir, mais ai-je vraiment envie de le savoir ?

Sans doute.

— Betty va te tuer.

Son pouce caresse légèrement ma joue et c'est assez pour me donner un frisson – pas du tout désagréable. Il se passe quelque chose, c'est évident, mais je ne sais pas quoi.

Je tends la main.

— J'ai pris peur. Avant que tu arrives, j'ai pris peur. J'ai cru entendre… Je pense que je deviens folle, tu sais ? Est-ce que c'est le froid qui envahit notre cerveau et nous empêche de tenir des raisonnements logiques ? En gelant nos neurones, peut-être ?

J'arrête de parler, car je commence à entendre une pointe d'hystérie dans ma voix. Mes mains happent l'air, seulement l'air, cherchant à se raccrocher à des mots ou à autre chose.

Nick secoue la tête et ses cheveux flottent dans l'air comme les poils d'un chien.

— Tu n'es pas folle.

— Pourquoi ?

— Parce que… eh bien, moi non plus je ne sais pas ce qui se passe. Pose-moi des questions sur la situation au Darfour, je pourrai tout t'expliquer. Tu veux savoir combien de prisonniers attendent dans le couloir de la mort aux États-Unis ? Ça aussi, je le sais. Mais pourquoi il y a des lutins dans un trou paumé du Maine, alors ça je n'en ai aucune idée…

— Moi non plus.

Je soupire, porte ma main à ma joue blessée, puis me frotte les yeux. Je suis épuisée. Le sol se dérobe légèrement sous mes pieds, mais je parviens à regagner le salon pour m'affaler dans le canapé.

Nick se retrouve aussitôt à côté de moi, pose sa main sur mon épaule et me dévisage.

Il s'est déplacé si vite que je ne m'en suis même pas rendu compte.

— Je me sens un peu patraque. C'est sans doute pour ça que j'ai l'air… que j'ai l'air…

— Patraque ?

— Je sais, c'est débile, comme mot. Ma mère l'utilise tout le temps. C'est elle qui m'a envoyée ici, tu comprends ? Et elle dit souvent ça : patraque.

Il tire de derrière le canapé une couverture en laine.

— Elle te manque ?

— Ouais. C'était une vraie battante avant la mort de mon père. Moi aussi, je voudrais bien être une battante comme elle. Tu préfères quoi : les filles battantes ou les filles plus discrètes ? C'est une question que je me suis toujours posée. Pas à propos de toi, hein. À propos des mecs en général. Tu dirais que je suis une… battante ?

— Sans aucun doute.

— Ouais, c'est ça. Moi, j'ai l'impression d'être tout le contraire.

— C'est quoi, ça, le contraire d'une battante ? Une *débattante* ?

Il étend la couverture sur moi et s'assied à côté de moi, tout près. Sans même m'en rendre compte, je me rapproche un peu plus.

— Je déteste ça, dis-je. Ne pas être capable de comprendre ce qui se passe.

— Ça te donne l'impression d'être impuissante ?

Il touche le fil autour de mon doigt.

— Ouais.

— On va bien finir par trouver une explication.

Je hume son odeur de pin, comme si je respirais un sapin de Noël.

— On a intérêt !

— J'avais peur, dis-je en me souvenant de la voix.

— Tu l'as déjà dit.

Il passe son bras autour de moi, juste sur mes épaules – exactement comme Blake Willey lors de notre premier rendez-vous, en classe de sixième, quand on était allés voir *Shrek*.

Je le laisse poser son bras et me mords la langue pour ne pas me remettre à babiller. Et j'essaye de ne pas penser à ce que Ian penserait s'il nous voyait. Ian qui veut sortir avec moi. Ian qui, malgré son amitié bizarre avec Megan, se montre toujours gentil avec moi, contrairement à Nick.

Nick.

Nick a d'épais cheveux noirs.

Nick a de grands yeux noisette.

Nick a de belles dents blanches.

Nick a un large torse et des poumons de coureur.

Lui pourrait gonfler ses joues, souffler et faire s'envoler ma maison comme fétus de paille. Mais je m'en moque. Je me laisse aller contre lui. Il est si chaleureux, si confortable – ce qui ne m'empêche pas de trembler en repensant à la forêt.

Mes paupières ne veulent pas s'ouvrir, mais j'aimerais tellement continuer de regarder Nick, lui qui est si mignon quand il ne me fait pas la leçon…

— Merci de m'avoir raccompagnée.

Mes lèvres sont si fatiguées que je dois les forcer à bouger.

— Je recommence quand tu veux, Zara. Vraiment. Je suis sincère.

On dirait qu'il respire l'odeur de mes cheveux.

— Je sais que tu me détestes, mais on devrait être amis… dis-je en fermant les yeux.

— Je ne te déteste pas. Pas du tout.

— Alors qu'est-ce qui t'arrive ? Tu souffres de parthénophobie ?

— De parthénophobie ?

— La peur des jeunes filles.

— Tu es tellement étrange…

Il s'approche encore un peu plus de moi. Dans son œil, une lueur malicieuse trahit son effort pour ne pas céder à un éclat de rire moqueur. Sa main presse ma tempe. Personne ne m'a jamais touchée comme ça auparavant, avec douceur mais fermeté.

— Je n'ai pas peur des jeunes filles.

— Alors pourquoi n'en as-tu jamais embrassé une ?

Un éclair passe dans son regard.

— Peut-être parce que je n'ai pas encore trouvé la bonne ?

— Quelle réplique ! dis-je.

Je regarde ses lèvres. Pour une raison étrange, je répète :

— On devrait être amis…

— Ouais, on devrait.

Une sensation chaude me submerge, et je me blottis encore plus près.

— Je veux dire… Je n'ai pas l'intention d'être comme ces femmes insupportables qu'on voit dans les films, qui tombent amoureuses de l'homme qui leur sauve la vie – parce qu'enfin, tu ne m'as pas sauvé la vie, pas vrai ?

— Sauvé la vie ?

Mon estomac se crispe.

— Peu importe…

Il se met à rire. Je lui tape sur la cuisse.

— Arrête !

— Je ne peux pas !

Tout son corps est pris d'un hoquet, et il paraît soudain tout petit, plus jeune et encore plus mignon.

Un jour, quand nous regardions en famille cette comédie idiote à la télé, mon père a subi le même genre de métamorphose.

Tout à coup, il était redevenu un petit garçon et tous ses soucis – les factures, moi, les secours humanitaires – s'étaient envolés, évanouis grâce à je ne sais quel gag scato. Nick prend une ample inspiration, si ample qu'elle me fait bouger puisque je suis appuyée contre lui.

Quand il expire, il dit à voix basse, si basse que je l'entends à peine :

— Je ne veux pas te faire de mal, Zara. Je veux que personne ne te fasse du mal.

Je souris.

— Tant mieux. Mais, tu sais, je ne suis pas une princesse en danger…

Puis je m'endors, ce qui est évidemment une grosse faute de timing, car la conversation commençait tout juste à devenir intéressante…

Philophobie

Peur de tomber amoureux

Je me réveille le lendemain matin dans mon lit. Pas sur le canapé, dans mon lit. Autrement dit ?

J'ai tout rêvé !

Non ?

Non.

Ma main se pose sur ma joue et je sens la cicatrice. Ou plutôt le carré de gaze fixé par de l'adhésif. Je remarque sur mes mains des griffures que je me suis faites en tombant.

Elles ne sont pas très profondes, mais leur forme est bizarre. J'ai un peu mal quand je m'assieds.

Tous mes os craquent comme si je venais de courir un marathon.

Mes abdominaux sont douloureux.

Je m'extirpe du lit et me traîne jusqu'à un miroir. Le pansement blanc se fond presque dans la pâleur de mon visage.

Betty a dû me le mettre hier soir, mais je ne m'en souviens pas. Ni du départ de Nick, d'ailleurs.

Mon visage se colore à nouveau tandis que je pense à lui. Oh, mon Dieu… je lui ai demandé qu'on soit amis ! On ne demande pas ce genre de choses…

La catagélophobie est la peur du ridicule – une peur très répandue. Je crois que j'aurais tout intérêt à entretenir soigneusement la mienne.

— Désespérée… Désespérée et pathétique, dis-je en maugréant à l'horrible reflet que me renvoie le miroir.

Mon horrible reflet articule les mêmes mots.

Je fourrage à travers mes cheveux, mais renonce bien vite.

Catagélophobie.

Pourquoi je réagis comme ça ? Il n'y a absolument aucune raison que je m'intéresse à Nick. C'est juste un type mignon qui a failli me renverser à bord de sa superbe Mini Cooper.

D'accord, il sent bon – l'odeur du confort, de la chaleur, de la sécurité, mais lui-même ne dégage pas une grande impression de sécurité.

Je le sais. Je le sais parfaitement.

Et puis, pourquoi voudrait-il de moi ? La fille dans le miroir est trop pâle, trop banale, et elle a un gros pansement sur la joue.

Je ne suis pas exactement une top model, ni même une Megan.

Je commence à tirer sur mes cheveux en essayant de ne pas trop me regarder, de ne pas trop prêter attention à tout ça.

La main de Betty posée sur mon épaule me fait tressaillir.

— Zara ?

Je me retourne et m'appuie contre la commode. J'ai peur de croiser son regard.

Elle glisse les doigts dans mes cheveux.

— Il faut que tu prennes du démêlant pour cette tignasse !

— Je sais.

Dehors, un chien aboie.

— Satanés chiens ! murmure-t-elle en se tournant avant de revenir vers moi. Ce Nick est vraiment un bon garçon.

Je lui jette un coup d'œil.

— Je ne lui plais pas.

— Vraiment ? C'est moi ou c'est toi que tu essayes de convaincre ? Parce que je l'ai trouvé hier soir en train de mettre ce pansement sur ta joue tandis que tu étais endormie, bavant à moitié sur le canapé.

— Je bavais ?

Elle rit.

— Pas trop.

Je cache ma tête dans mes mains. L'air dans la pièce sent le rance, le sang séché et le doute. Betty m'écarte les mains. Elle sourit.

— Tu lui plais, Zara. Il s'est occupé de toi. C'est ce que font les hommes quand ils s'intéressent à une femme.

— À l'évidence, il a un gène de sauveur de princesse prisonnière dans le donjon, ce qui n'est pas du tout adapté à mon cas : je ne suis pas une princesse, et encore moins une prisonnière.

J'ai parlé avec un peu trop d'amertume : même moi je m'en suis rendu compte.

— En effet. Tu es trop occupée à sauver des gens que tu ne connais pas.

Elle montre la pile de mes lettres pour Amnesty International.

— Ce n'est pas bien, peut-être ?

— C'est très bien, Zara. C'est juste que… Bah, on a tous besoin d'être secouru de temps en temps. Ça ne veut pas dire qu'on est faible.

— Il ne m'aime pas comme moi.

— Tu sais, il n'y a pas de mal à admettre qu'il t'aime bien. Il n'y a pas de mal à éprouver des sentiments positifs. Ton père ne veut pas que nous cessions de vivre.

Les couvertures sont emmêlées sur le matelas, dans tous les sens. J'essaye de les remettre en place. Ma pile de livres et de dossiers Amnesty International s'écroule sur mon pied. Le livre que mon père avait emprunté attendra…

— Quel bazar, ici ! dis-je en marmonnant et en essayant d'empiler à nouveau les dossiers. Je suis désolée d'être aussi peu soigneuse. Je parie que maman était soigneuse, elle, quand vous l'avez accueillie.

— Elle ne laissait pas de bazar, c'est vrai. Mais elle ne refermait jamais le tube de dentifrice.

— Et ça n'a pas changé ! dis-je en agitant un

dossier sur les droits de l'homme pour appuyer mes dires.

Il y a tant de chiffres dans ces pages, et chaque chiffre correspond à une souffrance humaine, à une histoire humaine.

Mon estomac se rabougrit et je pose délicatement le dossier sur la pile. Puis je ramasse le livre de la bibliothèque.

— Papa a emprunté ce livre, tu sais. Il y a son nom sur l'étiquette des retours.

Elle prend le livre et l'examine. Après ce qui semble être une éternité, elle lit à mi-voix :

— *N'ayez pas peur. En ce lieu, des tigres.*

— Tu crois que c'est lui qui l'a écrit ?

J'effleure son bras. Soudain, elle paraît très fragile.

— Ça ressemble à son écriture.

— Et ça veut dire quoi, selon toi ?

— C'est une nouvelle de Ray Bradbury.

Je dois avoir l'air perplexe, car elle ajoute :

— Un écrivain de science-fiction. Un des meilleurs.

— Oh ! Je ne m'y connais pas trop en science-fiction…

— Hum…

Betty retrouve son sérieux, ferme le livre et me le rend. Je le tiens serré contre mon cœur pendant une seconde, et tant pis si ça fait trop mélo. C'est un livre spécial – comme un message que mon père m'aurait laissé.

Betty me dévisage.

— Tu es sortie toute seule, hier soir.

Je place le livre sur ma pile de dossiers Amnesty International.

— Je sais. Je…

— Zara ?

La voix de Betty se fait menaçante. J'aurais dû répondre plus vite. J'ajoute aussitôt :

— Je suis désolée ! J'ai prévenu Nick et Issie… Enfin, je leur ai envoyé un texto pour éviter toute discussion qui aurait pu me décourager. Et puis… je cherchais des réponses.

— En allant te promener en pleine nuit ?

Betty ramasse un coussin. Je prends une inspiration profonde.

— Écoute… j'essayais de trouver quelqu'un.

— Quelqu'un ?

— Cet homme qu'on a vu sur la route, quand on rentrait de l'aéroport.

Je lisse les draps déjà bien lisses. Ils sont frais, doux et rassurants sous mes paumes.

Betty inspire en sifflant.

— Zara, ce n'est pas une bonne idée.

Je me redresse.

— Pourquoi ?

Elle arrête de tapoter sur le coussin, qui se balance entre ses doigts.

— Cet homme est dangereux.

— Comment le sais-tu ? Et dangereux comment ?

Elle s'écarte de moi et se met à faire le lit, glissant d'un geste sec les coins des draps sous le matelas.

— Je crois que c'est lui qui a kidnappé le fils Beardsley.

— Moi aussi. Dans ce cas, pourquoi la police ne l'arrête pas ?

— Pour arrêter quelqu'un, il faut déjà être capable de l'attraper.

Elle triture mon oreiller et le secoue vigoureusement, avec des gestes presque agressifs. Aux rayons du soleil, ses cheveux gris scintillent comme de la neige.

— Or cet homme ne laisse aucune trace, aucune piste, il apparaît et disparaît. J'étais même surprise de le voir, l'autre soir. J'aimerais bien le revoir.

— Pourquoi ?

— Pour l'attraper, grogne-t-elle.

L'espace d'un instant, j'ai l'impression que ma grand-mère n'est plus là, qu'elle est devenue un être différent, primitif. Puis elle ajoute sèchement :

— Lui ou n'importe quel autre kidnappeur d'enfants.

— Mais tu n'es pas certaine que c'est bien lui ?

— Non. Je n'en suis pas certaine.

J'ai hâte d'annoncer la nouvelle à Devyn, Nick et Issie.

— Je suis hyper en retard pour mes cours !

— Je t'accompagne.

— Tu n'es pas obligée.

Je me retourne. Elle a une carrure d'épaules de nageuse, mais elle est plus maigre. Je me demande comment elle peut être secouriste et porter tous ces gens alors qu'elle est tout de même vieille.

— Ça me ferait plaisir, répond-elle en souriant. Laisse-moi juste être ta grand-mère aujourd'hui et m'occuper de toi. D'accord ?

Je souris à mon tour.

— D'accord. Si tu me prépares un bon chocolat.

— Et puis, tu as peut-être eu un choc à la tête.

— Bien sûr que non.

— Bien sûr que si.

Betty me dépose à l'école. Nous restons un moment dans son pick-up, même si l'heure tourne et que je vais devoir aller chercher un billet de retard chez Mme Nix.

— Tu manques à ta mère, Zara, dit Betty sans prévenir.

Quelque chose se noue en moi.

— Hum… Tu savais que certaines personnes ont peur de la laideur ? Il y a même un nom pour ça : c'est la cacophobie.

— Et certaines personnes ont peur de parler à leur mère.

— Oh, joli.

— Pas la peine de rouler les yeux.

Aucune colère dans sa voix. Elle tapote le volant du bout des doigts.

— Je me fais juste du souci pour votre relation. On dirait que tu cherches à l'éviter.

Je ferme les paupières pour ne pas rouler les yeux.

— Elle s'est débarrassée de moi.

— Elle t'a envoyée ici parce qu'elle s'inquiétait pour toi. Tu avais perdu ta niaque…

Betty tend la main vers moi et me presse le genou. La peau de sa main est aussi fragile et mince que du papier.

— On dirait que tu es en train de la retrouver…

Je lève un sourcil – rien qu'un – pour bien lui montrer ce que je pense de son analyse. Elle me donne une tape sur le genou en riant.

— Ah, quel numéro tu fais ! Allez, va-t'en !

Elle me salue d'un coup de klaxon et disparaît pour une nouvelle journée occupée à sauver le monde. Je traverse des rafales glacées pour entrer dans l'école et pénètre dans les couloirs décorés par une grande statue d'aigle et les autoportraits des élèves de la classe d'arts plastiques.

Je n'ai aucune envie d'être ici, mais c'est mieux que de rester seule à la maison, obnubilée par le souvenir de cette voix dans la forêt.

La porte du secrétariat est fermée, mais je l'ouvre et me poste au guichet en attendant que Mme Nix se retourne et s'aperçoive de ma présence.

Elle classe des dossiers tout en fredonnant une chanson country. Je finis par toussoter.

Ça marche. Elle se retourne et sourit.

— Oh ! Zara.

Elle repose les papiers sur son bureau et avance jusqu'au guichet. Ses yeux se plissent, inquiets, en remarquant mon pansement.

— Eh bien, Zara, qu'est-ce qui vous est arrivé ?

— Je suis tombée en faisant mon footing hier soir.

Mme Nix secoue la tête et me signe un bon de retard.

— J'espère que votre grand-mère vous a bien conseillé d'enfiler votre blouson à l'envers ?

Le bon glisse entre mes doigts.

— Pardon ?

Ses yeux croisent lentement les miens et elle ouvre la bouche. Elle se met à parler avec une lenteur hivernale.

— Oh. Je pensais que Betty vous en aurait parlé…

Je fais non de la tête.

— Votre mère non plus ?

— Non. Pourquoi, elle aurait dû ?

Je me sens de plus en plus troublée. Je sais que Mme Nix est très gentille, mais elle a parfois un comportement bizarre, comme si c'était *elle* qui était estomaquée par la situation.

— Pourquoi ? Ah, tout le monde continue de nier l'évidence et l'histoire se répète… marmonne-t-elle.

Du bras, elle renverse une boîte contenant des trombones colorés. Son contenu se répand sur le carrelage, recouvrant le dessin de la mascotte du lycée.

— Oh, quelle idiote ! dit-elle en s'agenouillant pour ramasser les trombones.

Je me baisse et, genoux contre genoux, lui viens en aide.

— Ça va.

— C'est très gentil, Zara, merci. Tu es vraiment comme ta mère.

Elle se relève.

— Merci !

— Ce n'est rien.

Je glisse mes cheveux derrière mes oreilles. Ils

tombaient sur mes yeux, m'empêchant de bien voir Mme Nix et je voudrais vraiment la regarder, tirer cette histoire au clair.

— Alors, pourquoi faut-il porter son blouson à l'envers ?

Elle rougit et, d'un geste évasif de la main, semble vouloir effacer ses paroles.

— Oh, c'est une vieille superstition : quand on est seule dehors la nuit, on dit qu'il faut porter son manteau à l'envers. Je pensais que tout le monde savait ça.

— Pourquoi ?

Son visage s'empourpre. Au même moment, le téléphone sonne, à la grande joie de Mme Nix. Elle me fait signe de partir, décroche et répond d'une voix inhabituellement enjouée :

— Allô, madame Nix à l'appareil, secrétariat du lycée. Que puis-je faire pour vous en cette belle journée ensoleillée ?

Je récupère mon bon de retard et m'en vais.

Le Maine devient de plus en plus bizarre…

Devyn me retrouve après le cours d'espagnol. Ian m'a mis le grappin dessus, mais Devyn lui dit :

— Salut. Je voudrais parler à Zara une minute.

— Pas de problème, répond Ian sans cesser de me suivre.

— Seul.

— Oh ! bredouille Ian. Compris. À tout à l'heure, Zara.

— Entendu, dis-je en le regardant s'éloigner. Le pauvre…

— Il va s'en remettre, m'assure Devyn. Tu sais, j'ai repensé au livre. Tu l'as apporté ?

— Oui, oui.

Je le récupère parmi tous les autres et le lui montre.

— Je peux te l'emprunter ?

Mon cœur s'arrête.

— Euh… oui, bien sûr.

— J'en prendrai soin, Zara, je te promets. Je sais que ton père l'a pris, lui aussi, et que c'est quelque chose de très spécial pour toi.

Je pose le livre sur ses genoux tandis que nous traversons le couloir.

— Je suis si prévisible ?

— Si j'étais toi, je le considérerais vraiment comme un livre à part. Je veux juste le lire dès que possible.

— Je comprends. À propos, j'ai réfléchi à la citation sur les tigres.

— Et ?

— Elle a sûrement une importance particulière.

— Je sais.

Issie nous rejoint à grands pas.

— Je suis furieuse contre toi !

Je me montre du doigt.

— Contre moi ?

Elle m'attrape par le coude.

— Oui, toi ! Tu es sortie courir toute seule en pleine nuit. Tu es une idiote !

— Merci, Issie.

Je dégage mon bras.

— Il aurait pu te kidnapper, murmure-t-elle en cherchant du regard le soutien de Devyn.

— C'était stupide, confirme-t-il. Nick nous a raconté ce qui s'est passé. Il nous a parlé du type qui t'appelait par ton prénom…

Je ne réponds rien. Issie s'adoucit et passe le bras autour de ma taille.

— On sait que tu voulais te sacrifier.

— Je ne voulais pas me…

Elle me coupe.

— On ne veut pas que tu te sacrifies. On va trouver ensemble le fin mot de l'histoire. Personne ne joue les martyrs. Pas vrai, Devyn ?

Il acquiesce.

— Exact. Ou alors pas tout seul.

— Zara, c'est génial ! s'exclame Issie en sautillant entre les bureaux. Regarde un peu ce monde !

Je balaye du regard la salle de classe où va se tenir notre réunion d'Amnesty International. Nick n'est pas là.

— Il y a dix élèves, Issie, dis-je en soupirant. Ce n'est pas beaucoup, quand des dizaines de milliers de gens ont besoin de notre aide.

Ian me fait signe. Son sourire lui mange le visage, comme s'il avait à lui seul ramené les dix personnes présentes – ce qui est, reconnaissons-le, probablement le cas.

— Dix, c'est le nombre parfait, renchérit Issie avant de m'indiquer du coude l'arrivée de Ian. Oh, oh… regarde qui voilà…

— Au moins, il est venu, *lui*, dis-je en posant mes stylos et mes enveloppes préaffranchies. Contrairement à d'autres…

Quelque chose s'effondre dans mon estomac quand je pense à l'absence de Nick. Ian est tout près de moi et je reprends :

— Au moins, *lui* s'intéresse…

Ian me sourit.

— Salut, Zara. Il y a du monde, c'est bien.

Je glisse un regard vers Issie qui me renvoie un coup d'œil genre « je te l'avais bien dit ».

— Il y a seulement dix personnes.

— Par ici, dix c'est bien. Si cinq élèves se pointent à nos réunions du Key Club, on est fous de joie !

Il me montre les formulaires d'Action urgente.

— Je peux t'aider à les distribuer ?

— Oui, je t'en prie.

Il est vraiment adorable.

C'est seulement après avoir expliqué la mission importante d'Amnesty International et distribué à chacun des lettres à écrire que je vois la porte s'ouvrir sur Nick. Comme Ian est déjà assis à côté de moi, Nick se poste devant mon bureau.

— Sympa de venir maintenant, Colt, ironise Ian.

Tout à coup, il ressemble à un serpent. Ça n'est pas très attirant : je l'imagine avec des écailles, enroulé sur lui-même.

Issie porte ses mains à ses yeux comme si elle craignait déjà le bain de sang.

Je lève les yeux sur Nick.

— Tu es en retard.

Il me sourit. Une brindille d'épicéa est restée coincée dans son sweat-shirt.

— J'étais occupé ailleurs, grommelle-t-il en détournant le regard pour le fixer sur Ian.

Les deux garçons se jaugent du regard et des épaules, comme les mâles alpha d'un troupeau.

Devyn glisse à Issie, dans un aparté théâtral :

— Ils font vraiment de la peine parfois.

— Je sais, répond-elle.

Nick retire la brindille de son sweat-shirt et commente :

— Vous trouvez aussi, hein ?

Puis il me sourit et mon cœur se met à battre la chamade. J'ai honte de l'avouer, mais c'est la vérité… Le cœur peut vous trahir de cette façon. C'est pour cette raison qu'il est parfaitement légitime d'être cardiophobe – d'avoir peur des cœurs.

— Pardon pour mon retard, Zara. Dis-moi ce que je peux faire.

Il se tient devant moi, se balançant sur les talons d'un air décontracté. Ian manque de casser en deux son stylo. Je me lève et vais installer Nick devant des formulaires d'Action urgente.

Toute la journée le ciel est d'un bleu éclatant, le genre de ciel du Maine que les peintres immortalisent, le genre de ciel qui apaise et fait sourire, même une fille de Charleston comme moi.

Pendant les cours, je regarde les arbres aux couleurs vives. Je suis censée travailler sur un collage – un aigle –, mais mes pensées ne cessent de dériver vers les prisonniers politiques et les lutins. Je déchire un morceau de brocart rouge pour rehausser l'aile gauche de l'aigle. Je suis en train de l'enduire de colle quand Nick fait son apparition dans la classe. Il s'assied à la table voisine.

— Ça va si je m'installe là ?

Je hoche la tête. Mon cœur palpite un million de fois, sur un rythme endiablé. Mon cerveau se demande pourquoi il s'est assis là.

Il y avait des millions de milliards d'autres places, sans parler de sa place habituelle. *Ne t'excite pas ! N'en fais pas tout un plat ! Il veut sans doute juste parler de lutins.*

Nick va chercher son travail dans le placard à fournitures et le déplie sur sa table. C'est un loup tapi dans la forêt, réalisé en papier bolduc.

— Joli, dis-je.

Il sourit.

— Le tien aussi.

Nous restons assis sans parler pendant une minute. Je donnerais cher pour qu'il dise quelque chose. N'importe quoi.

Enfin, pas n'importe quoi, quelque chose de gentil tant qu'à faire. Je finis par lâcher :

— Tu es trop silencieux.

Il rit.

— Pas toi, peut-être ?

— Je ne suis pas venue m'asseoir à côté de toi.

— Exact, mais hier soir *tu* m'as demandé qu'on soit amis.

Ses yeux pétillent.

— Chut ! Certaines choses ne devraient jamais être répétées, voyons !

Il cramponne ses mains à son cœur, comme si ma remarque l'avait blessé.

— Quoi ? Tu ne me l'as pas demandé, peut-être ?
— Ça me donne l'air tellement désespérée…
— Mais non.
— Mais si.
Il sourit et ce sourire gagne peu à peu sa voix.
— Zara, tu n'es pas une fille désespérée.
J'arrache un autre morceau de papier dont je coupe les bords irréguliers à l'aide d'un cutter tout en marmonnant :
— Ouais, c'est ça…
Je fignole l'aile et la logique de mon raisonnement avant de reprendre :
— Et puis, un véritable ami ne ressortirait pas devant moi quelque chose d'aussi embarrassant et pathétique.
Il rit à nouveau, mais son rire ressemble à un grognement.
— Embarrassant et pathétique ?
Je fais semblant d'abattre la lamc de mon cutter sur son avant-bras sculptural. Geste qui n'échappe pas à la prof de dessin. Elle pointe le bout de son pistolet à colle dans ma direction.
— Zara !
— C'est juste une blague…
— Dois-je demander à monsieur Colt de changer de place ?
Ses lèvres se tordent.
— Je ne voudrais pas interrompre une idylle naissante…
Ricanements dans la classe – pas des rires, des ricanements. Je sens le rouge me monter aux joues.
— Ça va, ça va. Il ne me dérange pas.

— Il ne me dérangerait pas non plus, murmure une fille aux cheveux noyés de laque assise à la table d'à côté.

Elle et sa voisine se tapent dans la main.

— Au travail, tout le monde !

La prof tire sur son chemisier et laisse apparaître la naissance d'un décolleté.

— Laissons tranquilles Nick et la nouvelle.

L'air renfrogné, je plante mon cutter à travers le journal.

— Je déteste être la nouvelle.

— Pourquoi ?

Je lui jette un regard en coin, en m'efforçant de ne pas fondre devant ses yeux, son menton ou ses mains. Je ne réponds pas.

Nous reprenons nos collages pendant une minute. Je suis intensément consciente de sa présence à mes côtés, tout près, c'en est ridicule. J'ai l'impression très agréable de sentir la chaleur qui se dégage de son corps.

— Bon, ce matin, quand je suis arrivée au lycée, je suis allée voir Mme Nix qui m'a dit un truc vraiment bizarre : quand on sort la nuit, il faut toujours enfiler son manteau à l'envers.

— Quoi ?

— Je sais. Étrange, non ? J'ai fait une recherche sur Google…

— Et ?

— J'ai découvert qu'un lutin pouvait s'attaquer aux humains se promenant seuls dans les bois la nuit, sauf s'ils portent leurs vêtements à l'envers comme protection.

Il met de la colle sur un morceau de papier qu'il presse ensuite sur son support.

— Vraiment bizarre…

Il marque une pause.

— J'ai parlé à Betty.

— Oui, tu me l'as déjà dit.

— Elle a plusieurs choses à te montrer ce soir.

— Pourquoi tu ne peux pas m'en parler maintenant ?

— Parce que.

— Parce que quoi ?

Il montre la classe d'un geste évasif.

— On pourrait nous entendre.

— Tu dois me donner un indice.

— Et voilà, tu boudes. Tu n'as pas le droit de bouder. C'est trop mignon.

Mon cœur s'ouvre, béant, mais soudain le visage de Nick se transforme. Ses yeux se plissent. Il devient sérieux.

— Allez, Nick, dis-le-moi maintenant !

— Hors de question.

— S'il te plaît.

— J'ai promis à Betty.

— Et alors ?

— Tu sais très bien qu'on ne plaisante pas avec Betty…

— En effet.

J'abandonne.

Après un court instant, je trouve le courage d'ajouter :

— Si nous sommes amis, il y a des choses que je dois savoir sur toi.

Il écarte les bras.

— Vas-y !

— Euh…

Je réfléchis unc sсconde.

— Quel métier font tes parents ?

— Ils sont photoreporters naturalistes. Ils voyagent beaucoup.

— Vraiment ? Où ça ?

— Partout. En ce moment, ils réalisent un film en Afrique.

— Je ne te crois pas.

— Je t'assure.

J'applique un filet de colle. Une goutte gicle sur mon doigt.

— Donc, tu es tout seul ?

— Oui, oui.

Je frissonne. Quelle tristesse…

— Tu ne trouves pas ça affreux, qu'ils partent comme ça ? Tu ne te sens pas abandonné ?

Il secoue la tête.

— Non. Ma place est ici.

— Très philosophique.

Je touche ma tête à l'endroit où une bosse se forme. C'est toujours douloureux. Je me demande si Betty en a parlé à maman.

Nick me lance un regard profond.

— Non, c'est la pure vérité.

Il est évident que, pour lui, le sujet est clos, mais j'insiste, car je déteste nous sentir si différents.

— Ça doit être agréable, de savoir où est sa place.

— Tu le découvriras un jour, Zara.

Je hausse les épaules.

— J'en doute.

J'ai toujours eu des amis, mais je ne me suis jamais sentie capable de me fondre avec le reste du monde.

Maman m'a dit un jour que c'était une sensation classique chez les adolescents.

Je l'ai immédiatement détestée d'avoir pu dire ça, et j'ai quitté la pièce avec fracas pour aller courir jusqu'à Battery Park.

— Je crois que je ne trouverai jamais où est ma place, dis-je lentement en me concentrant sur mon collage au lieu de regarder Nick – il faut que j'apprenne à cesser de le contempler en permanence.

— Je ne suis pas quelqu'un qui s'intègre, mais ce n'est pas grave.

— Je suis certain que tu y arriveras.

— Ah oui ?

— À cent pour cent.

Il me montre mon pinceau à colle.

— Tu permets ?

Je m'apprête à le prendre pour le lui donner, mais il tend la main au même instant et nos doigts se rencontrent – juste quand les rampes de néon au plafond grésillent, puis s'éteignent.

Tout le monde soupire, même si on y voit encore parfaitement. La lumière du dehors suffit, même si elle ne permet pas de travailler sur les petits détails.

Les doigts de Nick frôlent doucement les miens, si doucement que j'ai peine à croire que c'est bien réel. Je sens quelque chose grésiller en moi comme les néons de la classe.

Mais rien ne s'éteint. Je tourne la tête pour regarder Nick droit dans les yeux.

Il se penche vers moi et murmure :

— Ça va être difficile d'être seulement ton ami.

Les lumières se rallument.

— Une petite coupure de courant, intervient la professeur en souriant avant d'ajouter, bras tendus : Bienvenue dans le Maine, Zara ! Pays des pannes momentanées et des coupures de courant…

Le souffle de Nick effleure mon oreille.

— J'ai appris que tu n'étais pas venue à l'école en voiture. Je te ramène chez toi après le cross-country, d'accord ?

— D'accord, dis-je en m'efforçant de rester calme alors que je rêve d'une seule chose : sauter de ma chaise et exécuter une danse joyeuse à travers toute la classe.

Nick me raccompagne à la maison !

Devyn nous attend à la sortie du cours d'arts plastiques.

— Qu'est-ce qu'il y a ? lui demande Nick.

Le visage de Devyn se ferme.

— Un problème avec Issie ?

— Non, dit Devyn, mais j'ai trouvé quelque chose.

Il nous fait signe de le suivre et nous nous retrouvons dans une petite alcôve juste à côté de l'entrée principale. Nous avons tout juste la place de nous glisser entre la porte rouge d'une armoire à fournitures et celle du panneau électrique. Nick s'accroupit pour arriver au niveau de Devyn. Je fais de même.

— Bon, commence Devyn, ce ne sont pas des bonnes nouvelles.

— Dis-nous !

— Ils embrassent les gens.

Je ris.

— Qui ça ?

— Les lutins !

Il montre le livre de la bibliothèque.

— C'est très sérieux, Zara.

— Désolée. O.K. Ils embrassent les gens…

Je regarde Nick qui n'a jamais embrassé une fille.

Devyn doit le remarquer, car il précise rapidement :

— Je ne parle pas d'un baiser *agréable*. C'est un baiser terrible. Mortel.

— Un baiser fougueux, quoi, dis-je.

— Zara… dit Nick d'une voix agacée.

Je lève les mains et m'adosse contre le mur.

— Pardon !

Devyn me montre du doigt :

— Tu arrêtes de m'interrompre et tu arrêtes d'essayer de dissimuler ta peur derrière de pathétiques tentatives de sarcasmes, même si j'apprécie tes efforts. Bref : ce baiser donne au roi des lutins un pouvoir sur l'esprit de la femme. Et transforme cette dernière en lutin.

— Et ça signifie quoi ?

— Je n'en suis pas sûr… Mais si elle est entièrement humaine et n'a pas une goutte de sang de lutin, ça peut la tuer.

— Attends un peu, interviens-je. Si je comprends bien, si notre lutin embrasse une femme, soit elle meurt, soit elle devient la reine ? Et, quelle que soit l'issue, son âme appartient au lutin ?

— Exact.

— Ça craint. Mais tu disais « si elle est entièrement humaine »… Qu'est-ce qu'elle pourrait être d'autre ?

Devyn hausse les épaules.

— Elle peut déjà avoir du sang de lutin dans les veines. D'après ce livre, beaucoup de gens descendent d'une lignée de lutins. Ou bien…

Devyn regarde Nick et conclut :

— … elle pourrait être une garou.

— Encore des garous ? Des loups-garous ?

Je secoue la tête et me lève. Mon bracelet glisse le long de mon avant-bras.

— C'est dingue…

— Zara ?

Nick se lève à son tour et m'attrape par la main.

— Tu y crois déjà à moitié.

— Je sais ! Mais un lutin qui te vole ton âme en t'embrassant ? Du sang de lutin ? Des garous ? C'est dingue, je te dis !

J'arrache le livre des mains de Devyn.

— Beaucoup trop dingue pour moi…

Malaxiophobie

Peur des préliminaires amoureux

Nick et moi quittons l'entraînement plus tôt, car ma tête me fait toujours mal, après ma chute, et peut-être aussi à cause de cette réunion au sommet avec Devyn près de l'armoire électrique.

— Je peux la ramener chez elle, propose Ian quand il voit Nick m'accompagner hors de la piste.

Nick lève le bras.

— Non ! Cette fois, c'est moi.

Le coach Walsh nous rejoint sur le parking, à l'endroit où finit la piste d'entraînement. Il est appuyé sur son vieux pick-up bordeaux et tient à deux mains son porte-bloc.

Dès qu'il me voit, sa posture de prof de sports change du tout au tout : il cesse aussitôt de se tenir bien droit pour s'avachir.

— Ne force pas autant ton rythme, Zara, dit-il en secouant la tête.

— Je ne force pas.

Il me fixe du regard. Je le fixe à mon tour. Il a les yeux un peu chassieux. Je me demande si je dois le lui dire ou faire comme si je n'avais pas remarqué.

— Oh si. Demain, pas d'entraînement. J'ai fait une erreur en pensant que tu pourrais courir aujourd'hui. Betty va me tuer.

— Mais…

— Il n'y a pas de mais. Colt, tu la ramènes chez elle !

Nick esquisse un salut militaire.

— À vos ordres, chef !

— L'ironie te va mal, réplique le coach Walsh, mais son sourire montre bien qu'il est en colère seulement contre moi et non contre Super Nick, le garçon préféré des coaches du monde entier.

Si j'étais un mec, je suis sûre qu'il me laisserait courir demain.

— Je veux m'entraîner, coach. Je serai en forme demain.

— Il n'y a pas entraînement demain.

C'est ridicule.

— Mais enfin, c'est dans notre emploi du temps !

M. Walsh soupire et se frotte le crâne.

— Bah, autant vous l'annoncer dès maintenant… On vient juste de l'apprendre. Jay Dahlberg a disparu.

— Disparu ?

Le mot tourne dans ma tête. Nick m'attrape la main.

— Il n'est pas rentré chez lui hier soir après l'entraînement. Ses parents n'ont aucune nouvelle.

Le coach se frotte la nuque.

— Ce n'est pas son genre de faire une fugue.

— Il va peut-être réapparaître ?

Je tends la main et la pose sur l'épaule du coach.

— On n'a jamais revu les autres, répond-il en s'affaissant un peu plus.

Il se frotte les yeux.

— Bon Dieu, je n'aurais jamais cru que ça recommencerait…

J'avale ma salive et mon regard passe du coach à Nick. À mes pieds, un vieil emballage de biscuit sur lequel un petit chat orange sourit – piétiné, souillé de terre et de neige. Au rebut, oublié.

Je me penche, ramasse l'emballage et me relève avec le tournis. Je fourre l'emballage dans ma poche. Nick ouvre la portière passager de sa Mini et je m'installe. Le coach ne quitte pas des yeux le porte-bloc. Puis il me crie :

— Ne fais pas de bêtises, Zara !

Qu'est-ce qui lui prend ? Que je ne fasse pas de bêtises ? Je parie qu'il ne dirait jamais un truc pareil à Nick. Mais comme je suis une pacifiste, je ne réponds rien.

Je mets ma ceinture de sécurité pendant que Nick discute avec le coach. Bon sang, encore une disparition…

Jay Dahlberg. Le grand blond avec un rire bêta. Il avait l'air sympa. Il traînait parfois avec Ian.

Je déglutis. Et j'inspecte la Mini, à laquelle je n'ai pas vraiment prêté attention hier soir.

Les sièges bordeaux foncé ont la couleur du sang. L'odeur rappelle celle de Nick : boisée, virile. Sur le tapis de sol, à mes pieds, quelques manuels scolaires. La pointe de ma chaussure touche une petite boule de poils marron.

Nick doit avoir un chien. Il y a une vague odeur de chien, en grande partie cachée par le parfum rafraîchissant du petit sapin accroché au rétroviseur.

Je ramasse un des livres : *Bonnes Nouvelles*, d'Edward Abbey. Une petite ritournelle post-apocalyptique. Intéressant…

Et si Nick était un lutin ? Il y avait de la poussière sur sa veste. Apparemment, il n'a jamais embrassé une fille. De toute évidence, ce n'est pas lui qui m'a montrée du doigt, mais il pourrait être l'un de ses sbires – c'est bien comme ça qu'on dit, « sbire » ?

Je repose le livre par terre.

La discussion entre Nick et le coach semble s'envenimer. Je mets le contact pour baisser la vitre et essayer d'entendre, mais je ne distingue aucun mot précis.

Le vent froid s'engouffre dans l'habitacle. Je m'empresse de relever la vitre et je mets le chauffage. La bouffée chaude qui jaillit des aérations pousse la boule de poils sous mon siège.

Nick surgit derrière le volant. Il a l'air humain. Il est tellement humain.

— Tu en as mis du temps, dis-je pour le taquiner et balayer mes derniers doutes.

Le regard mauvais, il enclenche la marche arrière.

— Avec le coach, on a fait une petite mise au point…

— Ça ressemblait à une dispute.

— Non, non, une discussion, c'est tout, répond-il en pesant chaque mot.

Puis il embraye et nous quittons le parking à toute vitesse, comme pour échapper à une tornade.

— Peu importe.

— Je lui expliquais qu'on devrait arrêter définitivement les entraînements. Lui n'est pas d'accord, bien sûr, il pense à la compétition…

Ses lèvres ne forment plus qu'une ligne. Il reprend :

— Cette histoire avec Jay Dahlberg, ça me fout les boules, Zara. Depuis que Devyn a été attaqué le mois dernier, je ne dors plus. J'essaye de comprendre ce qui se passe, mais je n'arrive pas à reconstituer le puzzle. Des lutins ! Bon sang, qui aurait pu croire que c'était des lutins…

— Ça va, Nick, dis-je en lui prenant la main. Tu n'es pas obligé de sauver le monde.

— Mais je *dois* sauver le monde ! s'exclame-t-il avec ce rugissement viril digne d'un catcheur fou.

Les veines de son cou gonflent et saillent sur sa peau.

— J'essaye, en tout cas. J'essaye vraiment.

— Mais pourquoi te donner tant de mal ?

Sa main est toujours dans la mienne. Nos regards se croisent.

— Et toi, Zara, pourquoi ?

La colère surgit du plus profond de moi. Et j'en suis la première surprise, car j'ignorais qu'elle était là.

— Parce que je n'ai pas pu sauver mon père… Voilà. Je l'ai dit. C'est bon ? Tu es content ?

J'essaye de retirer ma main, mais il la garde serrée. Nous arrivons. Il ralentit, puis se gare dans l'allée.

— Non. Pas content. Plutôt… honoré que tu te sois confiée à moi.

Sa mâchoire est parfaitement rectiligne, ses yeux profonds évoquent l'écorce noueuse d'un arbre.

— Pardon. Je ne sais pas ce qui m'a énervée à ce point.

— Ça va.

Son pouce caresse ma main – celle qui n'est pas éraflée.

Il détache sa ceinture de sécurité et se tourne vers moi. Son corps me fait face, bloquant toute la vitre de la portière conducteur.

Mon Dieu, quelle carrure… Il appuie un bras sur le volant, l'autre sur le dossier de son siège.

Ses doigts puissants pianotent sur le revêtement. À mon tour, je pivote pour me retrouver face à lui.

— Comment va ta main ? me demande-t-il comme si tout était normal.

— Bien.

— Et ta tête ?

— Bien.

Mais je veux des réponses.

— Tu changes de sujet…

Il sourit.

— Je sais. La plupart des filles du coin m'auraient déjà soûlé avec leurs petits bobos, leurs dernières trouvailles de shopping et leurs parents « vraiment pas cool »…

— Je ne suis pas « la plupart des filles ».

— En effet.

— Pas du genre non plus à m'apitoyer.

Il lève un sourcil et, en bougeant la main, je vois les éraflures de la nuit précédente. Rien de grave, juste quelques cicatrices. Nick saisit mon poignet. Je frissonne. Il desserre sa prise.

— Tu sais à quoi ressemblent ces cicatrices ?

Je secoue la tête.

— À une rune de protection, explique-t-il en traçant des lignes dans l'air, au-dessus de mon poignet.

— Tu connais les runes ?

Je n'en reviens pas. Nick a l'air de ne penser qu'au travail et au sport, mais il a un livre d'Edward Abbey dans sa voiture. Qui est ce type, au juste ?

— Et toi ?

Une vague de tristesse me submerge. Je me rappelle ma mère essayant de lire mon avenir dans les osselets runiques étalés sur la table basse du salon, et m'annonçant en riant que j'allais avoir plein de petits amis. Puis mon père avait tenté de lire l'avenir du monde…

J'avale ma salive.

— Ma mère aimait les runes. Et mon père – enfin, mon beau-père – s'y intéressait vraiment de très près.

— Le fils de Betty ?

— Ouais.

Je retire ma main et la pose sur mes genoux. Puis je m'aperçois qu'il tente encore de faire diversion.

— Tu essayes encore de changer de sujet…

Il hausse les épaules sans pour autant paraître gêné.

— C'est déloyal.

— Parce que tu veux que je sois loyal ?

— Les héros sont toujours loyaux.

— Les héros ?

— Ce n'est pas ça que tu essayes d'être, monsieur Je-Sauve-le-Monde ?

Je tripote le bouton de réglage d'arrivée d'air, ouvre et ferme la ventilation, passe un doigt sur le tableau de bord poussiéreux.

— O.K. Pose tes questions, concède finalement monsieur Je-Sauve-le-Monde.

— Vraiment ?

Un million de points d'interrogation se bousculent dans ma tête. Qu'est-il arrivé à Devyn ? Pourquoi fait-il si froid dans le Maine ? Comment retrouver la trace de Jay Dahlberg ou du fils Beardsley ? D'où lui vient ce complexe du héros ?

Mais ce n'est pas là-dessus que je l'interroge. Je choisis de lui poser la plus idiote, la plus creuse des questions. Elle jaillit de ma bouche.

Oh, je n'en suis pas fière…

Mon doigt trace une ligne sur le tableau de bord, qui se courbe pour prendre la forme d'un cœur. Je m'arrête juste à temps et pose ma question :

— Est-ce que je te plais bien ? Je veux dire… est-ce que je te plais vraiment ?

Sitôt les paroles prononcées, je me hérisse intérieurement et enfouis mon visage dans mes mains. L'odeur du sang et de la terre s'insinue dans mes narines. Quelque chose s'engloutit au fond de moi. Quoi donc ? Ah, je sais : le peu de dignité qu'il me restait.

— On peut effacer de nos mémoires ce que je viens de dire ? dis-je à mi-voix derrière l'écran de mes mains.

D'une voix grave et chaleureuse, Nick répond :

— Non.

Je jette un coup d'œil entre mes doigts.

— Non, on ne peut pas l'effacer, ou non, je ne te plais pas ?

Ses doigts entourent les miens et il écarte mes mains pour pouvoir me regarder, ou pour que je puisse le regarder.

— Non, on ne peut pas effacer ce que tu as dit. C'est ta question.

Sa voix vibre de tellement de tendresse, de profondeur et de tout un tas d'autres choses que toute envie de me mettre en colère contre moi-même m'abandonne. Ça doit être ça, « fondre » devant quelqu'un. Je me sens toute ondulante.

— Oh. D'accord.

Je ravale ma salive. Ses yeux sont d'un marron profond et… Comment les yeux d'un homme peuvent-ils être aussi incroyablement beaux, séduisants, remplis d'énigmes que j'ai envie de percer ?

— Alors, dis-je dans un murmure de crainte de tout faire rater, quelle est ta réponse ?

Ces yeux s'élargissent imperceptiblement.

Je retiens mon souffle.

— Tu me plais, Zara.

J'expire. Quelque chose comme de l'exultation bondit en moi. Je me rappelle lorsque j'étais appuyée contre lui, étendue sur le canapé. Je me rappelle la sensation de son torse contre ma tête. Ainsi, ce n'avait pas été une hallucination ?

Ce choc reçu à la tête ne m'avait pas complètement envoyée dans les vaps ? Peut-être ce que j'espérais était-il possible ?

Une rafale jette quelques feuilles mortes en travers de l'allée.

— Je te plais ?

Je le répète parce que, oui, je veux être vraiment, vraiment certaine que je l'ai bien entendu. Ce n'est pas le genre de choses qu'on a envie de comprendre de travers…

Il acquiesce.

— Beaucoup.

— Je te plais *beaucoup* ?

Il lâche mes mains et me caresse la joue.

— Trop.

— Trop ?

J'essaye de modérer ma voix.

— C'est impossible…

— Si tu savais, Zara.

— Eh bien, dis-moi…

Il se penche vers moi. Trois centimètres, deux centimètres… Oh ! mon Dieu ! Oui. Je crois qu'il va m'embrasser. O.K., O.K. Plus qu'un centimètre… De toute évidence, ce n'est pas un lutin…

Mais brusquement il se redresse, droit comme un I, comme s'il venait de recevoir une décharge.

Ses yeux se voilent. Je jure que j'ai vu ses narines se dilater comme si l'odeur de mes cheveux ou d'autre chose en moi le révulsait. Puis il me lance, tout à trac :

— Rentre, vite. Je dois partir.

— Partir ? Où ça ?

Quoi ? Qu'est-ce qui vient de se passer ? Il n'était pas sur le point de m'embrasser ? Je l'ai rêvé ? Mon cœur stoppe brutalement et devient muet. Je ne suis pas sûre qu'il batte encore.

Un grand trou a pris sa place. Nick ne m'aime pas du tout, pas vrai ?

Je voudrais l'agripper par le bras, l'obliger à rester, mais je ne fais rien. Je ne ferai rien. Je ne suis pas à ce point pathétique.

— Où tu vas ?

— Dans la forêt. Je reviens tout de suite.

Il bondit hors de la Mini et court vers les bois sans même prendre la peine de refermer la portière. Je sors, ferme ma portière et, contournant, la voiture m'élance à sa poursuite.

— Nick ! Qu'est-ce qui se passe ?

Pour toute réponse, il lance quelques mots par-dessus son épaule sans pour autant ralentir. Bon sang qu'il est rapide ! Plus qu'au cross-country ou qu'en cours de sport, d'une rapidité presque inhumaine. Plus rapide, même, que Ian.

— Rentre à la maison ! Ne laisse personne rentrer à part moi et Betty. Je reviens tout de suite.

Tout en moi s'effondre, mes organes s'écroulent, mais ce n'est pas ce même vide douloureux que je ressens depuis plusieurs mois. Non.

C'est le genre de souffrance que j'ai éprouvée à la mort de mon père : fulgurante, perforante, omniprésente.

— Je reviens ! crie-t-il une dernière fois, puis, avalé par la forêt dense et obscure, il disparaît en courant à travers les arbres.

Je retourne à la voiture et ferme sa portière. Je tremble. Le soleil commence à se coucher.

— Rentre à la maison, Zara !

Je ne le vois plus, mais sa voix me parvient encore, lointaine et affaiblie. *Rentre à la maison*.

J'obéis.

Autophobie

Peur d'être seule

Je sais que je devrais passer l'heure qui vient à faire du ménage dans la maison de Betty et à cesser de me faire du souci, mais ça ne marche pas du tout. L'angoisse revient loger dans mon sternum. S'y nicher. Et si Nick disparaissait lui aussi, après Jay Dahlberg et le fils Beardsley ?

Pourquoi ne l'ai-je pas interrogé sur cette histoire ?

C'est trop horrible, je ne veux même pas y penser.

Je fais réchauffer de la purée au four et commence à écrire une lettre pour défendre Vettivel et Valarmathi Jasikaran, un couple de Sri-Lankais emprisonnés sans avoir été jugés. Valarmathi venait de subir une intervention chirurgicale quand elle a été arrêtée, et elle est peut-être en train de mourir. Ils sont pris au piège, emprisonnés, sans doute torturés, et seuls, alors qu'aucune charge n'est retenue contre eux.

Frémissante de rage, j'écris, les doigts tellement crispés sur le stylo que ma cicatrice se rouvre, mais je m'en moque. Ce n'est rien comparé à ce que sont en train de subir les époux Jasikaran ou Jay Dahlberg. Ou bien Nick…

Non. Il va bien.

Je ne comprends toujours pas comment des humains en arrivent à s'infliger de telles souffrances les uns aux autres. Comment peut-on survivre en sachant que de tels actes sont commis chaque jour ? Comment peut-on choisir délibérément de ne *pas* aider ?

Nick est dehors, dans la forêt, seul.

Et moi je suis ici, en train de faire quoi ? Écrire une lettre.

J'ai besoin d'un plan.

O.K. Si ces êtres sont bel et bien des lutins, il doit forcément exister un moyen de les combattre, n'est-ce pas ?

Je me connecte à Internet. Cela prend un temps fou, car Betty a encore une connexion téléphonique. Je maudis le ciel, mais parviens enfin à lancer une recherche sur Google : « Lutter contre les lutins. » Les sept premières pages sont entièrement monopolisées par des sites de jeux vidéo.

À la huitième, enfin, je trouve une information un peu plus pertinente.

La seule arme efficace pour lutter contre les lutins est le fer. Le fer provient de l'acier. C'est un matériau indispensable dans la construction des traverses de voies ferrées, des gratte-ciels et des voitures. Les lutins évitent à tout prix d'entrer en contact avec le fer.

C'est sans doute la raison pour laquelle ils sont ici. La plupart des maisons de Bedford ne sont pas en fer, mais en bois, leur structure est faite de rondins.

Il n'y a de gratte-ciels nulle part – juste des arbres. Il n'y a même pas beaucoup de voitures, car il y a très peu d'habitants.

J'ai hâte d'apprendre la nouvelle à Nick, mais je dois d'abord le trouver.

O.K. Donc, le fer est issu de l'acier.

Mes yeux parcourent la pièce et s'arrêtent sur le poêle en fonte. Je ne peux pas l'emporter avec moi, bien sûr, mais je peux prendre le tisonnier avec lequel on tourne les bûches.

Sans perdre de temps, j'appelle le standard des ambulances et demande à parler à Betty, mais elle est partie pour Trenton où un minivan a été percuté par un semi-remorque.

— Elle risque d'être coincée là-bas assez longtemps, m'explique Josie.

— O.K. Tu peux lui demander de rappeler Zara ?

— Bien sûr, ma jolie. Je lui passe le message dès qu'elle rentre.

Me voilà donc seule à la maison avec un million de questions et zéro réponse.

Je sors sur la véranda et prête l'oreille. Aucun chant d'oiseau, pas même un pépiement.

Le vent souffle et bruisse entre les branches d'arbres. Une pomme de pin tombe sur le toit de la maison, roule et tombe à mes pieds. Je sursaute et cramponne le tisonnier.

— Froussarde…

J'avance jusqu'à la Mini et pose ma main éraflée sur la poignée de la portière. J'ouvre.

Je retrouve l'odeur de Nick. Je caresse le volant du bout des doigts.

Quelque chose en moi vibre, mais ce ne sont pas des bonnes vibrations. Je ne veux pas que Nick soit en danger. Je retire ma main du volant – j'y ai senti comme une piqûre.

Mes cicatrices, une rune de protection… quelle idée étrange. Je ressors et regarde tout autour de moi. Une sensation de picotement se faufile dans ma main, mon bras, monte vers mon cœur.

Je chuchote :

— Nick ?

J'écarte les cheveux de mon visage. Le vent les rabat sur mes yeux. Je retire l'élastique que je porte au poignet et me fais une queue de cheval.

Le soleil est presque couché derrière les arbres, jetant une lumière orange comme un baroud d'honneur avant la nuit.

Haussant la voix, je répète :

— Nick ?

Aucune réponse. Une troisième fois, encore plus fort :

— Nick ? Tu es là ?

C'est alors que je l'entends : le hurlement furieux d'une espèce de chien. Je reste figée.

Et j'entends autre chose, de plus effrayant encore. De la lisière de la forêt monte un murmure rauque qui n'est pas la voix de Nick, mais je le reconnais. Je l'ai entendu lorsque je courais l'autre nuit.

— Zara. Viens à moi...

Phonophobie

Peur des bruits ou des voix

J'avance d'un pas – un seul – en direction de la voix.

— Nick ?

— Zara…

Je m'arrête, regarde autour de moi. Les nuages s'assombrissent, chargés de menace, à mesure que le soleil décline. Les arbres ploient sous les rafales, les plus jeunes sont presque couchés.

Je serre les bras autour de moi – mon propre tronc – afin de faire disparaître la sensation de picotements arachnéens.

— Zara…

— Nick, c'est toi ?

Pas de réponse. Je crie :

— Qui es-tu !

— Viens à moi.

— Dis-moi qui tu es !

— Zara…

Je tape du pied.

— Bon sang, mais c'est dingue ! Dis-moi qui tu es et je viendrai, compris ? Mais si jamais tu as fait du mal à Nick, ou si tu es Nick devenu complètement cinglé… je ne vais pas être contente !

Mes paroles restent suspendues en l'air comme un avertissement. Mes entrailles se réchauffent comme si j'étais en feu.

Voilà ce qui se passe quand on est en colère.

— Zara…

Je hurle, hors de moi.

— Et arrête de prononcer mon nom ! Ça devient ridicule !

Et, sans plus réfléchir, poussée par la colère, je m'engouffre dans la forêt. Je me sens prête à infliger une dérouillée au premier venu, même si ça ne m'est jamais arrivé.

Comme disait Friedrich Nietzsche : « Que celui qui lutte avec des monstres veille à ne pas se transformer en monstre. »

Je cours sur une dizaine de mètres, puis m'arrête brusquement – mes pieds dérapent légèrement sur le sol. Je suis en train de faire *exactement* ce que tout le monde m'a déconseillé, et ce que j'ai promis à Nick de ne pas faire. J'étouffe un cri.

Je m'en veux, j'en veux à la voix, j'en veux à Nick. Ma main serre la poignée du tisonnier.

Derrière moi, un murmure :

— Tu y es presque, Zara… Ne t'arrête pas…

Je pivote d'un coup, mais ne voit personne entre les troncs d'arbres.

— Où es-tu ?

Pas de réponse.

— Qui es-tu ?

— Tu le sais bien.

Cette fois, la voix vient de ma droite. Je me tourne. On ne dirait pas la voix de Nick : celle-ci est plus vieille, plus rusée…

— Comment sais-tu mon nom ?

— Je l'ai toujours su, princesse.

« Zara » signifie « princesse ». O.K. Peu importe ce que mon nom signifie. Je cours vers l'endroit d'où semble provenir la voix, vole par-dessus les pierres, les pommes de pin et les racines.

— Où es-tu ?

Rien n'interrompt l'immensité des troncs d'arbres, aucun fragment de tissu, aucune paire d'yeux, aucune chevelure… Les arbres sont partout.

Des arbres. Des arbres. Des arbres. Je pivote, cherche du regard la maison qui devrait être sur ma droite, mais elle n'est pas là. Rien que des arbres. Mon Dieu… il fait si sombre dans cette forêt…

La peur étreint mon estomac. Mais cette fois, ce n'est plus seulement pour Nick que j'ai peur.

J'ai peur aussi pour moi. Je ne peux quand même pas m'être perdue aussi rapidement ?

— Où es-tu ?

— Par ici, répond la voix sur ma gauche.

Je m'élance dans cette direction, file entre les troncs, m'enfonçant de plus en plus dans l'obscurité. La nuit est presque tombée.

— C'est toi qui as pris Nick ? Si oui, je t'assure que tu vas connaître ta douleur…

Je débouche dans une petite clairière encerclée par des épicéas, telles des sentinelles. La neige se met à tomber.

Je m'arrête au milieu du cercle tandis que des flocons de plus en plus drus et rapides tombent autour de moi.

— Tu essayes de me perdre, dis-je en serrant les poings.

Je me force à les rouvrir – je ne veux pas *lui* montrer que j'ai peur. Je n'aurai pas peur.

— Tu m'agaces, tu sais ?

Aucune réponse.

— Je sais que je ne t'ai pas imaginé.

Toujours aucune réponse.

Ma tête résonne de coups sourds. Il y a un nom pour ça, la peur des voix. Mais je ne m'en souviens pas. Bon sang…

Phobophobie, peur des phobies.

Phonophobie, peur des bruits ou des voix.

Photoaugliaphobie, peur des lumières vives.

Photophobie, peur de la lumière...

Voilà, oui : phonophobie. Et celle qui vient ensuite…

Phronémophobie, peur de réfléchir.

Je n'ai pas peur de réfléchir. Réfléchir aurait plutôt tendance à me calmer. Je scrute du regard l'orée de la clairière.

Où suis-je ?

Dans la forêt.

Où est Nick ?

Aucune idée. Mais il n'a pas été enlevé. Il ne *peut pas* avoir été enlevé.

Où est la voix ?

Je cherche mon téléphone portable dans ma poche. Je l'ai laissé dans mon sac de sport ! Je secoue la tête… Comment ai-je pu faire une chose pareille ? Je pars dans la forêt à la poursuite d'un lutin-tueur en série tout droit sorti d'un roman de Stephen King et je n'ai pas *pensé* à prendre mon téléphone !

Un cri s'échappe de mes lèvres – guttural, terrifié, pathétique. Je ravale ma salive, me redresse. Ce n'est pas la bonne attitude. Je ne vais pas attendre le tueur ici et mourir comme une mauviette.

La neige se plaque sur les épicéas. Elle tombe sur mes cheveux, recouvre ma veste et mon pantalon, s'amasse autour de mes baskets.

Elle tombe si vite qu'elle tapisse déjà le sol, autrement dit à partir de maintenant tout pas laissera des empreintes – des empreintes que d'autres pourront suivre…

— Zara, reprend la voix. Viens à moi.

Je secoue la tête. Je me suis déjà comportée de façon complètement irrationnelle. Je ne vais pas aggraver mon cas.

— Non.

Je balaye la neige de mon visage.

— Par ici.

Je me bouche les oreilles et m'interdis de bouger.

— Je suis perdue. À cause de toi !

Ma voix flanche.

— C'est vraiment malin, je t'assure…

Je l'entends alors : un petit rire amusé, et sous ce rire autre chose – le hurlement.

D'un loup ?

C'est un chien. Il faut que ce soit un chien parce qu'un loup… je ne suis pas encore prête à ça.

J'écoute encore. Peut-être ces vieux livres que je lisais dans les petites classes avaient-ils raison : dans des circonstances désespérées, il y a toujours un berger allemand ou un saint-bernard pour vous porter secours. Peut-être un gentil chien vient-il me sauver de cette personne ou de cette chose dans la forêt… Peut-être même a-t-il un petit tonneau de bière accroché au collier ? Je m'en fiche. Un loup-garou ferait même l'affaire. N'importe quoi.

L'espoir est une chose affreuse – pour un peu, on finirait par se convaincre soi-même…

Je cours vers le chien hurlant, guettant l'apparition d'un pelage amical, de babines baveuses… Le hurlement se fait plus proche, juste derrière moi. Ignorant la neige et les pièges qu'elle dissimule – racines, rochers –, je fonce dans cette direction.

Puis je m'arrête, reprenant ma respiration. Je n'ai aucune idée de l'endroit où je me trouve.

Ma tête tourne à cause du choc de l'autre nuit.

Inspire, Zara.

Expire, Zara.

Récite la liste des phobies.

Impossible. Aucune ne me vient à l'esprit.

Inspire.

Mme Nix !

Elle m'avait dit de porter mes vêtements à l'envers pour éviter de me perdre dans les bois.

D'accord, elle est complètement à la masse et cette superstition est ridicule, mais je suis prête à m'y résoudre. En ce moment, je suis prête à tout.

Je retire ma veste et la mets à l'envers, idem pour mon sweat-shirt. Enfilées comme ça, les manches ont l'air bizarre et toutes plissées.

— Ça ne peut pas être pire, dis-je à voix basse aux arbres environnants, puis je reprends ma course.

Je ne sais pas combien de temps je cours dans la forêt. Je fonce à l'aveuglette, heurte des troncs, mes cheveux s'empêtrent dans les branches basses, mes pieds parviennent malgré tout à m'assurer un semblant d'équilibre, mon mal de crâne pulse contre ma peau.

J'entends le chien.

Je le suis, me rapproche, encore un peu plus, jusqu'à ce que… Paf ! Sans prévenir, je me retrouve hors de la forêt.

Devant la pelouse de la maison de Betty.

Je brandis le poing en l'air. Si le sol n'était pas si neigeux, je l'embrasserais.

J'ai réussi. J'ai réussi. J'ai réussi !

Hourra pour moi !

Hourra pour les chiens !

J'exécute une petite danse de la victoire que m'envierait n'importe quel footballeur. You-ouh !

Puis je regarde autour de moi. La lumière de la véranda est toujours allumée. Le pick-up de Betty n'est toujours pas là et la Mini est toujours garée dans l'allée enneigée.

Aucune trace de pas sur le manteau immaculé.

Mon cœur s'effondre. J'avale ma salive et jette un coup d'œil par-dessus mon épaule, à la recherche de l'homme qui connaît mon nom.

Rien. Juste la forêt.

— Nick ?

Son prénom résonne dans l'air rempli de flocons comme une question angoissée. J'avance à pas lourds dans la couche neigeuse, un pas, un autre. Mes baskets sont complètement détrempées. Je ne m'en étais pas aperçue. J'expulse de mon esprit toute inquiétude à propos de mes orteils gelés. Pourquoi Nick n'est pas encore rentré ?

— Nick ?

Je sens quelque chose sur ma droite et je me retourne, brandissant les poings, prête à frapper, percuter, marteler – ou m'enfuir. Mais ce n'est pas le type cinglé que je vois : de derrière la Mini de Nick surgit le plus gros et le plus horrible chien que j'aie jamais vu.

Il est plus élancé qu'un saint-bernard, mais bien plus grand et plus musclé.

Son poil brun rappelle un loup, mais les loups ne sont pas aussi grands. N'est-ce pas ? Non. Pas aussi grands.

C'est peut-être ce chien qui m'a permis de retrouver le chemin de la maison. Mon sauveur.

Je tends la main et il tourne la tête vers moi pour me regarder. Ses yeux magnifiques, brillants et sombres, se découpent sur son pelage blanchi par la neige.

— Salut, le chien ! Viens ici… Tu sais où est Nick ?

Je remarque alors, fichée entre ses omoplates, une flèche. Du sang coule sur son poil, coagule légèrement autour du point d'impact. Bon Dieu, qui peut bien s'amuser à tirer sur un chien avec un arc ? La colère monte en moi, je serre les dents pour essayer de la contrôler et de la faire disparaître. Lorsque le chien gémit, ma colère se métamorphose en tout autre chose.

— Oh, mon pauvre, dis-je en me précipitant sur lui sans prêter attention à sa taille immense ni au fait qu'il s'agit peut-être d'un loup. Je m'agenouille devant lui dans la neige.

— Ça fait mal ?

Le chien/loup flaire ma main. Je lui gratte le museau et regarde au fond de ses yeux. Je tombe immédiatement amoureuse de lui. Il tente l'équivalent canin d'une étreinte avec ses pattes, mais la douleur provoquée par la flèche doit être insoutenable, car il laisse jaillir un long et pénible grognement. Pauvre bête…

Mes doigts glacés le caressent sous le menton. Son poil est encore chaud.

— Il ne faut pas que tu restes dans le froid.

Je me relève et tape sur mes cuisses dans l'espoir qu'il comprendra.

— Allez, viens !

Je marche lentement vers la maison en regardant de temps en temps derrière moi pour vérifier que le chien/loup me suit. S'il a déjà été domestiqué, ça pourrait marcher, non ?

Je me frappe la poitrine et répète :

— Viens !

D'un balancement gracieux et puissant de la tête, il me regarde et nos yeux se rencontrent. Je ne suis pas sûre de ce que j'y lis. Quelque chose de bestial ? De fort ? D'intelligent ? Oh ! mon Dieu…

— Je veux juste m'occuper de toi, dis-je d'une voix douce.

Je glisse dans mes manches mes doigts engourdis par le froid et la neige.

— Allez, suis-moi à l'intérieur. Je vais t'enlever cette flèche. Te réchauffer. S'il te plaît. Laisse-moi te sauver la vie.

Mes yeux fixent le chien, puis balayent rapidement la chute rapide des flocons, et se posent sur la voiture de Nick. À nouveau, ma voix reste coincée dans ma gorge.

— Ensuite, j'appellerai ma grand-mère et repartirai à la recherche de Nick, le garçon à qui appartient cette voiture.

Le chien hoche la tête quand je prononce le nom de Nick.

Un espoir fou percute mon cœur.

— Tu l'as vu ? Tu as vu Nick ?

Bon, à l'évidence je n'ai pas affaire à Lassie, mais le chien frétille faiblement de la queue, comme s'il essayait de la remuer sans y parvenir tout à fait. Bien sûr, il ne me répond pas. Je commence vraiment à perdre la boule. On dirait bien que je crois aux lutins et aux garous. Comme si une partie de moi, très enfouie, avait toujours cru aux lutins et aux garous et venait enfin de ressurgir alors que j'avais tout fait pour l'étouffer.

Je montre du doigt la porte d'entrée.

— Allez, on y va ! Maintenant !

Le chien rabat les oreilles. Ses muscles tressaillent et soudain il bondit, passe devant moi et atterrit sur la véranda d'un seul saut. Lorsque ses pattes atterrissent sur le plancher, il gémit. Je n'en reviens pas. Ce chien vient de franchir d'un bond au moins dix mètres. Comment est-ce possible ? Je monte péniblement les marches et pose prudemment ma main sur la tête du chien.

— C'est bien, mon beau.

J'ouvre la porte d'un coup d'épaule.

— Allez, on va te rafistoler…

Dans cette maison si chaleureuse et accueillante, le chien paraît affreusement déplacé.

Assis sur le seuil de la porte, il dégouline dans le froid. Je me débarrasse de mes chaussures trempées, attrape une couverture sur le canapé et frictionne la pauvre bête.

— Allez, dis-je en reculant vers le salon, mains tendues, tu vas venir te réchauffer, d'accord ? Et moi, je vais appeler un vétérinaire.

Je vais chercher le téléphone et un annuaire dans la pièce voisine et reviens m'asseoir près du chien, désormais étendu devant la porte d'entrée.

Il pose sa tête sur mes cuisses. Je me penche et l'embrasse sur le museau. Tout noir, tout sec. Une onde parcourt son pelage.

— Oh, mon chien, ça va aller… dis-je en feuilletant l'annuaire.

Je trouve un seul vétérinaire : par chance, il y a un numéro d'urgence. Je le compose.

Une voix désagréable m'annonce à l'autre bout du fil :

« Votre appel ne peut pas aboutir. Veuillez réessayer ultérieurement. »

Je raccroche. Ou plutôt : je fracasse le combiné, car je suis du genre à me passer les nerfs sur les objets inanimés. C'est toujours mieux que de s'attaquer à des gens, non ?

Je prends une inspiration profonde, essaye de me calmer et de réfléchir. J'ai dû composer le mauvais numéro. Ça m'arrive parfois, m'emmêler les pinceaux sur le cadran. J'essaye à nouveau et tombe sur le même satané message.

« Votre appel ne peut pas aboutir. Veuillez réessayer ultérieurement », me répète la voix synthétique avec un petit ton condescendant.

Comment quelque chose qui n'est même pas vivant peut avoir l'air condescendant ? Je n'en ai pas la moindre idée. Mais c'est le cas.

Le chien gémit quand je raccroche. J'oublie le téléphone et examine la flèche qui jaillit du malheureux animal.

Sur son bois foncé apparaissent encore quelques feuilles vertes. Ce serait un bel objet s'il n'était pas planté dans de la chair et des muscles.

— Qui t'a fait ça ?

Le chien lâche une bouffée d'air chaud en guise de réponse. Il a l'air de souffrir. Vraiment. L'angoisse se réveille en moi et me galvanise comme si je venais d'avaler huit expressos.

Je me frotte le crâne. *Réfléchis, Zara, réfléchis...* Je plonge mes mains dans son pelage.

Et je trouve la réponse.

— Je vais appeler ma grand-mère ! Betty saura quoi faire. Elle a ce côté très efficace… Elle va te plaire…

Je compose son numéro de portable, même si elle me l'a interdit.

Normalement, je dois appeler Josie. Mais la situation est grave et, le plus étonnant, c'est que Betty décroche. Je lui annonce tout en vrac :

— Mamie, j'ai ramené un chien blessé à la maison. Quelqu'un lui a tiré dessus avec un arc, et il s'est pris une flèche. J'ai essayé d'appeler le vétérinaire, mais le numéro ne fonctionne pas. Et Nick a disparu, mais sa Mini est garée devant chez toi. Il faut que tu rentres !

— Zara, ma chérie, plus lentement.

Sa voix est très calme.

— Répète-moi ça, s'il te plaît.

Je répète. Pendant que je parle, le chien fourre sa bonne tête sur mes genoux. Il tremble. Oh ! mon Dieu…

— Il tremble, Betty.

Sa respiration s'accélère et devient de plus en plus rauque. Ses yeux me fixent, pleins de confiance. Il me fait confiance pour que *je* le sauve. Une fraction de seconde, je revois mon père pendant sa crise cardiaque, quand sa main s'était crispée sur sa poitrine et qu'il s'était écroulé par terre. Je n'avais pas su lui venir en aide. Mais, après tout, personne n'est dupe : je suis *incapable* d'aider qui que ce soit.

— Mamie ! Tu dois *à tout prix* venir.

— Je suis en route, ma douce, mais avec toute

cette neige la circulation est difficile. Ça va me prendre du temps…

— Mais le chien ? Il est salement blessé, tu sais… Et Nick qui a disparu…

— Quoi ?

— Il m'a raccompagnée en voiture et on a entendu du bruit dans la forêt, alors il est parti en courant en me disant de m'enfermer dans la maison. Mais, depuis, je ne l'ai pas revu.

— Il n'est pas revenu… et il y a un chien dans la maison ?

— Ouais. Je suis partie à la recherche de Nick et, dans la forêt, j'ai entendu la voix d'un homme qui disait mon nom…

— Zara ! Tu as bien pensé à fermer la porte de la maison à clé ?

Je vais vérifier.

— Oui. Mais Nick n'est toujours pas là et le chien est blessé et je…

— Bon, d'abord tu vas te calmer. Respire profondément. Tu ne vas jamais réussir à aider Nick si tu paniques, compris ?

Gênée, j'obtempère.

— Compris.

Je caresse la tête du chien. Il ouvre les yeux. Quelque chose dans son regard m'apaise et me rassérène. Il me fait confiance. Il peut me faire confiance.

— Bien, reprend Betty d'une voix soudain dure et solennelle. Je vais demander à Josie d'appeler la police, d'accord ? Et je suis en route.

— Dis-moi ce que je dois faire.

— Pour commencer, te laver les mains à l'eau chaude avec la lotion antibactérienne pour éviter les surinfections.

Je soulève doucement la tête du chien toujours sur mes genoux et la pose par terre. Puis j'enjambe la masse volumineuse de son corps, cours jusqu'à la cuisine et me frotte longuement les mains.

— C'est fait ! dis-je en reprenant le combiné téléphonique.

— Bon. Maintenant, va chercher un torchon propre, passe-le sous l'eau et prends le tube de Neosporin dans le placard de la salle de bains.

Je retourne dans la cuisine, trouve un torchon que je mouille. Le four est encore allumé, mais je n'ai pas le temps de l'éteindre et fonce dans la salle de bains récupérer le Neosporin.

— Ça y est !

— La première chose à faire, c'est retirer la flèche.

— Oh, mamie… je ne sais pas si…

— Tu dois le faire. Tu peux le faire, Zara. Sois forte et sois calme. Je serai là, avec toi.

Je regarde la flèche et la touche du bout des doigts. Le chien geint doucement, mais garde les yeux clos.

— Je dois poser le combiné.

— Vas-y, ma chérie.

Je pose le téléphone sur le tapis indien qui couvre les marches d'escalier près de la porte. Puis je referme les deux mains sur la flèche. Elle est fine, dure et froide dans mes paumes. Je lui imprime une légère secousse. Ça ne bouge pas. Pas du tout.

Mais le chien frémit et gémit à nouveau. Mon cœur se brise…

Une saveur âcre remonte dans ma gorge.

Tu peux le faire.

Je raffermis ma poigne et, lentement, essayant d'appliquer la même pression sur chaque partie de la flèche, je la retire. Elle résiste, le chien frissonne encore, son gémissement est si affreusement triste que des larmes commencent à rouler sur mes joues. Ça doit lui faire tellement mal… *Je* dois lui faire tellement mal…

— On y est presque, dis-je. C'est presque fini, le chien. Tu es très courageux…

Dans un atroce bruit de succion, je parviens à extirper la flèche. Le sang jaillit aussitôt et le chien, après un violent tressaillement, s'immobilise.

— Le chien !

Il ne bouge plus. Le sang coule de sa plaie en pulsions régulières.

Je jette la flèche et reprends le combiné d'une main pendant que je presse l'autre sur la plaie.

— Ça y est, mais maintenant il saigne. Il saigne beaucoup. Oh, le chien, je suis désolée…

— Ça va, répond Betty. Ça fait comme un geyser de sang ?

— Non.

Je regarde l'horrible nappe rouge sur ma main.

— Ça coule lentement.

— Parfait, pas la peine de faire un garrot alors. Contente-toi donc de lui faire un bandage suffisamment serré. Tu as de quoi lui faire un bandage ?

— Je crois, oui.

Je fouille dans la trousse de premiers secours, tachant de sang le ruban adhésif, le tube d'aspirine et les ciseaux bizarrement tordus…

— Ça y est, j'ai trouvé !

— Excellent. Ne t'inquiète plus, Zara, le plus dur est passé. Voilà ce que tu vas faire : quand le saignement aura assez diminué, nettoie la plaie avec de l'eau. S'il reste de la terre ou des saletés, tu désinfectes avec une pince plongée dans l'alcool à quatre-vingt-dix. Il y en a dans la trousse. Compris ?

Elle parle à toute vitesse, mais je crois que je retiens tout.

— Compris.

— Ensuite, coupe les poils autour de la plaie pour bien la dégager. Il vaudrait mieux les raser, mais ça risque d'être compliqué. Ensuite, tu enduis la blessure de Neosporin et tu fais un bandage. O.K. ?

— O.K.

— Beau travail, Zara. J'arrive bientôt. La police pourrait arriver avant moi.

— D'accord.

Je déglutis difficilement. J'aimerais tant qu'elle soit déjà là. J'aimerais tant ne pas être toute seule.

— Tu penses que Nick va s'en sortir ?

— Ne t'en fais pas pour lui. C'est un garçon pas comme les autres, tu sais. Et puis, la police ne va pas tarder.

— Merci, mamie, dis-je en appuyant sur la plaie.

— Je t'en prie, ma chérie. Tu as fait du bon boulot. J'aime bien quand tu m'appelles « mamie ».

Elle raccroche et, tout à coup, le monde redevient beaucoup trop silencieux. « Un garçon pas comme les autres » ? C'est bien ce qu'elle a dit ?

Je me penche sur le chien et l'embrasse sur la joue, près des babines.

— Tu crois qu'elle voulait dire ce que j'imagine ?…

Il grogne.

— On dirait bien qu'on va finir la soirée tous les deux. Mais tu vas essayer de dormir, d'accord ? Tu aimes la purée ?

Le chien ne répond pas. Bien sûr que non. Je me pelotonne contre lui.

Je reste seule avec le chien. Mais le truc important, c'est que je lui ai sauvé la vie. Avec l'aide de Betty, d'accord, mais je lui ai sauvé la vie.

Toute seule.

Tératophobie

Peur des montres ou des gens difformes

Je fais tout mon possible pour soigner le chien. Je désinfecte sa plaie, soulève son corps pesant pour l'envelopper dans une couverture. Je lui applique un bandage et caresse sa tête tandis qu'il geint doucement dans son sommeil.

— Mon pauvre poulet… dis-je, même s'il n'a de toute évidence rien d'un poulet, et qu'il ne s'agit peut-être même pas d'un chien. Tu penses que Nick s'en sort ?

Le chien lâche un soupir endormi. Je frissonne à cause d'un jour sous la porte. Je retire la tête du chien posée sur ma cuisse et la place sur un coussin récupéré sur le canapé.

C'est une bête énorme…

— Tu es un loup-garou ?

J'ai honte de lui poser cette question.

Il ouvre un œil et me regarde.

— Désolée, je t'ai réveillé.

Je me penche pour embrasser son museau.

— Tu te sens bien ?

Je vérifie son bandage et retire doucement la couverture.

— On dirait que le saignement s'est arrêté. Tant mieux. Je vais aller jeter un coup d'œil par la fenêtre. Je reviens tout de suite. Je suis très inquiète pour Nick. Ne sois pas jaloux, hein ? Je suis aussi inquiète pour toi.

Le chien essaye de lever la tête, mais il est trop fatigué, trop épuisé par sa blessure. D'une main, je le maintiens en place.

— Repose-toi, mon joli.

Il est si mignon, avec ses poils ébouriffés, ses énormes épaules et ses bajoues baveuses. Peut-être qu'on pourra le garder ? La maison de Betty serait beaucoup moins vide avec un chien pareil.

Et tous les habitants du Maine ne sont-ils pas censés avoir des chiens ?

C'est une règle qui doit figurer dans le manuel des clichés, avec les pick-up déglingués garés sur la pelouse et les piliers de véranda en parpaings et nasses de homards…

Je soulève une de ses babines pour inspecter ses crocs. Ils sont énormes, bien blancs et bien propres. Le chien ouvre les yeux et me lance un regard lourd de reproches.

Je retire mes doigts.

— Pardon. Je ne respecte pas ton intimité, c'est vrai.

Il remue la queue – une seule fois.

— Merci de m'avoir guidée jusqu'ici.

J'aimerais tant qu'il comprenne ce que je lui dis.

— Je reviens tout de suite.

Je me lève pour de bon, vérifie en passant que la porte d'entrée est bien verrouillée au cas où un tueur en série serait dans les parages, puis je hasarde un coup d'œil par la fenêtre.

La neige recouvre tout, absolument tout.

La voiture de Nick est toujours là, les roues à moitié enfouies.

J'avale ma salive, vais chercher l'annuaire et pars le consulter dans la cuisine en marchant sur la pointe des pieds pour ne pas réveiller le chien qui ronfle. À chaque souffle, ses babines remuent.

— Tu vas t'en sortir, dis-je.

Je trouve le numéro de téléphone de Nick sous celui d' « Anna et Mark Colt ». J'appelle : pas de réponse.

J'appelle Betty, sans plus de succès puisque j'atterris directement sur sa boîte vocale.

J'appelle Josie, qui me confirme l'arrivée imminente de ma grand-mère.

— Tant mieux.

Puis, me rappelant que la politesse est toujours bienvenue, j'ajoute :

— Une nuit chargée, hein ?

— À qui le dis-tu ! répond Josie tandis qu'une sonnerie de téléphone résonne derrière elle.

— Des nouvelles de Jay ?

— Le fils Dahlberg ?

Elle soupire.

— Rien. Zara, ma belle, reste où tu es. Le shérif a été appelé sur Deer Isle, mais à présent il se rend chez toi. Et Betty aussi.

— Ils ne peuvent pas se dépêcher ?

— Oh, si, mais les routes sont mauvaises.

— Compris.

— Tiens bon, ma fille. Et ne te fais pas trop de souci. Nick Colt est un garçon plein de ressources. Un véritable ange gardien. Tu m'entends ?

Je me mords les lèvres.

— Tu m'entends ? répète-t-elle.

— Oui, oui.

— Ah, mince, encore un appel. Reste bien tranquille, Zara.

Qu'est-ce que je suis censé faire d'autre ?

— Oui, oui.

Je soupire et raccroche avec un profond sentiment d'inutilité. Je regarde le fil blanc crasseux noué autour de mon doigt.

Mon père me dirait de me calmer, m'expliquerait que mon imagination hyperactive a transformé en montagnes de simples taupinières, ou je ne sais quel autre cliché paternel…

Ils me manquent, ces clichés paternels idiots…

— Tout va bien se passer, dis-je à la cuisine.

Une violente rafale frappe de plein fouet la façade en hurlant.

Les lumières grésillent, s'éteignent pendant une trentaine de secondes, puis se rallument. Les chiffres verts de l'écran LCD du micro-ondes clignotent à 00 : 00. On ne saurait mieux dire. Une branche d'arbre fait grincer la vitre.

Je sursaute et serre les dents.

Ça suffit.

Il faut que je ressorte et que je parte à la recherche de Nick. Mais, cette fois, je vais me préparer.

Gare à vous, cinglés en puissance ! Zara revient et, cette fois, elle est sur ses gardes !

J'ouvre grand la porte vers la cave pour récupérer une vieille paire de bottes de Betty et une bonne parka, peut-être même du bois si jamais l'électricité lâche pour de bon et me contraint à faire du feu.

Dans ma course folle, je m'écrase un orteil sur une des traverses de rail que Betty stocke – par milliards, apparemment – dans sa cave.

Je finis par enfiler une botte, puis une seconde et, enfin, un bonnet sur ma tête.

Je remonte bruyamment au rez-de-chaussée, chaque pas me donnant l'impression d'être un mastodonte qui gravit les fragiles marches en bois. Je me mords les lèvres et enfile ma parka à l'envers. Je dois chercher le zip à l'intérieur pour le remonter jusqu'à mon cou.

Le fil à mon doigt se coince dans le mécanisme, et je dois le tirer légèrement pour le dégager. Il s'effiloche de plus en plus.

— Ce n'est pas le moment de m'inquiéter pour un morceau de fil, dis-je à la maison.

Les grincements de la maison fouettée par le vent semblent acquiescer.

Je prends trois bûches que je coince sous un bras. Le bois s'accroche dans le tissu de ma parka. De mon autre main, je prends une lampe torche.

Au même moment, les lumières clignotent à nouveau.

Avec la chance qui me caractérise, je ne serais pas étonnée que les piles soient mortes, mais non : la lampe projette un puissant faisceau lumineux.

— Merci, Betty, dis-je à voix basse.

Ma grand-mère est ce genre de personne prévoyante qui a toujours des piles neuves dans sa lampe de poche.

Je me débarrasse des bûches sur le comptoir de la cuisine. Une odeur de purée flotte dans l'air et une autre odeur – plus sauvage, plus boisée.

La peur me donne des frissons, les araignées sautillent sous ma peau.

Le cœur battant, je balaye le salon avec ma lampe torche, terrifiée par ce que je pourrais découvrir. L'écran LCD du micro-ondes ne clignote plus. Tout est sombre, silencieux, mort.

À reculons, je vais ouvrir un tiroir où je prends le plus gros couteau – celui pour couper les gros légumes, avec sa large lame argentée et son épais manche noir.

Du bruit dans le salon. Mes doigts serrent le manche. C'est peut-être seulement le chien ?

Ou peut-être pas.

Je me déplace en faisant glisser mes pieds sur le sol, le plus silencieusement possible – mais avec les énormes bottes de Betty, c'est difficile.

Ma main est prête à brandir le couteau pour frapper.

L'autre tient la lampe torche, qui est assez lourde et assez longue pour faire office d'arme. Compris ?

Un pas en avant, un autre, le faisceau lumineux parcourt le salon et s'arrête pile sur les yeux d'un grand homme nu enveloppé dans une couverture.

Hormèphobie

Peur des chocs

Je hurle. La lampe torche tombe par terre, s'éteint dès qu'elle heurte le sol et roule loin de moi.

— Zara ?

Sa voix dans l'obscurité…

— Nick, mon Dieu ! Tu m'as foutu la trouille…

Je m'agenouille par terre, à la recherche de la lampe. Dès que je l'attrape, je la rallume. Mon cœur bat à un million de pulsations/minute. Comment peut-il résister au choc ?

— Tu es tout nu...

— Vraiment ? Je ne m'en serais pas rendu compte… plaisante-t-il faiblement.

— Pourquoi tu es nu ?

Je braque le faisceau lumineux sur son visage

– pas plus bas, je le jure. Il lève une main pour se protéger, je baisse légèrement la lampe qui éclaire les fines lignes de son torse et de ses abdominaux. Il s'est enroulé dans la couverture que j'avais utilisée pour le chien, drapée comme une toge de sorte que je ne vois que la moitié de son physique séduisant. Mais là n'est pas la question.

Il hoche doucement la tête tandis que je m'approche de lui. Je m'adoucis en voyant ses yeux s'assombrir.

— Tu as froid ?

Je tends la main vers lui – celle qui tient encore le couteau.

— Tu as chaud.

Un accent apeuré passe dans ma voix. Je recule d'un pas. Je brandis la lampe torche vers la porte. Je l'avais fermée à clé. J'en suis sûre.

— Comment tu es entré ?

— Par la porte.

Je recule davantage.

— J'avais fermé le verrou.

Il ne dit rien. Ses yeux fatigués se posent sur les miens.

Je braque la lampe sur le plancher. Le faisceau tremble et s'agite.

— Où est le chien ?

Il ne me répond pas. Je répète, comme s'il ne m'avait pas compris :

— Le chien ! Il y avait un chien ici. Blessé. Où as-tu pris cette couverture ? Tu l'as prise au chien ? Si c'est le cas, ce n'est vraiment pas cool. Il est blessé !

Il ne répond pas.

Je l'éclaire à nouveau, le faisceau zigzague dans le mouvement.

— Pourquoi tu es nu ?

Il lève les sourcils, puis marche jusqu'au fauteuil en cuir blanc près des fenêtres.

Il s'y laisse tomber avec une grimace. Je m'apaise un peu – juste un peu.

— Tu es blessé ?

— Ça va.

Sa voix dit exactement le contraire. Je ne sais pas ce qui se passe, mais je décide de faire semblant de le croire pour l'amener à me révéler ce qu'il cache.

— Nick, pardon, j'arrête d'être désagréable.

Je pose le couteau par terre et la lampe torche sur la table basse. Je m'approche de lui.

— Je m'inquiétais pour toi ! Il se passe des choses bizarres… Je suis allé te chercher dans la forêt et un type m'a suivie.

Il me saisit la main et sa poigne me broie les doigts.

— Je t'avais dit de rester dans la maison !

J'essaye de rester patiente.

— Je m'inquiétais pour toi ! Et j'avais raison, apparemment…

Sa poigne se relâche et se fait tendre tout à coup. Je porte sa main à mes lèvres et l'embrasse – juste une fois, comme un de ces baisers que ma mère me donne quand je me sens mal.

Sa nudité ne me dérange pas. L'essentiel est qu'il soit en vie et que je ne sois plus seule.

— Et puis il y avait ce chien…

Je guette sa réaction.

— Un chien énorme, qui avait reçu une flèche entre les épaules. Tu l'as vu ? Il est peut-être monté à l'étage…

Nick secoue la tête.

— Je ne crois pas, répond-il lentement.

— Hum, hum… Très bien. Bah, ce n'est pas le chien qui me préoccupe, pour l'instant.

Je désenlace mes doigts des siens.

— C'est toi. Où es-tu blessé ?

— Ça va, je t'assure. Je cicatrise déjà.

— Ah. Tant mieux. Mais de *quoi* tu cicatrises ?

Il détourne le regard.

— Reste ici, dis-je en m'écartant. Je vais préparer un feu dans le poêle.

Je m'avance vers le poêle, puis, après réflexion :

— Promets-moi de ne pas bouger.

Il tousse.

— Promis.

— Tu le jures ?

Il a un petit rire, comme s'il me trouvait amusante.

— Je le jure.

Je récupère la lampe et me rends dans la cuisine pour prendre les bûches. Je fourre du papier froissé dans le gros poêle noir, jette du petit bois pardessus et trouve une de ces grandes allumettes que Betty range dans un panier en étain près du poêle. Une fois le feu allumé, j'y ajoute une bûche. Les flammes éclairent le centre du salon d'une lueur douce et chaleureuse, mais au-delà tout reste sombre et mystérieux.

L'odeur du bois brûlé a quelque chose d'agréable et d'apaisant, comme si tout était normal, comme si je ne venais pas d'être poursuivie par un cinglé dans la forêt, ou de retirer une flèche plantée dans un chien ou comme si un type nu n'était pas assis en face de moi.

— Je n'en reviens pas que tu saches faire un feu, s'étonne Nick.

J'essuie mes mains sur mon pantalon.

— Je ne suis pas complètement incapable, tu sais.

Il sourit.

— Je sais.

— Je suis aussi imbattable pour écrire des lettres.

— Et courir.

— Exact. Et je suis bornée.

— On est tous les deux bornés.

Je retire mes chaussures, inspire une large rasade d'air boisé, puis me lève et ordonne :

— Montre-moi ta blessure.

— Ce n'est rien.

— Laisse-moi voir.

J'avance vers lui et il gémit. Vraiment. Le baraqué Nick Colt gémit.

— Je ne vais pas te faire mal. Betty ne va pas tarder à arriver, et une voiture de police est en route.

Je tends la main et écarte une boucle de cheveux sombres sur son front.

— Tu es brûlant. Tu as peut-être une infection.

— Je suis toujours brûlant.

Il remue dans son fauteuil, mal à l'aise.

— Chaud comme la braise, c'est ça ?

Il rit, mais un geste le fait grimacer.

— Ce n'est pas ce que je voulais dire.

— Je sais.

Nous nous dévisageons en silence. Je pose la main sur sa joue chaude. Il était dehors par un temps pareil… Mais où sont passés tous ses vêtements ? Et comment est-il entré ? Et où est le chien ? Je préfère ne pas penser à l'idée qui m'a traversée et que je me suis efforcée d'oublier depuis que j'ai vu la boule de poils dans sa voiture – mais j'y pense. J'y pense sans cesse.

— Tu sais, Nick, tu dois me faire confiance. On peut me faire confiance.

Il avale sa salive. D'une main, il couvre ma main, puis la déplace jusqu'à son épaule.

— Je le sais.

Je frissonne. Quelque chose en moi se révolte et me donne envie de m'enfuir, mais je reste immobile.

— Où es-tu blessé ?

D'un léger mouvement, il fait glisser la couverture de son épaule. Je reste pétrifiée. Zara-qui-est-sur-ses-gardes est surtout à deux doigts de s'évanouir. L'épaule est entièrement couverte d'un bandage bruni par le sang. Et ce bandage est familier, bien trop familier…

Ma main recule, comme d'elle-même, mais rien d'autre ne bouge en moi. Nick me fixe du regard, dans l'attente. Je déglutis, tentant de refouler ma peur et mon trouble.

C'est tout ce que je peux faire pour m'empêcher de me lever et de m'enfuir. C'est ce que ma mère ferait, mais pas moi. Je ne suis pas ma mère.

— Mais…

Je murmure.

— … c'est impossible. N'est-ce pas ?

J'incline la tête, examine le bandage, puis je l'écarte d'un coup sec. Et je le vois : un trou percé par une flèche, déjà en train de cicatriser comme le prouve la croûte de sang séché.

Ma respiration perfore ma poitrine.

Lentement… Lentement… Lentement… je tourne la tête et mes yeux rencontrent les siens. Il paraît à la fois effrayé et déterminé, immobile, mais prêt à tout.

Le bandage pend entre mes doigts et la question s'échappe de mes lèvres :

— Mais enfin, Nick… qu'est-ce que tu es ?

J'ai tellement peur de savoir déjà ce qu'il est vraiment. Mais c'est impossible.

Mon cœur se gonfle comme si quelqu'un le serrait, mais personne ne le serre. À part moi.

Nick ferme un œil et tourne la tête pour examiner sa blessure.

Puis il me fait face. Paniquée, je lui demande :

— Où est passé le chien ?

— Ça n'était pas un chien, Zara, murmure-t-il avec fermeté.

Je relève brusquement la tête.

— Alors c'était quoi ? Un chat ? Une gerbille ? Un vieux hamster gâteux ?

Il prend ma main.

— Tu deviens hystérique…

Je m'écarte d'un bond et le montre du doigt.

— Je ne deviens pas hystérique, je fais de l'humour. Pourquoi les beaux mecs n'ont-ils jamais le sens de l'humour ?

— Zara…

Il essaye de me prendre la main.

— Question purement rhétorique, dis-je en reculant encore.

Le crépitement du feu me fait sursauter. La peur du feu est la pyrophobie.

La ranidaphobie est la peur des batraciens, autrement dit une peur ridicule. La rectophobie est la peur du rectum ou des maladies rectales, autrement dit une peur dégoûtante.

J'arrête avec les phobies. La vraie vie est suffisamment effrayante comme ça.

Bien plantée sur mes deux jambes, je répète :

— Qu'est-il arrivé au chien ?

— C'était un loup, Zara.

Il change de position dans son fauteuil et son comportement semble tout à coup trop poli, trop patient. Il me fixe du regard.

— Et tu sais très bien ce qui lui est arrivé.

Je m'empare du tisonnier et remue une bûche dans le poêle. Puis j'en ajoute une autre. Des étincelles et des braises incandescentes montent dans l'air. D'une main, je referme la porte en verre.

— Fais attention, intervient Nick.

— C'est un feu. C'est chaud. J'aime bien la chaleur.

Les flammes ondulent sur le panneau de verre. « Elles lèchent la vitre », avait coutume de dire mon père. Les couleurs passent de l'orange sombre à l'orange clair en passant par le brun noir, puis le cycle reprend.

— Zara…

La voix de Nick me lèche comme ces flammes. Tout en moi réclame la promesse de cette chaleur, mais c'est absurde. Le simple fait de me tourner pour le regarder me demande des efforts surhumains. Je respire profondément pour me calmer. C'est une situation que je peux affronter.

Je ne vais pas avoir peur.

— Nick ?

On dirait que je le supplie. Que je le supplie de me donner une explication parfaitement logique à toute cette histoire.

— Zara… Viens par ici.

Il me tend la main et, pendant une seconde, son regard se voile de tristesse, de souffrance et de solitude. J'avance d'un pas chancelant. Je me demande si c'est bien le même garçon que j'ai rencontré à mon arrivée au lycée, ce garçon arrogant qui semblait si fort, si sûr de lui.

Sa vulnérabilité m'effraie presque davantage que les implications de sa blessure à l'épaule.

Je prends sa main. Il m'attire vers lui, me fait doucement pivoter pour que j'atterrisse sur ses genoux.

— Je vais te faire mal…

— Je cicatrice déjà, m'assure-t-il d'une voix grave. Regarde…

La plaie se referme presque sous mes yeux.

— En général, nous cicatrisons rapidement.

— Nous ?

Je déglutis et scrute son regard, mais qu'ai-je vraiment envie d'y voir ? Je l'ignore.

Ses yeux ne cillent pas. Sa voix ne tremble pas.

— Les métamorphes.

— Les métamorphes ?

Presque contre ma volonté, je me blottis contre son torse tiède.

Il acquiesce. J'insiste :

— Bon, c'est quoi ?

— Des garous.

Je ricane. Il soupire.

— Je suis sérieux, Zara.

— Hum… Et quel genre de métamorphe es-tu ?

— Eh bien, en ce qui me concerne, je suis un loup-garou.

Je ris et donne une pichenette à une petite peluche blanche sur son épaule nue.

— Rien de très original.

— Je ne plaisante pas, Zara.

Il me bouscule un peu.

— Ce n'est pas une blague. Regarde mon épaule. Pense au loup que tu as sauvé.

— Un chien.

— Un loup.

Je frissonne en me souvenant du bruit de la flèche au moment où je l'ai retirée de la bête.

— Ça ne prouve rien.

Il hausse un sourcil.

— Ta plaie est plus petite.

— Parce que je cicatrise.

J'essaye de me relever, mais il m'en empêche.

— Je ne veux pas y croire.

— Mais tu y crois quand même.

Je me dégage. Il me laisse partir. J'avance jusqu'à la porte, ouvre le verrou d'un geste vif. Le même geste l'ouvre grand.

Des flocons de neige poussés par le vent s'engouffrent dans l'embrasure.

Le monde luit sous le manteau blanc et la neige comble déjà les seules traces que j'aperçois : mes empreintes de pas et celles du chien.

La main agrippée au chambranle de la porte, je cherche à me protéger du vent, à me protéger de la vérité, mais j'ai l'impression que je ne vais pas tarder à m'évanouir – car ça ne peut pas être vrai…

Nick surgit derrière moi. Il pose une main sur ma taille. Ma respiration se bloque.

Le monde tourne autour de moi.

— Tu vas t'évanouir ?

Je me laisse aller contre lui et bredouille nerveusement :

— Mais tu es tellement mignon… Les loups-garous ne sont pas censés être mignons… Les vampires, si, je crois. C'est ce qu'on voit dans les films, en tout cas. Mais les loups-garous sont plutôt horribles, crasseux, ils portent des vestes en cuir et d'énormes rouflaquettes…

— C'est tout ce que tu trouves à dire ? Je suis « mignon » ?

Il saisit une petite mèche de mes cheveux et la tourne entre ses doigts.

— La plupart des gens s'évanouissent ou hurlent ou refusent de m'adresser la parole.

— Tu l'as dit à beaucoup de gens ?

— Pas beaucoup, non.

— À tes parents ?

— Ouais, ils sont au courant.

Son visage se tend.

— C'est génétique.

— Ton père, lui aussi ?…

— Les deux.

Je hoche la tête, réfléchis un instant, puis lève les mains pour les poser de chaque côté de son corps. Une main touche la couverture en laine rugueuse. L'autre la douce peau de Nick.

— Ton épaule te fait mal ?

Il secoue la tête et sa main quitte mon menton pour venir envelopper l'arrière de ma tête.

— Merci d'avoir retiré la flèche.

— Je t'en prie.

J'essaye de me calmer. Je me demande ce qui m'effraie le plus : savoir que Nick est un loup-garou ou voir ses lèvres si proches des miennes.

— Je sauve des types qui se prennent pour des loups-garous tous les jours, tu ne savais pas ?

— Non, répond-il en se penchant vers moi, je ne savais pas.

Ses yeux sont magnifiques, sombres, et ils ressemblent beaucoup à ceux du chien – je veux dire, du loup. Son regard est bienveillant, intense, avec un je-ne-sais-quoi d'indéfinissable… Ses yeux me plaisent. Beaucoup. Non, beaucoup trop. Quelque chose en moi se réchauffe, se rapproche de Nick. Le feu crépite et je sursaute encore, nerveuse. Mais je ne bondis pas pour m'écarter de Nick : je bondis vers lui. Nick, éclairé par la lueur des flammes, enveloppé d'une simple couverture, est tout simplement irrésistible, même s'il est peut-être complètement fou.

Sa peau gorgée de chaleur paraît scintiller. Ses muscles sont bien dessinés sans ressembler à ceux d'un culturiste. Il est parfait. Et beau. Un beau garçon. Pas une belle créature. Pas un beau loup.

— Tu vas m'embrasser ?

Mes paroles tremblent dans l'air.

Il sourit, mais ne répond pas.

— Je n'ai jamais embrassé de loup-garou. Est-ce que leurs baisers ont le même pouvoir que ceux des lutins ? Ce sont des baisers qui déclenchent quelque chose ? C'est pour ça que tu n'as jamais embrassé une fille ?

Il a un petit sourire.

— Non. Je n'ai jamais embrassé de fille parce que je pensais ne jamais pouvoir dire franchement qui je suis, tu comprends ? Et je ne voulais pas qu'une fille s'attache à moi parce que…

— Tu es un loup-garou.

— Parce que je suis un loup-garou, répète-t-il d'une voix faible.

Regarder bouger ses lèvres me donne le frisson ; pas un frisson de peur, plutôt un frisson genre ouah-il-est-trop-beau…Je pose une main sur sa peau. Elle est chaude. Elle est toujours chaude. Son odeur est merveilleuse, une odeur rassurante et boisée. Je fais taire ma peur, avance vers lui et nos lèvres se touchent, un effleurement angélique, une minuscule promesse.

Ses lèvres bougent sous les miennes.

Ses mains se posent sur mes épaules et j'ai l'impression que ma bouche va exploser de bonheur. Mon corps est pris d'un violent tremblement.

— Ouaouh, dis-je.

— Oui, dit-il. Ouaouh.

Nos bouches s'unissent à nouveau. C'est comme si mes lèvres avaient trouvé leur vraie place… juste *là*. Une infime part de moi-même a enfin réussi à trouver sa place. Nous nous écartons pour reprendre notre souffle.

— Il y en a beaucoup comme toi ? Parce que j'ai le sentiment qu'il peut y avoir une vraie demande pour ces baisers de loup-garou…

Il rit.

— On est quelques-uns, oui…

Je m'écarte un peu plus pour ajuster mon chemisier et retrouver un peu de mon sérieux.

— Il y en a d'autres à Bedford ?

— Ouais. En fait, il y en beaucoup à Bedford, beaucoup plus que dans n'importe quelle autre ville. Certains sont partis…

— Pourquoi y en a-t-il plus ici ?

— Les gènes. Avec les croisements consanguins, jusque dans les mille huit cents… Je ne sais pas exactement…

Il place la paume de sa main sur son épaule blessée.

— Mais Bedford n'est pas le seul endroit où on trouve des garous.

— Il y en a dans mon entourage ?

Il me fixe d'un regard intense.

— Betty.

— Betty ?

— C'est un tigre.

En ce lieu, des tigres.

Une seconde s'écoule. Deux. Je frappe son torse à deux mains.

— Va-t'en !

Il lève les mains en l'air.

— Quoi ?

— Tu n'as pas le droit de me dire que ma grand-mère est un foutu tigre, O.K. ? Alors va-t'en !

— Zara…

— C'est trop.

Je m'affaisse et m'effondre dans le canapé.

— Tu comprends ? C'est trop, point barre.

Algophobie

Peur de la douleur

— Bon. Disons que je suis une froussarde, O.K. ?
OK : Je suis une froussarde.

Je me relève du canapé et arpente le salon en répétant :

— Oh ! mon Dieu. Oh ! mon Dieu. Oh ! mon Dieu.

Je me précipite vers le poêle et tends mes mains vers le feu pour m'assurer que je ne suis pas folle et que je peux encore ressentir sa chaleur. Un feu, c'est quelque chose de réel. Les gens fous perdent souvent tout contact avec la réalité.

— Ce n'est pas possible…

Mais ça l'est.

Un rire hystérique s'échappe de ma gorge. Je plaque mes mains sur ma bouche.

— C'est bon, dis-je en bafouillant. Ça va aller. Tu peux te faire à cette idée. Ma grand-mère n'est pas humaine. Nick n'est pas humain. Il y a des humains qui ne sont pas humains.

Nick reste silencieux. Assis sur le bord de la table basse, il m'observe. Il se tient tout raide, comme un soldat sur le point de tomber dans une embuscade ou de recevoir une balle dans le ventre.

Je parviens enfin à m'arrêter.

— Merci de me croire, murmure-t-il.

Il bascule la tête en arrière et semble se détendre. Puis, l'index dressé, il me fait signe d'attendre et se rend dans la cuisine. Je reste à ma place et, un instant plus tard, il revient, plus pâle que d'habitude, la couverture nouée à la taille.

Il a enfilé un large sweat à capuche bleu marine appartenant à Betty. Il remonte la fermeture éclair jusqu'à son menton, puis croise les bras sur sa poitrine et va s'adosser au mur près du poêle.

— Donc… commence-t-il.

— Donc.

— Donc, je suis un loup-garou et ta grand-mère est un tigre-garou. Tu encaisses la nouvelle ?

J'acquiesce, comme une petite fille bien sage. Tout cela est parfaitement normal.

— Il faut bien. Tu as mal ?

— Ça va.

Ma main effleure mon front. Le monde semble à nouveau tourner autour de moi. Nick doit s'en apercevoir, car il me prend la main et me ramène sur le canapé – cet affreux canapé avec sa couverture ridicule. Nous nous asseyons l'un à côté de l'autre.

— J'ai cru que tu allais t'évanouir, dit-il d'un air renfrogné.

Je déteste quand il prend cet air en me parlant.

Je me cale contre l'accoudoir et attrape un coussin que je serre contre moi, comme pour dresser une barrière entre nous.

C'est aussi comme ça que Nick perçoit mon geste, je le vois à ses yeux tristes. Je repose donc le coussin en haut du canapé, mais il retombe sur la tête de Nick. Je ris.

Il rit aussi et me frappe avec le coussin. Un tourbillon de poussière me fait éternuer.

Je lui arrache le coussin des mains.

— C'est juste bizarre, d'accord ? C'est bizarre de découvrir que quelqu'un est un loup-garou. Je ne crois même pas aux loups-garous ! C'est quelque chose d'impossible… De physiquement impossible.

— Pas vraiment.

— On dirait, oui.

Je fais un geste de la main dans sa direction, avant de la reposer sur ma cuisse.

— Et si Betty est aussi un garou, et si c'est génétique, alors ça signifie que mon père – enfin, mon beau-père – en était un aussi.

— Brillante déduction.

— La ferme !

Il devient agaçant, à me sourire comme s'il prenait plaisir à me voir au supplice.

Un million de questions agitent mon cerveau. Je pose la première :

— Dis-moi : comment es-tu devenu un loup-garou ?

— C'est de naissance. Ou bien j'ai été mordu…

Il remue les sourcils.

— Tu veux essayer ?

Je pousse un petit cri d'effroi et fais un bond en arrière, cognant ma hanche contre l'accoudoir et manquant de tomber par terre.

— Non !

Ses deux mains immenses me rattrapent par la taille et me remettent en place. Il rit d'un grand rire jovial et sincère.

— Je plaisantais, Zara ! Je ferais tout pour que tu ne sois jamais mordue !

— Ah oui ?

Son regard me fait fondre.

— Oui. Je ferais tout pour qu'il ne t'arrive jamais *rien*.

— Ben voyons… Le complexe du héros. Tu es un loup-garou avec un complexe du héros. C'est marrant…

Il ne répond pas. La lumière floue qui règne dans le salon nimbe le décor d'une sorte de halo romantique, même si le feu semble assécher l'air et me fait mal à la gorge. Mon cœur tinte dans ma poitrine, l'espoir accélère ses pulsations, presque trop… Nick tend les mains vers ma tête, ses doigts brassent mes cheveux, et tout recommence : la sensation de fusion, la sensation de désir…

Je veux que mon corps épouse son corps, je veux donner voix à cette chose qu'on appelle le désir. Sa couverture frotte contre nos jambes.

— Et maintenant je vais t'embrasser, d'accord ?

Il a parlé d'une voix rauque. Comme je ne suis plus capable de prononcer le moindre son, je hoche la tête. La chaleur de ses lèvres sur les miennes…

Mes bras enserrent ses épaules, il me sert contre lui. Ici, je suis au chaud, en sécurité…

Les creux de mes genoux me picotent et j'éprouve une parfaite sensation de non-vide. J'ai l'impression que ma vie est gorgée de bien.

Enfin, je dis :

— Je n'arrive pas à croire que tu m'as embrassée.

Il s'allonge et sa grande main se pose sur l'arête de mon visage.

— Quoi ? Tu ne m'as pas embrassé aussi, peut-être ?

Je hausse les épaules.

— Je pensais que…

— Que quoi ?

— Que peut-être… Oh, je ne sais pas. Que tu n'embrassais pas les filles, voilà. Ne t'énerve pas ! C'est ce que disaient Devyn et Issie.

— Que je n'embrasse pas les filles ?

— Ouais. J'en suis arrivée à croire que tu étais un lutin… J'ai remarqué de la poussière d'or sur ta veste.

— De la *quoi* ?

L'angoisse pointe soudain dans sa voix.

— Je ne le croyais pas vraiment. C'était juste une idée en passant.

Je me blottis contre lui pour tenter de l'apaiser.

— Quand as-tu vu de la poussière sur ma veste ?

— Quand tu as dégagé ma voiture coincée dans le fossé.

Il hoche la tête.

— Je venais de le poursuivre dans la forêt… J'avais retiré ma veste… C'est sans doute là que j'ai attrapé de la poussière. Je n'en reviens pas que tu m'aies pris pour un lutin…

— Juste un petit peu.

Nous restons silencieux un instant.

— On devrait appeler Issie et Devyn pour les prévenir.

— Qu'on est sortis ensemble ?

Je lui donne un coup de coude.

— Non. Pour leur parler des lutins et des garous.

Je m'extirpe du canapé et prends le téléphone posé sur le foyer en brique. Le combiné est tiède. Je compose le numéro.

— Et après, on devrait tous partir à la recherche de Jay.

Un signal curieux retentit dans le combiné. Sur l'écran, le message « Pas de signal ».

— Génial… dis-je.

Nick se lève et va prendre l'autre téléphone.

— Les lignes sont mortes.

J'ouvre mon portable. Pas de signal non plus. Je le range dans ma poche.

Nick montre du doigt les fenêtres. Des lumières bleues clignotent au-dehors.

— La police est arrivée.

Pogonophobie

Peur de la pilosité faciale,
notamment des barbes

Deux policiers – des adjoints du shérif – se présentent à la porte. Chacun a une main posée sur la crosse de son pistolet. Ils sont prêts à passer à l'action…

— Vous êtes Zara ? me demande le plus grand des deux, un barbu aux cheveux roux coupés court.

J'acquiesce.

— Sergent Fahey, dit-il en retirant la main de son pistolet pour me la tendre.

Il aperçoit Nick derrière moi et s'autorise un sourire.

— Salut, Nick !

Nick sourit et le salue d'un signe de tête.

— Bon, on dirait que tu as retrouvé ton chemin,

dit le policier en regardant la couverture nouée autour de la taille de Nick. Sain et sauf… Très bien, pas la peine de lancer des fouilles avec l'adjoint Clark !

— Non. Désolé.

— Désolé ? intervient Clark, le policier imberbe et beaucoup plus jeune. Mais non, c'est une bonne nouvelle !

Il frissonne dans le vent.

— Oh, pardon, dis-je, vous voulez entrer ?

— Non, merci, répond le sergent Fahey d'un ton solennel et imperturbable qui fait grimacer l'officier Clark. Mais ta grand-mère nous a dit que tu avais entendu un homme qui t'appelait dans la forêt ?

J'acquiesce.

— Et qui a agressé Nick.

Les yeux de Fahey s'écarquillent.

— Ah bon ?

Nick me fusille du regard et je m'aperçois qu'il n'y a aucune preuve à ce que je viens de dire. Sa blessure est déjà cicatrisée.

— Non, ce n'était rien, j'ai réussi à m'enfuir.

Les lèvres de Nick se tordent en parlant. S'enfuir est tellement à l'opposé de tout ce qu'il est. Ce mensonge lui coûte. Le shérif-adjoint Clark dégaine un calepin.

— Tu pourrais nous le décrire ?

Nick accepte. Les deux policiers entrent, s'asseyent sur le canapé et commencent à poser des questions. Clark est le plus loquace, sans doute – je suppose – parce qu'il veut retarder le moment de ressortir dans le froid. Enfin, les deux policiers se lèvent, sortent et, équipés de puissantes lampes torches, partent dans la forêt à la recherche de l'homme.

Nous restons devant la fenêtre, observant les faisceaux lumineux qui percent çà et là l'obscurité.

— Ils ne le trouveront jamais, déclare Nick.

— Tu n'en sais rien.

— Il ne laisse aucune empreinte.

Nick se détourne et regagne sa place dans le canapé.

Je ne le rejoins pas. Je continue de scruter la nuit et les policiers.

Ma voix tremble quand je murmure :

— Je croyais que tu avais disparu…

— Il m'en faut plus que ça.

— Parce que tu es un garou ?

Je referme les rideaux.

— Ouais.

— Ça ne t'a pas empêché d'être blessé.

Je me retourne et le regarde. Il a l'air si costaud, si plein de santé, si normal – incroyablement séduisant et *humain*…

— Comme tu l'as lu sur ton site Internet, les garous sont les ennemis naturels des lutins.

— Avant cette semaine, est-ce que tu connaissais l'existence des lutins ?

Il grimace et se touche l'épaule.

— Non. Mais depuis environ un mois, Devyn et mois sentions qu'il y avait quelque chose de malveillant dans le coin. Issie aussi. Nous avons tout raconté à Issie.

— Tes parents aussi sont des garous, n'est-ce pas ? Mais ils sont partis en reportage-photo…

— Pour tourner un documentaire.

— Et ils t'ont laissé tout seul. Je croyais que les loups vivaient en meute, restaient toujours les uns avec les autres ?

— C'est vrai, mais mes parents sont différents… La dynamique familiale des loups est assez particulière.

— Comment ça ?

— Quand le fils d'un loup alpha – le chef de meute – grandit, il devient à son tour le loup alpha, ce qui déclenche des tensions, car le besoin de s'affirmer comme mâle alpha est inscrit dans nos gènes.

— Le mâle alpha, c'est un peu celui qui prend tout en charge, c'est ça ? Le héros…

— En gros, oui. Mais comme il ne peut y avoir qu'un seul loup alpha, mes parents sont partis pour un long voyage cette année, et l'année suivante aussi, jusqu'à ce que je rentre en fac. Comme ça, mon père et moi ne sommes pas obligés de nous étriper…

— Parce que vous êtes tous les deux des alpha ?

Il acquiesce.

— Ouah… c'est carrément bizarre.

Un bruit de moteur résonne dans l'allée. Je vais à la fenêtre et vois les deux policiers sortir de la forêt et parler à Betty qui vient de garer son pick-up. Puis ils repartent et ma grand-mère entre. Sans perdre de temps, elle fait signe à Nick :

— Retire ta chemise !

Il obéit.

— Pourquoi tu lui fais retirer sa…

— Elle est au courant, intervient Nick. Elle sait que je suis un garou.

Betty hoche la tête, examine la plaie quasiment invisible.

— Et tu lui as dit…

Je termine la question pour elle :

— … que tu étais une garou ?

Je m'assieds dans le fauteuil en cuir vert près de la porte.

— Oui, il m'a prévenue.

— Comment elle a réagi ? demande Betty à Nick.

— Pas bien.

Elle rit.

— Ta plaie m'a l'air impeccable. Zara, tu t'en es tirée comme une chef !

Je parviens à hocher la tête.

— Les policiers n'ont trouvé personne, reprend Betty en ajoutant dans le poêle du bois qui crépite aussitôt. Je m'y attendais, même si l'espoir fait vivre…

— Nous pensons que c'est un lutin, mamie.

— Et je pense que vous avez raison. Où est passé le tisonnier ?

Je vais le chercher devant la porte d'entrée.

— Je l'ai pris pour en faire… hum… une arme.

— Bonne idée, m'assure Betty en me prenant le tisonnier des mains pour remuer les bûches.

Quelques braises volètent dans le salon, puis s'éteignent.

— J'ai appelé ta mère. Elle veut que tu rentres à la maison. Elle pense qu'elle a fait une erreur en t'envoyant ici.

Ma gorge se resserre et je replie mes jambes sous moi. Je scrute le visage de ma grand-mère à la lueur changeante du feu.

— Et toi, mamie, tu en dis quoi ?

Nick répond à sa place.

— Tu serais plus en sécurité si tu partais.

— Je ne vais pas m'enfuir. De toute façon, il finirait bien par me retrouver, pas vrai ? Il m'a trouvée à Charleston et il ne m'a pas agressée, pas même quand j'étais dehors, dans la forêt… Manifestement, je ne cours aucun danger.

— Tu n'en sais rien, Zara, m'objecte Betty.

— Maman m'a envoyée ici parce qu'elle croyait que je serais plus en sécurité avec toi. Parce que tu es une garou. Et puisque Nick aussi est un garou, je suis doublement en sécurité, non ?

— J'espère, soupire-t-elle.

— Je ne pars pas.

Je me lève et avance vers elle. Je la regarde.

— Tu ne me feras pas repartir.

— Non. C'est entendu. Mais c'est tout de même dangereux d'être ici. Nous ne savons pas comment l'arrêter…

Nick se lève et passe les bras autour de moi.

— Nous trouverons bien quelque chose.

Nick reste dormir à la maison. Nous n'avons pas cours le lendemain et, quand je me réveille, il fait déjà jour.

La neige emplit ma chambre d'une vive lueur blanche. Tout paraît plus rassurant, moins effrayant.

Nick marche dans le couloir, jette un coup d'œil par l'embrasure de ma porte et s'aperçoit que je suis réveillée. Il sourit.

— Tu as dormi une éternité !

— J'étais épuisée, dis-je en m'étirant.

Je me demande dans quel état sont mes cheveux, et mon haleine, et mes yeux… Sont-ils chassieux ? Puis un détail arrête mon attention.

— Tu as un pantalon ?

— J'en garde toujours un en rechange dans ma voiture.

Il entre et s'assied sur le bord de mon lit.

— Déçue ?

— Un peu.

Je me cale contre la tête de lit et me frotte les yeux.

— Qu'est-ce que tu as fait ce matin ?

— J'ai appelé Devyn et Issie. Ils essayent de voir s'ils peuvent venir. Les parents de Devyn ont une motoneige, mais ils ne veulent pas qu'il s'en serve, à cause de l'accident… Betty est partie travailler avec son pick-up monstrueux…

— Monstrueux ?

— Ben oui. Tu as vu les roues qu'il se paye ?

— Mais tu as une Mini Cooper !

— Ça ne veut pas dire que je ne sais pas apprécier les autres voitures !

Il sourit et me gratte le crâne comme s'il était mon grand frère, ce qui n'est pas cool du tout.

— Bref… J'ai aussi préparé des pancakes, qui

sont encore dans le four, et lu quelques chapitres d'un roman de Stephen King.

— Oh, excellente idée ! Histoire de t'effrayer un peu plus, sans doute ?

— On ne m'effraie pas aussi facilement.

— Monsieur est un dur à cuire.

Il rit. Je ris aussi, puis je souris.

— Tu as vraiment fait des pancakes ?

Il me prend la main et me tire hors du lit.

— Allez, viens !

— Eh bien, Nick ! Tu avais une faim de loup !

Sa fourchette s'immobilise à mi-chemin dans l'air.

— Amusant.

Je glousse.

— Je trouve aussi.

Ses fossettes apparaissent.

— Tu leur as fait un sort, à mes pancakes !

— Ils sont très bons.

— Merci.

— Tu devrais t'installer chez nous et passer ton temps à préparer des pancakes.

— Betty cuisine si mal que ça ?

— Ouais. Et moi, pas beaucoup mieux.

— Peut-être que je devrais rester ici… tu sais, le temps que les choses se calment ou que…

Une douleur perce mon estomac de part en part. Je coupe mon pancake et, sans un regard pour Nick :

— Pas question que je rentre à Charleston.

— Ce serait plus sûr.

— Seulement pour moi. Et le lutin continuerait ses kidnappings tant qu'il n'aurait pas trouvé de reine. Je ne peux pas laisser une chose pareille se produire.

— Ce n'est pas ton combat.

— Ben voyons…

Je porte ma fourchette à ma bouche, la laisse suspendue en l'air et regarde Nick. Il paraît costaud, gonflé à bloc, mais il reste un être de chair et de muscles. Susceptible d'être blessé.

— Alors c'est le combat de qui ? Le tien, seulement ? Ça, n'y compte même pas. Depuis quand tu es monsieur Je-Sauve-le-Monde-en-Solo ?

Il badigeonne de sirop d'érable son pancake, puis grimace comme si le simple fait de discuter était devenu trop douloureux.

— D'accord. C'est *notre* combat. À nous tous.

— Attention, le sirop dégouline le long de la bouteille !

Je tends la main et déplace la bouteille de sirop d'érable pour découvrir le livre sur lequel elle était posée. Je reconnais le titre : *Brume*.

— C'est de Stephen King, précise Nick.

Mon cœur cesse de battre au moment où s'établit dans mon cerveau une connexion qui se serait faite dans n'importe quel cerveau normal depuis une éternité.

— Je sais que c'est de Stephen King. Je me rappelle juste qu'il y a une nouvelle dans ce recueil et que…

Je tourne les pages rapidement et mon regard s'arrête sur une page.

— Quoi ?

— *En ce lieu, des tigres.*

Nick rapproche sa chaise de la mienne et de la table. Curieux, il se penche sur le livre.

— C'est ce que mon père a écrit sur l'étiquette du livre qu'il avait emprunté à la bibliothèque. « En ce lieu, des tigres. 157. »

— Je m'en souviens. Devyn ou Betty avait parlé d'une nouvelle de je ne sais plus quel auteur de science-fiction, mais ce n'était pas Stephen King, pas vrai ?

Les paroles de Nick flottent sur mon cou, portées par son souffle. Difficile de rester concentrée.

— Non, c'était Ray Bradbury. Mais deux écrivains peuvent avoir utilisé le même titre.

J'arrive à la page 157.

— Zara ?

Je fais pivoter le livre à quatre-vingt-dix degrés pour permettre à Nick de lire en même temps que moi.

— Regarde !

— Ton père a écrit quelque chose…

L'odeur du sirop d'érable recouvre ma joue.

— Tu arrives à lire ?

— L'encre est trop pâle.

— Pourquoi avoir écrit au stylo-plume ?

— C'était son genre. Son côté excentrique…

Je rapproche le livre de mon visage.

— Il a écrit : *Pour se défendre : garous, fer. Problème : en cas d'extrême urgence, ils se nourrissent aussi le jour. Christine.* Super. Joli message codé, papa ! Et il a aussi souligné un passage de la nouvelle où les tigres ont l'air affamés et sans pitié…

— Qui est cette Christine ?

– Le titre d'un autre livre de King. Celui avec la voiture meurtrière, je crois…

Nick repousse vivement sa chaise.

— Lis-moi ce passage, tu veux ? Je crois que j'ai vu ce bouquin à l'étage…

Je commence à lire le texte en criant pour que Nick puisse m'entendre. Il est rapide – rapide comme un loup-garou – et en deux clins d'œil le voilà de retour du premier étage avec un autre livre de Stephen King.

— Il est écrit que les lutins peuvent surgir à tout moment de la journée quand le besoin se fait trop pressant… On devrait appeler Betty.

— Montre-moi d'abord ce livre.

Je tends la main et, au moment où il me le donne, un morceau de papier glisse de ses pages et tombe par terre. Nick se baisse et me donne le papier avant que j'aie eu le temps de réagir. D'une main tremblante, je déplie le papier.

— Ce n'est peut-être rien du tout. Un ticket de retour à la bibliothèque ou un message pour ma mère…

— Lis-le, Zara.

La voix de Nick glisse doucement dans la cuisine. On dirait que même l'air attend.

Je lis.

— *Si tu as trouvé ce papier, c'est qu'il est à nouveau en quête d'une proie. Il dit qu'il ne veut pas céder à cette pulsion, qu'il lutte contre elle et j'aimerais le croire, mais au fond quelle importance ? Quand la pulsion est trop forte en lui, il perd le contrôle sur ses semblables qui demandent alors du sang et des âmes pour apaiser leurs appétits – ces appétits impérieux lorsque le roi atteint sa majorité et cherche sa reine. Maman, tu sais pourquoi nous nous sommes enfuis. Je ne pouvais pas la laisser se sacrifier et notre marché l'avait rendu tellement furieux... Nous avons eu peur de lui faire confiance. Je suis désolé que ça n'ait pas suffi.*

Je me tourne vers Nick.

— Tu as une idée de ce que ça signifie ?

— Pas vraiment. C'est tout ?

— Non. Quelques lignes encore. *Il faut que tu saches une chose : quand la pulsion devient trop forte, la nuit n'est plus un obstacle pour lui. Il partira en chasse en plein jour, comme les autres. Le fer les affaiblit. Ils sont rapides, mais nous sommes encore plus rapides, et nous aussi avons le pouvoir de tuer. C'est notre seul espoir. Ceux-qui-Brillent sont notre seul espoir.*

Je replie le papier et le pose à côté de ma fourchette. Puis je me ravise et le glisse dans ma poche de sweat-shirt.

— C'est un message de mon père.

Nick acquiesce.

— Ils peuvent venir le jour.

— Quand le besoin devient trop pressant.

— Je ne vais pas prendre de risques sur ce coup-là, Zara. J'appelle Betty.

Je le rattrape par le bras.

— Nick ?

Il baisse le visage pour arriver face au mien. Son regard est doux, empreint de sollicitude.

— Quoi ?

— Je me sens bizarre.

— C'est normal d'avoir peur, Zara. Je vais appeler Betty et on va te protéger. Ça va aller.

— Non. J'éprouve cette sensation… arachnéenne…

J'essaye de lui expliquer, mais le rouge me monte aux joues.

— C'est débile… Je n'arrête pas de la ressentir. L'impression que des araignées courent sous ma peau. Je ne vois pas comment l'expliquer autrement…

Ses grandes mains se referment sur mes bras et les caressent légèrement.

— Ça se produit quand ?

— Je ne sais pas… Depuis que j'ai quitté Charleston. Chaque fois que je revois l'homme de l'aéroport ou que j'entends cette voix…

— La voix dans la forêt ?

Je hoche la tête.

Nick abandonne mes bras pour se précipiter vers le poêle.

Il prend le tisonnier avec lequel Betty remuait les bûches et me le met entre les mains.

— Prends ça !

— Quoi ? Pourquoi ?

Sa voix ressemble à un grognement.

— Tes araignées, c'est le signe qu'il approche ! Il va ruser pour que tu lui ouvres. Ne tombe pas dans son piège !

Je commence à discuter, mais Nick dresse l'index. Son regard est si concentré, si intense… si semblable au regard d'un loup…

Comment ai-je fait pour ne jamais m'en rendre compte ?

— Je suis sérieux, Zara. Tu ne dois laisser entrer personne. Promets-le-moi.

— Ils peuvent très bien entrer de force, non ?

De frustration, je tape du pied par terre et tant pis si je suis ridicule. Je veux que Nick cesse de me faire peur.

Il ne me répond pas, mais entreprend de fermer tous les rideaux du rez-de-chaussée.

— Va récupérer ce couteau que tu as laissé dans la cuisine, m'ordonne-t-il tout en jetant un coup d'œil en haut de l'escalier. Toutes les fenêtres de l'étage sont verrouillées, n'est-ce pas ?

J'agite le tisonnier en criant :

— Je n'en sais rien !

La peur m'envoie des picotements sous la peau. À moins que ce ne soit les araignées ? Je n'en sais rien.

Nick s'est déjà élancé dans l'escalier, dont il saute les marches trois par trois.

— Et s'ils défoncent la porte ?

— Ils ne peuvent pas !

— Comment le sais-tu ? Ce type avait plutôt l'air baraqué…

De l’étage, il me répond :

— Les lutins doivent être *invités* pour entrer quelque part. Comme les vampires. Je l’ai lu sur Internet.

— Et allez donc… dis-je en marmonnant. Alors ça doit être vrai !

Lutinophobie

Peur des lutins

(Celle-là, je l'ai inventée, mais, croyez-moi, il fallait lui trouver un nom, car c'est une peur sacrément légitime !)

Je me précipite à l'étage.

Nick ne me prête pas attention, il court d'une pièce à l'autre, vérifie les fenêtres, descend les stores avant de repartir dans la pièce suivante. Il se déplace si vite qu'il n'est plus qu'une sorte de sillage flou. Pas étonnant qu'il soit un aussi bon coureur : il n'est pas humain.

Je frissonne – mais, après tout, c'est toujours Nick.

La dernière pièce dans laquelle il se rend est ma chambre. Je bloque la porte pour qu'il ne puisse pas repartir à toute vitesse, mais il paraît plus calme à présent. Ses poils ne sont plus dressés sur ses bras, par exemple…

— Toutes les fenêtres sont fermées, annonce-t-il en s'asseyant sur mon lit.

Je compose le numéro de portable de Betty.

— Zara ?

La voix de Betty, aussitôt attentive.

— Je crois que le lutin arrive.

— Quoi ? En plein jour ?

— Je sais ! Mais j'ai trouvé un message que papa a laissé pour toi. Il dit qu'en cas d'urgence, les lutins peuvent apparaître même quand il fait jour.

— Mon Dieu !

Elle marque une pause, comme si la nouvelle était trop incroyable.

— Il m'a laissé un message ?

— Hum, hum.

Je lui laisse une seconde, le temps qu'elle prenne toute la mesure de cette information.

— Et j'ai cette sensation de fourmillement, comme chaque fois qu'il m'est apparu.

— O.K. Nick est avec toi, n'est-ce pas ?

— Oui.

— Passe-le-moi. J'arrive dès que je peux, compris ? Je pars tout de suite.

— O.K.

Je tends le téléphone à Nick.

— Oui, oui. Je sais… Je sais…

Puis il écarte le téléphone de son oreille et m'annonce :

— La ligne a été coupée.

— Génial.

Il se laisse tomber sur le lit et son visage prend une expression renfrognée.

— J'aime bien ton poster d'Amnesty International.

Je l'ai punaisé au-dessus de mon oreiller, comme à la maison…

— C'est tout ce que tu trouves à dire au plus fort de la tourmente ? « J'aime bien ton poster d'Amnesty International » ? Morte de rire…

Je fais les cent pas dans la chambre avant de venir m'asseoir près de lui.

— Fais-moi de la place…

D'un mouvement de hanches, je me décale. La situation est trop grave pour se laisser aller à des épanchements romantiques. Mais il tend le bras et je pose la tête contre lui. Je regarde mon poster.

Avec ce sens aigu de la repartie qui me caractérise, je déclare :

— J'aime beaucoup Amnesty International.

— Toi aussi tu as ce complexe : Je-veux-sauver-le-monde ?

Ses doigts enserrent mon épaule.

— J'imagine.

— Comme moi, alors.

— Ah ? Jamais remarqué.

— L'ironie te va mal !

Il se met sur le côté et me regarde.

La nervosité m'envahit. Me voilà allongée sur un lit avec un garçon mignon… pardon : un loup-garou mignon. Le vent fait vibrer les fenêtres. Et la douce sensation de bonheur ? Envolée.

— Il y a des raisons d'avoir peur, Nick ?

— Honnêtement ?

Je hoche la tête.

— Alors oui.

Je tends la main vers son visage et polis doucement ma paume sur ses contours. Ses mâchoires se crispent sous mes doigts.

— Explique-moi ce que c'est, d'être un garou.

Il secoue la tête. Ma main bouge avec son visage. Je ne vais pas renoncer à comprendre, pas cette fois.

— Nous avons une âme. Nous sommes en partie humains. Je n'en dirais pas autant des lutins. Ils ne sont pas du tout humains. C'est ce que Betty m'a expliqué. Il existe une théorie selon laquelle la race des lutins n'a pas ce qu'il faut pour être au paradis, mais n'est pas non plus assez malfaisante pour aller en enfer. Alors ils sont bloqués ici, condamnés à errer et à souffrir pour l'éternité.

Je hausse les sourcils. Nick tend la main et les lisse du bout des doigts. Puis il baisse la tête et hume mes cheveux. Ses paroles soufflent sur moi.

— Tu ne crois pas à cette théorie, Zara ?

— Je la trouve idiote.

— Moi aussi.

Il s'allonge à nouveau et me serre contre lui.

— Les lutins sont assez malfaisants pour mériter l'enfer.

— Si l'enfer existe.

— Exact.

Il n'a pas l'air convaincu.

— Selon une autre théorie, il existait cinq races différentes lorsque la Terre est née.

— Lesquelles ?

— Les lutins, les fées, les garous, les elfes et une autre, dont je ne me souviens plus. Ces cinq races se sont réunies sous le nom de Ceux-qui-Brillent.

— Comme dans le message de mon père !

Nous restons étendus un moment, puis j'avale ma salive et me blottis un peu plus près de Nick. Peu importe ce qu'il dit des lutins, des loups-garous ou de je ne sais quoi d'autre. Auprès de lui, je me sens en sécurité.

— Tu m'as dit que les lutins ne pouvaient entrer nulle part sauf s'ils y étaient invités, comme les vampires dans les romans de Stephen King ?

— Je ne sais pas comment ça marche avec les vampires. Je ne suis même pas sûr qu'ils existent…

— Sans blague ?

— Ouais.

— Eh bien, voilà au moins une bonne nouvelle.

Ses doigts serrent davantage mon épaule.

J'aspire une grande bouffée de son odeur de loup/homme/pin et me raidis.

— Ma mère m'a envoyée ici… Le pays du froid et des lutins. Génial, maman…

— À en croire Betty, elle s'inquiétait vraiment pour toi. Tout le monde pensait que tu étais… morte à l'intérieur.

— C'est vrai. J'étais complètement vide. Je ne le suis plus.

Je n'ai pas envie de parler de moi. Je réfléchis une seconde, respire encore un peu la chaleur qu'il dégage.

— Pourquoi m'a-t-elle envoyée ici alors que nous n'y sommes jamais retournées ?

— Jamais ?

— C'est toujours Betty qui venait nous voir. La dernière fois que maman est venue, c'est lorsque les disparitions ont commencé.

— Ouais…

— Juste après qu'elle a quitté la fac. Ça a dû lui paraître vraiment bizarre de retourner dans sa ville natale au moment où tous ces garçons disparaissaient puis de m'avoir, d'épouser papa et de partir à Tulane pour passer sa maîtrise… Comme si elle repartait de zéro. Elle avait peut-être envie de tout oublier. Parce qu'elle devait sûrement connaître certains des types qui ont disparu…

La sensation de picotement arachnéen resurgit. La cicatrice sur ma main me brûle.

— C'est dingue, dis-je en remontant contre la tête de lit.

Nick serre sa main dans la mienne.

— Je sais.

Je lève les yeux vers la flamme de la bougie d'Amnesty International. Tous ces gens qui peuplent les prisons du monde entier… tous ces gens torturés, emprisonnés, la plupart sans raison, la plupart pour avoir simplement osé dire ce qu'ils pensaient. Comment tout cela peut-il se dérouler dans le même monde que ce que je vis en ce moment ? Moi, ici, avec Nick, inquiets à cause des lutins ; eux, à travers le monde, inquiets pour leur *survie*…

Le point commun ?

La flamme de la bougie.

L'espoir.

— Que s'est-il passé, Nick ? À cette époque ?

— Les gens n'arrêtaient pas de disparaître. Le soir. Quand ils étaient seuls. La mairie a instauré un couvre-feu. Ça a fini par s'arrêter.

— À cause de quoi ?

— Personne ne le sait.

Sa voix se fait plus grave.

— Personne sauf, peut-être, Betty. À mon avis, elle pourrait bien en savoir plus que nous sur la question…

— Alors elle aurait dû nous en parler.

— Elle n'a pas dû en éprouver la nécessité.

— Ridicule.

Je couvre mes yeux de mes mains et tente de ne pas penser à cette voix qui m'appelait, mais elle résonne dans mes oreilles.

— Et les disparitions ont repris au moment où j'ai vu ce type à Charleston. Et toi, Nick Colt, tu penses que ta mission est en quelque sorte de protéger les gens ?

— Je peux effrayer les lutins, répond-il comme par bravade.

— Comment ?

— Les garous ont des pouvoirs.

— Lesquels ?

— Nous savons chasser.

Je tripote la fermeture éclair de son sweat-shirt, la monte et la descends, puis je répète ce qu'il vient de me dire pour essayer de comprendre.

— Vous savez chasser…

Les loups-garous sont des chasseurs.

— Tu es capable de tuer ?

Je m'écarte imperceptiblement de lui.

— Pas des gens ! se défend-il, apparemment embarrassé.

Je m'assieds sur le rebord du lit.

— Et qu'est-ce qui me le prouve ?

Il incline la tête.

— Regarde-moi.

Hésitante, je lève les yeux sur lui – enfin, j'essaye.

— Regarde-moi dans les yeux, Zara. Je ne tue pas des gens.

Je déglutis.

— Compris.

— Tu me crois ?

Je hoche la tête, me lève, traverse la chambre et vais allumer une bougie. Je commence à empiler un à un mes CD, qui sont éparpillés sur le plancher. Mon bracelet cogne contre ma cheville pendant que je m'affaire.

— Zara ?

— Quoi ? Je fais un peu de ménage, c'est tout.

Je lui ai presque crié dessus. D'un ton plus doux, je reprends :

— Tout ça est un peu difficile à encaisser, tu comprends ?

Il fait pivoter ses jambes au-dessus du lit et avance vers moi. Il s'accroupit devant moi.

— Je comprends.

De ses grandes mains, il me tapote le dos, mais soudain il se fige. Je lâche le CD que je tenais. Une sensation de picotement s'insinue le long de ma main. Nick agrippe le tisonnier qu'il serre dans son large poing.

Quelqu'un frappe à la porte, au rez-de-chaussée. Des coups violents, insistants.

Je sursaute.

— Nick ? dis-je d'une voix apeurée.

Il me lance un regard serein, mais sa main serre si fort la barre de métal que ses jointures blanchissent.

— N'ouvre pas la porte, Zara.

— Est-ce que c'est…

Une nouvelle rafale de coups m'interrompt.

Je fixe Nick et surprends mon reflet dans la glace de l'armoire. Mes yeux sont écarquillés, terrifiés. À l'image de ce que je ressens. J'ai l'impression que les araignées parcourent tout mon corps, m'envahissent. Mon pied heurte la pile de CD, et tous mes disques se retrouvent par terre.

Mon cœur tressaute et s'éparpille avec eux, se morcelle aux quatre coins de ma chambre. Je marche sur un tas d'enveloppes prêtes à être expédiées aux dictateurs du monde entier.

Je m'agrippe au poignet de Nick.

— Ils ne peuvent pas entrer, pas vrai ?

Il secoue la tête.

— Sauf si tu les y invites.

— Et ce n'est pas dans mes intentions.

— Parfait.

Encore une volée de coups à la porte. Et une autre. Et encore une autre.

— Nick ?

Il m'entoure de ses bras. Le métal froid du tisonnier trace une ligne frissonnante le long de mon dos. Ce n'est rien comparé à la chaleur de Nick.

— Tu n'as rien à craindre, m'assure-t-il, je suis là.

— Tu vas te transformer en loup ?

— Non. Sauf si j'y suis contraint.

Je me serre contre lui et murmure :

— Tu n'as pas besoin d'attendre la pleine lune ?

— Non.

Je tremble. J'aimerais tant pouvoir me faufiler jusque sous sa peau et me cacher là…

— Tu penses que tu vas être obligé de te métamorphoser ?

Il m'amène près du lit et m'assied sur la couverture. Il tient toujours le tisonnier, qui a quelque chose d'effrayant : lourd, métallique, prêt à frapper.

— Ils ne devraient pas pouvoir entrer ici. Sauf s'ils sont déjà venus.

— Ils sont nombreux, tu crois ?

— J'en sens au moins cinq. Les suiveurs ne m'inquiètent pas. Mais leur chef…

— Ils ont un chef ?

— J'en suis quasiment certain.

Il s'écarte, traverse la chambre et va fermer la porte sans oublier de pousser le loquet. Il ne se retourne pas, reste debout devant la porte fermée, posant sa main libre sur le chambranle.

Des pas résonnent dans l'escalier. Nick tourne la tête vers moi. Les iris de ses yeux ne sont plus que de minces fentes, comme chez les loups.

Il se met à parler, mais sa voix se transforme en grommellements menaçants, à peine humains.

— On dirait qu'au moins un des lutins est déjà venu ici…

Je reste paralysée. Le dos de Nick se contracte, comme s'il produisait un effort – quel genre d'effort ? Je n'en ai aucune idée…

— Nick ? Si l'un d'eux a réussi à entrer, les autres peuvent le suivre, non ?

— Non. Ils l'attendent dehors.

— Et il peut entrer dans ma chambre ?

Ma voix s'étrangle de terreur.

— Je ne sais pas.

Il se met à gronder. Je ne sais pas quoi faire. Je répète son nom :

— Nick ?

Sa voix est à la fois chaleureuse et douloureuse.

— J'essaye vraiment de ne pas me transformer, Zara. Mais quand des gens sont en danger, je me transforme.

— Je suis en danger ?

Il hoche la tête.

Je touche son dos. Je suis tellement bouleversée que je ne me rappelle même pas m'être levée pour marcher jusqu'à lui. Sous mes doigts, les muscles ondulent et bougent comme si leurs fibres luttaient pour rester en place.

— Eh bien, transforme-toi !

— Je ne veux pas t'effrayer.

— Je suis déjà effrayée ! J'ai tellement peur que tu sois blessé…

— Moi ? Je ne suis pas inquiet pour moi, mais pour toi.

Une main s'abat sur la porte de ma chambre. Qui tremble sur ses gonds. Oh ! mon Dieu. Oh ! mon Dieu…

Nick pivote d'un coup. Son regard est empli de souffrance et de tristesse. Il arrache son sweat-shirt et se précipite derrière le lit pour que je ne le voie pas.

— Quoi que tu fasses et quoi qu'il dise, Zara, ne lui ouvre pas ! Surtout pas !

Il grogne à nouveau tandis que quelques coups sont frappés à la porte. Je m'écarte brusquement.

Le pantalon de Nick vole à travers la chambre. Je le rattrape à deux mains.

Il reprend :

— Je pourrais lui régler son compte ici, un contre un, mais je préfère ne pas courir le risque. Il est plus fort que les autres et je ne suis pas chez moi, tu comprends…

— Nick ?

Un oreiller vole par-dessus le lit.

— On doit juste attendre ici, le temps que Betty revienne. Tiens bon d'ici là, Zara.

Les coups à la porte étouffent ses paroles, mais pas le grognement sauvage qui jaillit de sa gorge, moitié menace, moitié cri de guerre – un cri de loup.

Je chuchote :

— Mon Dieu…

D'autres coups à la porte, plus doux.

— Zara ? Laisse-moi entrer.

Le loup rugit et s'interpose entre moi et la porte. Son pelage épais et dense semble se hérisser face au danger.

Nick a dit qu'ils étaient au moins cinq. Un dans la maison avec nous, mais tant que je n'ouvre pas la porte nous ne craignons rien.

Pourquoi Nick pense-t-il que je peux lui ouvrir ? Il doit me considérer comme l'être le plus naïf au monde. Hors de question de laisser ce lutin entrer dans ma chambre.

Mais que font les autres ?

Je jette un coup d'œil par la fenêtre en entrouvrant les lamelles du store de quelques centimètres. Deux silhouettes sombres se détachent sur la neige. Les flocons tombent en tourbillonnant du ciel gris blanc et tout semble presque paisible.

Un autre coup est frappé à la porte, discret, comme quand maman venait au matin me réveiller moi et mes amies après une soirée-pyjamas.

J'observe Nick : il est ramassé sur lui-même, prêt à bondir.

Ils essayent de me prendre par surprise. Je ne me laisserai pas faire. Je ne vais pas m'occuper de cette porte et je vais continuer de surveiller les lutins dehors.

Je me retourne vers la fenêtre – et je pousse un cri d'effroi.

Un visage flotte dans l'air, très pâle, les yeux écarquillés, vaguement rattaché à un corps. Je recule en sautant, pousse un nouveau cri perçant. La forme remplit entièrement mon champ visuel.

Je m'assieds au milieu du lit. Les genoux pliés contre la poitrine, je serre le tisonnier de toutes mes forces. Je m'en servirai s'il le faut.

Le pacifisme est une valeur très surestimée. Je me mets à psalmodier :

— Ce n'est pas vraiment en train de se passer… Ce n'est pas vraiment en train de se passer…

Quelque chose racle la fenêtre et je sais que ce n'est pas une branche d'arbre. C'est une chose affreuse qui essaye d'entrer.

Nick fait le tour de la chambre, l'arpente d'avant en arrière, d'avant en arrière, aux aguets, de la fenêtre à la porte, de la fenêtre à la porte.

Les babines retroussées laissent paraître ses crocs. Encore un petit coup frappé à la porte. Nick dévoile ses crocs jusqu'aux gencives.

— Zara ?

C'est une voix grave, un peu rauque, familière. Pas celle que j'ai entendue dans la forêt.

Mon cœur fait un bond dans ma poitrine. Et ce n'est pas à cause de la peur.

— Zara, ma chérie ?

Ce n'est pas possible. Pas possible.

Je me redresse sur le lit, balance mes jambes hors du matelas.

La flamme de la bougie sur le bureau se met à trembler, puis un courant d'air la fait doubler de taille.

Je réponds dans un murmure, une prière, un espoir :

— Papa ?

Vitricophobie

Peur des beaux-pères

C'est impossible. Inimaginable. Pourtant, on dirait bien sa voix. Ma langue semble collée à mon palais et mon thorax se comprime, mais je parviens à répéter :

— Papa ?

Les grognements de Nick se déchaînent. Tout son corps tremble. Vibre. Le mien aussi.

Personne n'a envie de se trouver à trois mètres d'un hurlement de loup. J'en suis beaucoup plus près et c'est terrifiant. Vraiment. Mais pas autant que ce qui attend de l'autre côté de la porte.

Mon père est mort. Et pourtant mon père parle. Je l'entends par-dessus les grognements. Je l'entends. Je ne sais pas comment, mais je l'entends là, juste derrière la porte.

Mes pieds glissent en silence sur le parquet.

— Papa, c'est toi ?

Je murmure, mais il réussit à m'entendre.

— Ouvre-moi la porte, Zara. Laisse-moi entrer !

J'en ai envie. J'en meurs d'envie. Mais, sous l'effet du choc, mes membres semblent plus lourds, plus lents.

Soudain, Nick se dresse sur ses pattes arrière et presse les pattes avant sur la porte pour la bloquer.

— Écarte-toi, Nick, dis-je d'un ton suppliant en approchant.

Je me penche et pose les mains à plat sur la porte comme si je pouvais, à travers elle, sentir de l'autre côté le visage de mon père et le caresser, toucher sa peau tiède vibrante de vie. Mais je ne peux pas. Bien sûr que non. Sous mes paumes, le bois de la porte est froid et impitoyable.

— Ça ne peut pas être toi, dis-je d'un fragile filet de voix.

Mon cœur bat à tout rompre. Si j'ouvrais la porte, verrais-je mon père ? Verrais-je son sourire et ses fossettes ? Aurait-il une barbe de trois jours, et besoin d'un bon rasage ? Me serrerait-il dans ses bras ? Depuis des mois, je ne rêve que d'une chose : qu'il soit encore vivant.

Mais je l'ai vu étendu par terre dans la cuisine, je l'ai vu dans son cercueil.

Et quand quelqu'un est mort on le sent, on sent que son âme est partie, tout simplement partie, que son corps est vide désormais.

Mais si les loups-garous et les lutins existent, pourquoi cela ne serait-il pas possible ? Peut-être mon père est-il bien ici, juste ici, séparé de moi par quelques centimètres de bois…

Je me balance contre la porte, mes épaules font pression contre le flanc de Nick.

— Tu ne peux pas être là… C'est impossible…

— Si, Zara, c'est possible. Laisse-moi entrer, je t'expliquerai tout.

Il est mort. Il est mort. Je l'ai vu mourir. L'eau coulait sur le sol de la cuisine. Son visage était glacé sous mes doigts. Mais s'il n'était pas mort ?

— Papa ?

— Je suis là, mon bébé.

Une grosse boule se forme dans ma gorge et descend tout au fond de moi.

C'est sa voix. La sienne. Ici. Je pose la main sur le bouton de porte, mais n'ai pas le temps de le tourner.

Nick me donne un coup de tête qui me percute en pleine joue, sur la mâchoire. Son museau m'écarte de la porte, il glisse sa gueule entre moi et la poignée. J'ai la bouche pleine de poils.

Je les crache et le repousse.

— C'est mon père, mon père ! dis-je en claquant la porte. Il est de l'autre côté ! Les lutins vont l'attaquer !

Nick me montre les crocs.

— Je ne peux pas le perdre une seconde fois, Nick…

Le loup grogne, comme sur le point de mordre. D'instinct, je recule la tête, mais je me ressaisis et ordonne :

— Laisse… moi… passer !

Je pousse son épaisse encolure, le frappe à pleines mains, le martèle de coups, mais il ne bouge pas.

— Va-t'en ! Va-t'en !

— Zara, il y a un loup avec toi dans la chambre ? me demande mon père d'une voix calme, très calme. Ne lui fais pas confiance.

Je saisis une poignée de poils et m'immobilise. Tout à coup, je m'aperçois que quelque chose n'est pas logique.

Si mon père me savait dans ma chambre avec un loup, il ne serait jamais calme. Il serait mort d'angoisse, il hurlerait, forcerait la porte à coups de pied comme le jour où, enfant, je m'étais retrouvée bloquée dans les toilettes, sans réussir à tirer le loquet parce qu'il était trop rouillé.

Mon père avait défoncé la porte, faisant voler en éclats le chambranle, et m'avait serrée contre lui sans cesser de m'embrasser sur le front.

— Je ne te laisserais jamais courir de danger, princesse, avait-il dit. Tu es mon bébé.

Mon père défoncerait la porte. Mon père viendrait me sauver.

— Laisse-moi entrer. Zara…

Je laisse Nick tranquille et recule, titubante. Mes mains se plaquent sur ma bouche.

Nick cesse de grogner après moi et agite sa queue ébouriffée.

Comment mon père pourrait-il savoir que je suis avec un loup plutôt qu'avec un chien ? Ou qu'une bande de lutins ?

Je frissonne. Nick piétine à côté de moi, presse

son flanc contre ma jambe. Je baisse les mains et enfouis mes doigts dans son pelage, à la recherche de quelque chose – de réconfort, peut-être. Ou de chaleur. Ou de force. Ou des trois à la fois.

— Tu es mort, dis-je et un sanglot traverse ma poitrine pour exploser hors de moi. Tu ne peux pas être ici !

— Je ne suis pas mort, Zara.

Je m'éloigne de Nick, vais chercher un oreiller et m'y cramponne comme à un bouclier. Le souvenir de mon père étendu par terre m'assaille. Je vois la bouteille d'eau rouler sur le sol. Je vois la bouche béante de mon père, ses efforts douloureux pour aspirer une goulée d'air.

— Si. Tu es mort. Tu m'as abandonnée. Je t'ai vu. Tu m'as abandonnée. Et aujourd'hui je suis dans le Maine, cernée par la folie et le froid, sans pouvoir sortir le soir pour aller courir…

— Zara, laisse-moi entrer. Je peux tout t'expliquer.

Je lance le *Rapport annuel sur les droits de l'homme 2009* contre la porte.

Il s'écrase sur le bois. Nick se baisse et s'écarte d'un bond. Je ramasse un autre rapport et le lance contre la poignée.

— Espèce de menteur ! Tu ne peux rien expliquer ! Tu en es incapable ! Tu m'as abandonnée !

Hoquetante, sanglotante, je me rue sur la porte et la frappe à coups de poing.

— Tu m'as abandonnée !

Les étreintes de mon papa, c'étaient les meilleures.

Il me prenait tout entière dans ses bras, me rassurait, comme un ours en peluche géant – mais encore plus chaud.

— Zara, laisse-moi entrer, maintenant.

Il semble en colère à présent, comme quand j'avais eu le malheur d'être insolente avec ma mère. C'est tout à fait lui.

Un pas en avant. Un autre. La voix de loup de Nick laisse échapper un grognement sourd et vibrant.

Je dresse l'index sur mes lèvres pour lui intimer l'ordre de se taire.

Mes doigts tremblent, mais parviennent tout de même à ouvrir le loquet.

— Ouvre-moi la porte, Zara.

Nick m'écarte d'un coup de museau. Je le laisse faire.

— Non. Si tu étais vraiment mon père, tu pourrais l'ouvrir toi-même.

Aucune réponse.

Je le savais. Je savais qu'il n'y aurait aucune réponse.

Nick frotte son museau contre ma main. Je fourre les doigts dans son pelage.

— Eh bien ! Pourquoi tu n'ouvres pas ? J'ai retiré le loquet.

Quelque chose hurle en moi. Quelque chose de violent, de désespéré et de réel.

— Vas-y !

Je crie, perdue et furieuse, seule mais pas seule. Nick se glisse devant moi pour me protéger de ce qui se trouve derrière la porte, quoi que ce soit.

— Alors, hein ? Pourquoi tu n'ouvres pas cette foutue porte ?

Je fixe la poignée. Elle ne bouge pas. Il sait que ses ruses ne marchent pas avec moi.

Nick avait raison : les lutins nc peuvent entrer que dans les maisons et les lieux où ils ont été invités, ou qu'ils ont déjà visités. Mon beau-père est entré des millions de fois dans cette chambre.

Si c'était lui, il serait entré dès que j'aurais retiré le loquet.

Mais ce n'est pas lui. Il n'est pas revenu d'entre les morts, comme par magie.

C'est quelqu'un d'autre. Ou quelque chose d'autre, quelque chose qui est déjà venu dans cette maison, mais pas dans cette chambre.

Quelque chose qui a exactement la même voix que mon père.

— Viens me voir, Zara. J'ai juste besoin que tu viennes me voir.

— Quoi ?

— C'est ce besoin en moi… je ne peux plus le réprimer… il est trop fort…

— Qu'est-ce que tu es ?

Je recule en titubant sans quitter des yeux la poignée de porte.

— Qu'est-ce que tu es, bon sang ?

Ce qu'il est rugit de colère. Il dévale les escaliers en trombe et on dirait qu'il déclenche une tornade dans la maison de ma grand-mère.

Les livres tombent, les vitres explosent…

Je ferme les yeux et me bouche les oreilles.

Nick grogne.

Je me recroqueville sur mon lit. L'espace d'un instant, j'ai cru que ce que je souhaitais le plus au monde s'était accompli.

J'ai cru que mon père était revenu. Mais c'est faux. Il est parti.

Il est vraiment parti, pour de bon, et je le sais. Je sais que je ne le reverrai plus, même si j'en meurs d'envie.

La flamme en moi s'est éteinte et j'ai peur – vraiment, atrocement peur – parce que ma pire crainte est devenue réalité.

Je vais devoir passer le reste de ma vie sans mon père, mon partenaire de footing, l'homme qui m'a appris l'existence d'Amnesty International et n'avait pas son pareil pour chanter faux tout le répertoire de John Lennon.

Je sanglote en serrant mon lapin en peluche. Nick saute sur mon lit et presse son corps contre moi, frotte son museau contre mon visage, lèche mes larmes.

Pendant que les lutins se déchaînent au rez-de-chaussée, je passe les bras autour du corps velu de Nick et pleure dans sa fourrure.

Chaque sanglot secoue mes épaules.

Nick lâche un ou deux gémissements et essaye encore de lécher mon visage, mais il continue de surveiller la porte.

Je finis par mettre un terme à ces sanglots pathétiques, mais continue de pleurer doucement.

Les pleurs ne tardent pas à cesser, eux aussi.

Je me serre contre Nick en espérant que rien de tout ce que je vis n'est vrai, que je l'ai rêvé, mais si c'était le cas je risquerais de perdre Nick.

Car lui non plus ne serait pas réel, et j'ai pourtant très envie qu'il existe réellement.

Je le veux même si je sais que je finirais par le perdre un jour, comme j'ai perdu mon père et ma mère, comme je me suis perdue moi-même.

Nécrophobie

Peur de la mort

Il est redevenu humain quand il me réveille en déposant un rapide baiser sur mon front.

J'ouvre les yeux et le vois sourire au-dessus de moi.

Je gémis en mettant mes mains devant mes yeux : Nick a ouvert les stores, et des flots de lumière vive se déversent dans la chambre.

— Je me suis endormie ? Vraiment ? Comment ai-je pu m'endormir ?

— Le stress et les larmes, ça fatigue. Tu as piqué du nez dès que les lutins ont cessé de tout détruire au rez-de-chaussée.

— Oh, dis-je en touchant ma joue, tu m'as léchée.

Il rit, se penche sur moi et darde sa langue pour lécher ma main.

— Tu es éminemment léchable.

J'essaye de le frapper, il rit encore plus fort et attrape ma main.

— Ce n'est pas juste ! Une simple humaine contre un loup-garou…

— D'accord…

Il embrasse chacun de mes doigts avant de lâcher ma main. Je soupire d'aise.

Puis je reprends mes esprits et m'assieds.

— Et les lutins ?

— Partis.

Il se relève et s'étire. Il a remis ses vêtements, et tout son corps produit des bruits de craquements, une vertèbre à la fois.

— Je ne sens plus leur odeur.

J'acquiesce, comme si tout ça était parfaitement naturel alors qu'il n'en est rien – mais, après tout, je ne suis pas une experte en créatures magiques. Un grand vide se fait brusquement dans mon estomac.

— Il s'est fait passer pour mon père…

Le regard de Nick s'adoucit.

— Ça a dû être dur pour toi.

J'avale ma salive. Dans ma bouche, un goût atroce, comme du bois pourri et calciné.

— Mais tu as été plus maligne que lui. Je suis fier de toi.

J'essaye de sourire, mais n'y arrive pas tout à fait.

Il prend ma main.

— Allons voir si les téléphones remarchent, d'accord ? Et essayons de trouver quelque chose à grignoter, d'accord ?

— Betty est là ?

— Pas encore.

— Tu penses qu'elle va bien ?

— Les routes sont mauvaises, Zara. Si elle ne s'est pas métamorphosée, elle risque de mettre du temps à venir.

— *Si elle ne s'est pas métamorphosée...*

Je répète la phrase en nouant mes doigts à ceux de Nick. Dans les lignes de sa main, une sensation agréable de sécurité…

— On est en sécurité ?

— Je suis avec toi, Zara. Je te promets qu'on est en sécurité.

Je voudrais le croire, mais je ne suis pas sûre de le pouvoir. Y a-t-il vraiment quelque chose au monde qui soit sûr ?

Nous prenons notre courage à deux mains et descendons l'escalier. En bas, la vision qui s'offre à nous est cauchemardesque. Peut-être qu'un seul lutin est entré dans la maison, mais, à voir l'ampleur des dégâts, on a plutôt l'impression qu'ils s'y sont mis à une bonne centaine.

— On dirait que j'ai organisé une fête. Une fête complètement dingue, dis-je en m'arrêtant au milieu des marches. Bon sang… Betty va me tuer.

Le canapé est renversé. Le cuir blanc du fauteuil est souillé de suie.

Le sol est jonché de papiers et de livres. Les coussins du canapé couverts de poussière de lutin.

Nick me prend la main pour m'aider à descendre les dernières marches.

— Ça va aller. On va s'en occuper. Ça ne sera pas dur.

Il lâche ma main et va se placer d'un côté d'un canapé.

— Commençons par le retourner.

Ensemble, nous remettons le canapé à l'endroit, puis le poussons contre le mur. Nick souffle sur la poussière qui recouvre ses mains.

— C'est dégoûtant.

— Ça aurait pu être pire. Il n'a pas lacéré les coussins, par exemple.

Ma voix sonne faux. Nick ne le remarque pas.

— Tu as raison.

Nous commençons à ramasser tout ce qui traîne. Je vérifie si les lignes sont rétablies sur mon téléphone portable et sur le téléphone fixe : toujours pas de signal. Nous ouvrons la porte et la neige entre dans la maison. Les empreintes des lutins sont recouvertes depuis longtemps.

Je reprends mon souffle.

Le monde ressemble à une illustration de conte de fées, entre *Casse-Noisette* et *La Nuit avant Noël*. La neige a transformé les arbres en silhouettes fantastiques. La Mini de Nick est entièrement drapée de blanc. Tout paraît beau, à sa place, naturel, rassurant – le contraire de la maison de Betty.

— On est enneigés !

Nick renifle l'air.

— C'est une grosse tempête. Elle durera sans doute tout l'après-midi et ne s'arrêtera pas avant demain matin.

Je me précipite dans le salon et tente de contacter Betty par radio. Je tombe sur Josie, qui m'annonce :

— Elle est partie pour vous rejoindre il y a deux heures.

— Oh ! mon Dieu.

— Non, ne t'inquiète pas. Je vais essayer de l'appeler sur une autre fréquence. Aucune nouvelle du fils Dahlberg. La tempête de neige est censée durer toute la soirée et les routes sont difficiles ; ça explique le retard de Betty. Et comme le satellite aussi est en panne, c'est difficile de trouver une fréquence qui marche.

Je presse le bouton du micro.

— Reçu. Ne te tue pas à la tâche, Josie !

Elle rit et son rire se détache clairement sur fond de grésillements.

— Je ne suis pas encore morte, Zara. Il me reste encore un souffle de vie…

À nous aussi, dis-je en mon for intérieur. Et je reprends mon ménage dans le salon.

Nous passons une éternité à tout remettre en ordre. Au bout d'un moment, notre estomac gronde plus fort que le vent au-dehors.

— Je meurs de faim, Zara. Pas toi ?

Je tapote mon ventre.

— Oh, si ! Tu crois que Betty s'en sort ?

Nick me serre contre lui.

— Je le crois, oui.

Il va dans la cuisine et prend quelques œufs dans le frigidaire pendant que je transporte le reste des aliments dehors, dans la neige, pour les conserver. Quand je reviens dans le salon, Nick a posé deux casseroles sur le poêle à bois et ouvert une boîte de corned-beef haché.

— Du corned-beef haché ? Ça a l'air ignoble.

— C'est très bon. Ça fait pousser les poils du torse.

— La fourrure, tu veux dire ?

— Exact.

Il découpe le couvercle métallique et le pose sur une serviette en papier avant de vider le contenu de la boîte dans la casserole.

— Ça va prendre un petit peu de temps.

Avec une spatule en bois, il remue les œufs.

— J'étais en train de penser qu'on allait avoir besoin d'aide pour lutter contre les lutins.

— O.K. Je croyais que les loups vivaient en meute. Tu appartiens à une meute ?

— Pas au sens habituel du terme.

— Désolée, Nick, mais, concernant les loups-garous, j'ignore ce qui est « habituel ».

— Ce n'est pas avec des loups que je cours.

Je hoche la tête. J'attends. Finalement, je coupe court :

— Tu cours avec… ?

Il grimace.

— Des coyotes. Mais ils ont certains gènes en commun avec les loups.

Je lutte pour ne pas sourire.

— Mais tu es bien un mâle alpha, au moins ?

— Bien sûr que oui !

Il grogne presque en me répondant.

— Pardon, pardon ! Bref… Tu as l'intention

d'appeler ta meute en renfort ? Si tu es un mâle alpha, tu es en position de leur donner des ordres, pas vrai ?

— On leur demandera. Ils peuvent nous donner un coup de main en faisant diversion, en attirant l'attention des lutins… Mais ce sont des coyotes normaux, Zara, et ils ont peur de la magie.

Il touille le hachis dans la casserole.

— Non, je pensais demander de l'aide à quelqu'un d'autre.

— Qui ?

Il me montre du bout de sa spatule.

— Tu dois rester calme, d'accord ? Parce que, quand je t'aurai expliqué mon plan, pas question que tu piques une crise d'hystérie, compris ?

— Dis-moi.

— Issie et Devyn.

Je bondis sur lui.

— On n'a pas le droit de les mêler à ça ! Ils pourraient être blessés, et puis quoi, tu vas leur annoncer que tu es un loup-garou ? Oh, oui. Ça sera la goutte d'eau…

— Ils le savent déjà. Parce que…

Le feu crépite encore. Le vent fait trembler la maison.

Nick reste vigilant, aux aguets, mais rien ne se passe – il ne termine même pas sa phrase. Impatiente, je répète :

— Ils le savent déjà parce que…

Il prend une profonde inspiration.

— Oh ! bon sang, Nick, j'ai compris : Issie est un lapin, c'est ça ? Ça existe, des lapins-garous ?

— Ah, tu comprends vite, Zara ! s'écrie Nick avant d'éclater de rire.

Je fais la moue.

— Elle serait très bien en lapin…

— En effet. Mais ce n'est pas elle. C'est Devyn.

— Devyn ? C'est un type très mignon et tout ce qu'il y a de normal.

Nick gratte le fond de la casserole avec sa spatule. Puis, d'une voix calme :

— C'est un aigle.

— Oh. Très bien. Écoute, j'ai décidé que je n'allais pas paniquer, mais je dois t'avouer une chose : je suis surprise.

— Parce qu'il se déplace en fauteuil roulant ?

— Non ! Parce que c'est un oiseau.

Maniaphobie

Peur de la folie

Le vent fait trembler la maison et les flammes dans le poêle. Je mange une mixture bizarre à base de viande et de pommes de terre en cubes, en compagnie d'un type plus chaud que les braises du poêle.

Et qu'est-ce que je trouve à dire ?

— Il faut qu'on trouve un moyen d'empêcher le lutin de m'embrasser pour faire de moi sa reine.

— Je sais, confirme Nick.

— J'imagine que dire « Non, merci » ne suffirait pas.

Je lâche un rire nerveux.

Nick entreprend de racler avec sa spatule la croûte de hachis brunâtre qui couvre le fond de la casserole. Il la mélange avec les morceaux moins calcinés et obtient une épaisse pâte marron, rouge et blanche.

Il s'en dégage pourtant une odeur délicieuse qui me ferait presque oublier les lutins.

Presque. Ou le fait que les gens les plus sympas au lycée sont des garous.

— Parlons sérieusement, Zara, reprend Nick en s'attaquant à ses œufs brouillés.

— Eh bien, j'ai du mal à croire que les lutins ont des rois et des reines. C'est tellement vieux jeu ! Et je me fiche bien qu'ils fassent partie de Ceux-qui-Brillent. C'est complètement ringard. Et s'ils fonctionnent comme une espèce de dictature totalitaire fondée sur l'idéal monarchique de la supériorité de certains membres sur d'autres, eh bien, leur mode de gouvernance est le pire qui soit. Je veux dire, c'est dans ces gouvernements-là que les droits de l'homme sont bafoués de la façon la plus…

Nick plaque une main contre ma bouche, comme Devyn l'a déjà fait à Issie.

Sauf que je ne fais pas mon Issie en gloussant et en léchant ses doigts. Je me contente de fusiller du regard mon interlocuteur.

De sa main libre, il continue de remuer ses œufs brouillés comme si rien ne se passait, rien du tout, comme si nous étions en train d'avoir une conversation des plus normales.

— Zara, ce sont *vraiment* des lutins et, crois-moi, ils ne se préoccupent pas *du tout* des droits de l'homme. Parce que, primo, ils ne sont pas humains et, secundo, la torture fait partie de leurs pratiques habituelles.

J'essaye de lui marcher sur le pied, mais il le pivote en un éclair, dans un réflexe de loup-garou, sans cesser de touiller les œufs qui sont presque prêts. Il ne retire toujours pas sa main de ma bouche et ses yeux pétillent comme s'il me trouvait décidément très amusante.

Je ne suis pas amusante.

— Et maintenant je vais retirer ma main, compris ?

— Je ferais une très mauvaise reine, dis-je en crachotant.

Il essuie sa main sur sa chemise.

— Quoi ? Je t'ai bavé dessus ?

— Un peu.

— Tu es un loup. Ce n'est pas un peu de bave qui va t'effrayer.

— Oh ! le coup bas !

Il retire la casserole du poêle et la pose sur le pourtour en briques réfractaires.

Je croise les bras sur ma poitrine.

— Je m'en fiche.

Nous gardons le silence pendant qu'il recommence à gratter le fond de la casserole. À cause de la neige qui continue de cascader, les fenêtres ressemblent à de grands rectangles blancs vides. Quelques flocons se plaquent contre la maison comme s'ils tentaient d'échapper à cette réalité venteuse. Je reprends :

— On ne m'ôtera pas de l'idée que le comportement de ces lutins n'est pas normal. Je veux dire, ils n'ont pas passé tout ce temps à tuer des gens. À quoi ont-ils occupé tout ce laps de temps ?

Nick s'apprête à m'interrompre, mais je lève la main pour l'en empêcher.

— Je sais que nous le savons déjà. Je pense à haute voix, j'essaye de comprendre ces données… Tout ça doit avoir un lien avec la lettre de mon père.

— Et ils sont restés sans reine pendant un quart de siècle. Ils doivent forcément avoir une règle pour ce genre de situations.

Il me montre du bout de sa spatule.

— Zara, je sais que cette histoire te chamboule, et c'est bien naturel, mais je pense que…

— Naturel ? Tu peux me dire ce qu'il y a de naturel dans ce qu'on vit ? Le type le plus séduisant de l'univers est amoureux de moi, mais c'est un loup-garou…

Je sens l'hystérie monter dans ma voix, mais je ne peux pas la réfréner.

— Deux des garçons que je préfère dans ce foutu lycée sont un loup-garou et un aigle-garou – c'est bien ce qu'on dit, hein ? Un loup-garou et un aigle-garou ? Et, bien sûr, ma grand-mère se révèle être un tigre-garou…

Il acquiesce et me laisse éructer en faisant les cent pas dans le salon.

— N'oublions pas non plus qu'un lutin a transformé le salon en champ de bataille et que lui et ses copains veulent que je devienne leur reine ! Pour parvenir à leurs fins, ils n'ont pas opté pour la manière gentille : venir me demander poliment en m'offrant des fleurs. Non ! Voilà qu'un type murmure mon nom dans la forêt, essaye de m'égarer, puis fait irruption chez moi en l'absence de ma grand-mère. Mais… attends un peu ! Pourquoi ont-ils attendu le départ de Betty pour venir ?

Nick dépose une platée de hachis sur une assiette, puis quelques œufs brouillés.

— Je n'en sais rien. Ils doivent la craindre. Les tigres-garous sont très redoutés…

Il hausse les épaules et se sert à son tour.

— Ils en ont peut-être eu assez d'attendre ? hasarde-t-il.

Il s'assied par terre, devant le feu. Je m'assieds avec lui. La chaleur nous enveloppe et c'est une sensation délicieuse.

— Ils ont compris que je ne les laisserais pas s'en prendre à toi dans la forêt, alors ils ont choisi d'attaquer directement. Les loups se battent mieux en extérieur. Nous ne sommes pas des animaux domestiques. Tu aimes ton hachis ?

Je triture mes œufs du bout de ma fourchette, puis avale une bouchée de hachis. La chaleur envahit ma bouche.

— C'est bon.

Il sourit.

— Merci.

— Alors, tu sais aussi cuisiner ? L'homme parfait, c'est ça ?

— Je suis un loup-garou, corrige-t-il entre deux bouchées.

Il penche la tête.

— Ce qui te donne l'excuse idéale pour avoir un aussi mauvais caractère.

Il remue les sourcils.

— En effet.

— Si je deviens la reine des lutins, tu seras obligé de m'appeler « Votre Majesté ».

— Jamais de la vie !

— Tu ne m'appelleras jamais « Votre Majesté » ? C'est méchant. Je ferais partie de la royauté alors que toi, tu resteras un vulgaire loup-garou…

Le feu crépite et une bûche s'effondre dans l'âtre. Je sursaute, Nick reste immobile. J'imagine qu'il en faut plus pour surprendre un loup-garou.

— Tu ne deviendras jamais la reine des lutins. Je t'en empêcherai.

Ses yeux se vrillent au fond des miens.

À l'évidence, c'est un vrai mâle alpha. Je suis incapable de détourner le regard.

Même si je le faisais, je sentirais toujours ses yeux sur moi. *Ses yeux*.

— Ah ! Je déteste ça… Je déteste me sentir coincée !

Je pensais que je pouvais enfin aller de l'avant. Enfin, je savais bien que j'étais coincée dans le Maine, mais, peu à peu, je parvenais à entrevoir un avenir, un avenir sans mon père, mais un avenir quand même – le mien. Issie et Devyn sont mes amis. Nick est ici. Mais voilà que tout ça pourrait s'évanouir… Je grimace. Je ne veux pas mourir.

Nick repose son assiette qui oscille sur les briques inégales. Puis il se penche en avant et pose les mains à plat par terre, dans la posture yogique du chien qui s'étire

— Zara ?

Sa voix m'enveloppe de douceur, mais je décide de me concentrer sur mes œufs.

— Je ferai tout pour qu'il ne t'arrive rien.

— C'est une promesse impossible à tenir. Des gens ne peuvent pas empêcher d'autres gens d'être blessés ou tués.

Je déglutis et me tourne vers lui. Sa bouche est si proche de la mienne.

Son regard semble à la fois avide, serein et fort. Le moment est venu de lui parler.

— Il y a quelques semaines de cela, je m'en serais bien moquée. De mourir. Tu comprends ?

Il hoche la tête.

Il acquiesce.

Je tords les lèvres, car j'ai du mal à trouver les bons mots.

— Mon père me manquait tellement…

Je déglutis encore. Pourquoi est-ce si pénible ?

— Mais maintenant, je ne veux pas mourir. Je ne vais pas avoir peur. Je veux juste vivre.

Il laisse mes paroles faire leur effet, puis me demande :

— Comment tu expliques ce changement ?

— Je ne sais pas. T'avoir rencontré, peut-être ? Ou voir Issie tellement joyeuse et tellement courageuse. Ou…

Je me rapproche et nos fronts se touchent.

— Ou avoir tellement peur ? En tout cas, j'ai su… J'ai su que je ne voulais pas mourir.

Il m'embrasse sur le bout du nez. Ses lèvres frôlent ma joue, descendent jusqu'à mes lèvres et il murmure :

— Je vais te protéger, Zara.

Je le prends par les épaules.

— Mais toi ? Qui va te protéger ?

— Tout ira bien pour moi.

Ses lèvres effleurent les miennes, avant de se presser contre elles. J'accentue la pression. Mes mains quittent ses épaules et pénètrent dans ses cheveux. Puis, écartant doucement son visage :

— Tu le promets ?

Je respire tout contre lui.

— Tu le jures ?

— Je le jure.

— Il faut qu'on parte, dit-il.

Nous sommes dans la cuisine, debout dans le froid, et nous mettons la vaisselle dans l'évier sans eau.

— Tu plaisantes ?

Je pose la casserole dans l'évier, métal contre métal. Une croûte de hachis de corned-beef recouvre le fond de la casserole en un mélange brunâtre.

Je prends une feuille de Sopalin.

— Dégoûtant…

— Zara ? On ne peut pas se cacher toute la nuit dans ta chambre.

Nick passe derrière moi et prend la poignée de la casserole. Il l'arrose de produit vaisselle, qui dégouline sur toute la croûte.

— On doit régler nos problèmes maintenant.

— Maintenant ?

— Pendant qu'il fait encore jour.

— Eh bien, monsieur Anticipation !

— Je ne plaisante pas, Zara.

Il repose la casserole dans l'évier.

On ne peut plus rien faire, maintenant, puisqu'il n'y a plus d'eau.

— Je sais. Je sais que tu ne plaisantes pas, mais je n'aime pas la neige.

J'ajuste ma queue de cheval. Je n'ai pas pris de douche depuis un certain temps et mes cheveux commencent à avoir mauvaise mine. J'enfile mes chaussettes en laine, deux paires l'une sur l'autre qui crissent entre mes orteils.

— Et où veux-tu qu'on aille ? Et Betty ?

— Elle aurait déjà dû arriver, dit-il.

Mon cœur tente de se cacher derrière mes poumons, fait semblant de ne pas avoir entendu. Mais moi, j'ai entendu. Et je continue, même si je suis morte d'inquiétude pour Betty.

— Allons chez moi, propose Nick. Nous nous débrouillerons pour contacter Issie et Devyn et préparer un plan.

Je montre la fenêtre.

— Et comment on va chez toi ?

— Avec ma voiture.

— Les routes sont impraticables. Betty nous a déconseillés de conduire.

— Je sais, mais parfois il faut savoir enfreindre les règles.

J'abandonne. Je ne veux pas rester ici sans Betty, surtout si les lutins ont dans l'idée de nous rendre une autre de leurs joyeuses visites.

Je fonce dans ma chambre chercher mes formulaires d'Action urgente.

— Tu as du courrier ? ironise Nick.

— Ce sont des lettres à envoyer de toute urgence pour éviter que des gens soient torturés, exécutés ou…

Il caresse mes lèvres du bout des doigts.

— Tu es pire que moi.

— Ce n'est pas vrai.

Nous nous emmitouflons dans nos vêtements et sortons. La Mini Cooper a besoin d'être déneigée. Pendant que nous nous activons, je regarde les arbres. Ils m'inquiètent.

Ou plutôt, ce qu'ils cachent m'inquiète.

La neige recouvre tout le paysage. Les branches et les voitures, la terre et l'eau. Les maisons.

Sous cette couche neigeuse, le monde est perdu. Et avec le monde les gens, les animaux, l'herbe. Tout est d'un blanc immaculé.

Aveuglant. Tout disparaît. Les arêtes des toits, les branchages, les lignes droites des routes, tout est brouillé, enfoui, perdu.

— Mon père aurait adoré. Il aurait sorti ses skis et aurait crié : « En avant pour l'aventure ! »

— Il a l'air cool.

— Il était cool.

— Ça devait être un garou.

— Ouais, c'est ça !

Je laisse cette nouvelle information s'envoler dans l'air.

— Dans son message, il parlait de Ceux-qui-Brillent.

Nick va prendre une balayette à l'intérieur de la Mini et s'en sert pour déblayer les restes de neige. Une mince croûte de givre couvre le pare-brise.

Il monte à nouveau dans la voiture et tourne à fond le dégivrage.

Appuyée au capot, je regarde le pare-brise s'éclaircir ; mon esprit se détache de la scène, tente de faire le point…

— Zara ?

Nick attend à côté de la portière conducteur. La neige blanchit ses cheveux, s'accroche à ses sourcils. L'expression de son visage se fait chaleureuse.

— Tu viens ?

— D'accord.

La maison de Betty n'est qu'à quelques mètres derrière moi. Je pourrais très bien y retourner en courant, claquer la porte derrière moi, fermer le verrou et me cacher.

M'accroupir derrière un meuble.

Cesser de bouger.

Mais je monte dans la voiture.

— O.K., dis-je en m'installant. En route !

Le moteur a déjà réchauffé l'intérieur de la Mini. Je soupire et souris. Je pourrais rester assise dans ce siège confortable pendant une éternité, à l'abri, au chaud, comme Nick. Je me baisse et touche la touffe de poils que j'avais remarquée l'autre jour sur le tapis de sol. Elle appartient à Nick. Je jette un coup d'œil pour être sûre qu'il ne me voit pas et la fourre dans ma poche. Quoi qu'il advienne désormais, je la garderai en souvenir de lui.

Mais rien de grave ne va se passer, pas vrai ?

Nick saisit ma main et on dirait qu'il lit dans mes pensées. Les loups-garous ont ce pouvoir ?

— Ça va aller, Zara.

— Je sais. Je me sens bien, dis-je en reniflant, car mes narines commencent à être bouchées.

Il presse ma main, puis la relâche. C'est vraiment trop injuste : j'aime bien sentir ma main dans la sienne.

— J'ai besoin de mes deux mains pour conduire, explique-t-il.

Ses doigts sont longs, épais et imberbes.

— J'ai du mal à croire qu'ils se transforment en pattes de loup…

— Ça fait bizarre, hein ?

Je l'observe. Ses épaules gonflent sa veste, et ses jambes, longues et robustes, paraissent énormes. Je mets ma ceinture de sécurité.

— Il faut y aller, dit Nick en enclenchant la marche arrière. L'allée n'est pas déblayée… C'est un coup à rester coincés.

Il enfonce la pédale d'accélérateur et la Mini glisse sur un mètre avant de stopper brutalement, piégée par la neige.

Nick tente de la dégager en alternant marche avant et marche arrière. Son visage se crispe dans une expression douloureuse.

— Ça s'annonce mal, non ? dis-je.

— Très mal.

Il coupe le moteur.

— Je peux essayer de la pousser ?

— Ça ne suffirait pas. L'allée est trop longue.

Il ouvre la portière et saute dehors.

— Il va falloir dégager à la pelle.

— À la pelle ?

Je n'ai jamais fait ça de ma vie. J'ai vu des gens le faire à la télé et mon père m'avait raconté certains déblayages épiques. Quand une de ces monstrueuses tempêtes de neige frappait la Nouvelle-Angleterre, il pouvait passer plusieurs heures à essayer de dégager la maison.

Je saute à mon tour et m'enfonce dans la couche neigeuse. Mon pantalon est trempé, des mottes de neige tombent dans mes bottes, jusqu'au fond.

La neige, ça craint.

Je me redresse, mains sur les hanches.

— On va devoir déblayer toute l'allée avec des pelles ? Toi et moi ? Sur toute la longueur ? Elle fait au moins un kilomètre !

Un oiseau pousse un cri au loin. C'est le premier oiseau que j'entends depuis hier.

Nick aussi l'a entendu.

Il lève la tête et plisse les yeux, l'oreille tendue comme un chien à l'affût. Quelque chose semble le frapper, car son regard se fait brusquement plus sérieux, plus intense.

— Nick ?

Il balaye son visage d'un geste de la main comme s'il voulait écarter une mouche.

— Tu as raison, Zara, c'est une longue allée… Où sont les pelles ?

Il marche à grandes enjambées vers la maison. Je le suis.

— Nick ? Et si la route était bloquée ? Si les chasse-neiges ne sont pas encore passés ? On ne peut quand même pas déblayer aussi la route avec nos pelles ?

Il s'arrête, pivote. Ses épaules massives s'affaissent.

— Je n'avais pas pensé à ça.

— L'un de nous peut aller jeter un coup d'œil en éclaireur pendant que l'autre commence à déblayer l'allée.

— Pas question. On doit rester ensemble.

Son visage se ferme à nouveau. Je déteste le voir comme ça. La panique monte dans ma gorge, qui se resserre. Je grimace, me souviens de la flèche plantée entre ses épaules.

Il se frotte encore le visage, plus vigoureusement cette fois, et j'ai l'impression de voir un chien se gratter le museau – c'est le même mouvement bourru, avec toute la patte. Bon sang ! Nick est vraiment mi-homme, mi-loup. Canin, lupin… quel est le mot, déjà, pour les loups ?

— Il faut qu'on fasse quelque chose, insiste Nick.

Ses narines frémissent.

— Je hais les lutins.

— La haine est une émotion inutile.

— Quoi ?

Il se retourne d'un bond et me lance un regard noir.

Je recule d'un pas. Les fins poils de mes avant-bras se hérissent. Nick m'effraye quand je le vois sous l'emprise de la colère.

— C'est ce que ma maman dit tout le temps. Une de ses citations préférées. Elle vient de mon père. *La haine est une émotion inutile.*

— Typique d'une maman.

— Je sais. Dès que cette histoire se termine, je

vais aller lui botter le derrière. Et celui de Betty, aussi.

Il rit.

— Je te croyais pacifiste ?

— Bof.

Nous renonçons à déblayer l'allée. Nous renonçons à prendre la voiture. Nous optons pour des snow-boots.

Oui, des snow-boots trouvés derrière les traverses et les rouleaux de barbelés dans la cave.

Nous avançons à pas lourds, d'un rythme régulier, dans la neige qui continue de tomber.

Notre progression est lente, mais, au moins, nous avançons.

Ensemble.

Nous levons nos pieds prudemment, juste un peu, puis glissons vers l'avant. Un pied.

Un autre pied. L'odeur de la neige fraîche frappe nos narines, mêlée à celle de pin et au bois qui brûlait dans le poêle de Betty.

La neige se tasse doucement autour de nous, flotte légère en tombant du ciel.

— C'est joli, dis-je tandis que nous entamons l'ascension d'une colline.

— Tu trouves ?

— Joli, mais froid.

Nick me bouscule de l'épaule, pour rire, puis donne un coup de pied dans un tas de neige qui atterrit en sifflant sur mes genoux.

— Tu as de la chance d'être mignon.

— Ah oui ?
— Surtout avec cette haleine de chien…
Il ramasse une poignée de neige, la fait tourner dans ses mains pour en faire une boule, agite sa main de haut en bas.
— Retire ça tout de suite !
Je glousse.
— Non !
Je me penche pour ramasser de la neige à mon tour, mais bascule tête la première. Le froid mord mes joues. J'essaye de me relever, mais rien à faire : avec ces snow-boots, je suis trop maladroite et engourdie.
Nick s'esclaffe.
Je me débats encore.
Il m'attrape par-dessous les bras et me hisse. Tout sourire, il pointe sa langue et, par petits coups, se met à lécher la neige sur mes joues. Ça devrait être dégoûtant : ça ne l'est pas. C'est une sensation douce, chaude, incroyable. Je ferme les yeux et laisse Nick continuer.
— Tu sens bon, murmure-t-il.
— Je n'ai pas pris de douche.
— Ça ne fait rien, tu sens bon.
Sa voix sensuelle et chaleureuse me fait fondre.
Nos lèvres se touchent, se séparent, se touchent encore. Je le respire tout entier. Il écarte son visage et me scrute. Je souris. C'est plus fort que moi.
— Tu me plais, dis-je. Beaucoup. Même avec toute cette histoire de loup-garou.
Il sourit.
— Tu me plais aussi.

— Beaucoup ?

— Hum, hum, admet-il en se penchant pour un autre baiser. Affreusement trop.

Je me fiche bien de la neige. Je me fiche bien des lutins. Je pourrais rester ici toute ma vie, immobile dans les bras de Nick, embrassant ses lèvres, sentant sa chaleur et sa joue râpeuse contre la mienne.

Toute la peur et toute la souffrance ne comptent plus désormais.

C'est fini.

Sans mélodrame ni rien d'autre.

C'est fini.

Mérinthophobie

Peur d'être attaché

Nous nous embrassons longuement, très longuement. Nick embrasse si bien que je ne remarque même plus le froid et que j'oublie ma peur. Ses lèvres bougent sur les miennes. Mes lèvres ont un besoin douloureux de son contact, de la douceur de sa peau. Notre baiser continue. Mes mains se joignent à travers ses cheveux. Sa main me serre contre lui, aussi près que possible, et il est si solide, si fort, si étonnant… Mes mains quittent ses cheveux et sillonnent les méplats de son visage, encore parcouru de frissons.

— On devrait repartir, annonce-t-il enfin de cette voix rauque et bourrue.

J'adore quand sa voix sonne plus grave que d'habitude. Ses lèvres enflent légèrement.

— Tu rougis !

Je presse mes lèvres pour prolonger le goût des siennes. Je redescends dc ses snow-boots, sur lesquels j'étais juchée – une opération assez délicate…

— Tu embrasses bien, dis-je.

— Toi aussi.

Nous marchons, marchons, marchons. Nous quittons enfin l'allée pour arriver à la route principale qui n'a pas été déblayée, comme le prouvent les dix centimètres de neige qui la recouvrent.

— Je pensais à Ian, dis-je en continuant à marcher d'un pas glissé.

— Génial. Juste ce que j'avais envie d'entendre !

— Non, non… je pensais qu'il allait être triste en apprenant, pour nous deux…

— Oh, pauvre monsieur le Roi-de-la-Fête !

Il me donne un coup de hanche. Je lui rends son coup.

— C'est méchant.

Un aigle crie dans le ciel. Mais je passe à côté de ce signe. Et Nick aussi.

Quelque chose nous tombe sur la tête et Nick pousse un cri guttural, un grognement animal. Plus terrifiant encore que cette chose sur ma tête. Mais, comme je ne peux pas empêcher le grognement, je m'occupe de ce qui pèse sur mes cheveux : un filet. Quelqu'un a jeté un filet sur nous.

Sans cesser de grogner, Nick me serre contre lui. Ses yeux se sont déjà transformés.

Son front se plisse.

— Nick ?

J'ai prononcé son nom lentement. Je repousse mon sentiment de panique, m'efforce de garder la situation sous contrôle.

Comme si j'en étais capable…

— Les lutins ! C'est un filet en argent, parvient-il à dire tout en essayant de nous dégager.

— En argent ?

Sa tête tremble. Tout son corps tremble sous ses efforts pour essayer de rester calme. Effrayée, je hurle :

— Nick !

Des mains m'arrachent de son étreinte. Elles surgissent sous moi et je ne vois pas à quoi elles sont rattachées. Leur poigne d'acier est éreintante, menaçante. Je me débats.

— Lâchez-moi !

Mais, loin de me lâcher, les mains me serrent encore plus fort. On dirait qu'elles veulent me briser les chevilles. Je suis tirée hors du filet et traînée à travers la neige, vers les lutins.

Mon corps glisse par-dessus une des raquettes que j'ai perdues dans ce traquenard ; je l'attrape et la jette pour essayer de blesser quelqu'un.

Le bruit délicieux et ô combien satisfaisant de la raquette heurtant une masse de chair et de muscles me parvient, mais les mains ne me lâchent toujours pas. De toute évidence, je viens de renoncer à mes convictions pacifistes.

Mes doigts tentent d'agripper le filet, mais je suis tirée trop rapidement à travers la neige. Tout vole autour de moi dans la blancheur et la douleur.

— Nick !

Je plante mes doigts dans la neige pour essayer de me freiner, mais ils ne trouvent rien à quoi s'accrocher. Je donne des coups de pied ; les mains restent agrippées à mes chevilles. Je parviens à faire pivoter mon torse et à apercevoir le dos de mes assaillants. Ils portent des parkas et des chapeaux et ressemblent à des gens normaux, mais beaucoup plus rapides. Je me heurte encore le visage et lève la tête juste à temps pour voir Nick rugissant dans son filet. Il s'est à nouveau transformé.

— Nick !

Ma bouche se remplit de neige, et la violence du froid frappe mes dents, se répercute jusque dans mon crâne. Je tousse et crie encore :

— Nick !

Il se tient à quatre pattes et hurle – un long hurlement déchirant de fureur et de peur.

Mon cœur se brise en le voyant pris au piège. Il faut que je l'aide à s'échapper.

Il faut que je me libère…

Je donne encore un coup de pied.

— Lâchez-moi !

Un éclair de douleur traverse ma tête. Feux d'artifice. Explosions. Tout au fond de mon cerveau.

Le monde si blanc devient tout noir et je sais que c'est sur le point d'arriver – je suis celle qui est partie.

Je suis la disparue.

Nyctohylophobie

Peur des forêts la nuit

Je me réveille dans une grande salle déserte et froide. Pour tout meuble, un matelas gonflable posé par terre. Ma tête bourdonne et mes doigts tremblants viennent palper une grosse bosse sur ma tempe. Est-ce que ma tête a frappé un rocher ? Ou quelqu'un m'a-t-il frappée ? Et Nick ? Où est passé Nick ?

Je m'assieds en posant les mains sur le matelas gonflable bleu. Le monde tourne autour de moi et je dois fermer les yeux quelques secondes.

Puis je me ravise. Les murs sont en béton, on dirait, et leur surface est constellée de gros rivets et d'écrous qui, jadis, servaient à tenir quelque chose. Je remarque une grande porte en bois fermée.

La terreur s'empare de moi et ne me lâche plus.

Je me force à me lever. Sous mes pieds, la froideur du sol en ciment.

Mon Dieu… Quelqu'un a retiré mes chaussures.

Et mon manteau.

Espérant l'inespéré, je chuchote :

— Nick ?

Mais il n'est pas ici.

Je le revois piégé sous le filet, hurlant, et ce souvenir me frappe de plein fouet. La douleur me vrille le ventre.

— Vous n'avez pas intérêt à lui faire du mal !

J'ai crié, mais après qui ? Oh, je ne sais pas…

Je traverse la salle à grands pas et, postée devant la porte, répète :

— Eh ! Vous n'avez pas intérêt à faire du mal à mon ami !

Je saisis la poignée et tire dessus. En vain. J'essaye de la pousser. Elle ne bouge pas. Bon sang, pourquoi ne suis-je pas plus forte ? La porte doit être verrouillée ou bloquée de l'autre côté. Je prends mon élan, puis essaye de la percuter avec mon épaule. Le résultat est non seulement ridicule, mais aussi douloureux. Au cinéma, les policiers qui défoncent les portes ne se font jamais mal…

— Eh, oh !

Aucune réponse.

— Dites, vous vous êtes donné vachement de mal pour m'enfermer !

J'essaye à nouveau d'ouvrir la porte. Rien.

— C'est stupide ! Vraiment stupide !

Je respire profondément et essaye de penser à quelque chose d'apaisant qui m'aide à me concentrer. Bizarrement, énumérer des phobies ne me semble pas la meilleure idée. Je pense à cette citation souvent utilisée par Amnesty International : « Le bonheur est une question de liberté, et la liberté est une question de courage individuel. »

C'est une phrase écrite par Thucydide, un philosophe grec, il y a plusieurs milliers d'années de cela.

Bref, il faut que je trouve du courage.

Je retourne vers mon matelas gonflable et examine du regard la salle. Il n'y a pas grand-chose à voir : elle mesure environ trois mètres sur trois, tout en ciment, pas de fenêtre.

Une ampoule pend du plafond, mais je ne remarque aucun interrupteur. J'aperçois une grille de chauffage fixée au sol, comme on en trouve parfois dans les vieilles maisons.

Je rampe jusqu'à elle et regarde entre les barreaux. Aucune sensation de chaleur, mais quelques rais de lumière.

Je reconnais aussi le bruit lointain de voix.

L'ouverture mesure environ quatre-vingt-dix centimètres de large sur soixante centimètres de profondeur. Est-ce que je pourrais m'y glisser ? Qui sait… L'espoir me gonfle le cœur. Je vais peut-être pouvoir m'enfuir et sauver Nick !

La grille est maintenue par quatre vis. Je glisse mon ongle dans une des rainures et tourne le doigt. La vis tourne aussi. Un petit peu…

Ça risque de me prendre un temps fou, mais ça vaut le coup d'essayer. Je me demande si Amnesty lancerait une procédure d'Action urgente si on connaissait mon histoire : *Une adolescente du Maine retenue contre son gré par...*

Qu'est-ce qu'ils pourraient écrire, ensuite ?

Encore un petit tour d'ongle et je réussis à saisir la tête de vis entre deux doigts. Je la tourne, la tourne et la retire. Et d'une ! Aux trois autres...

Avec un petit rire nerveux – ou plutôt hystérique –, je m'occupe de la deuxième vis. Je l'ai retirée à moitié quand le verrou de la porte se fait entendre. Je glisse une vis dans ma poche et me faufile jusqu'au matelas. La porte s'ouvre.

Je respire un grand coup et me tiens prête. Je ne sais pas ce qui va franchir cette porte. Mais je ne m'attends sûrement pas à ce que ce soit Ian.

— Zara ! Tu as l'air choquée, me dit Ian en souriant.

Il porte des habits normaux, un sweat-shirt bleu marine par-dessus une chemise et un jean. Ses cheveux roux sont ébouriffés, mais d'une façon très calculée, genre je-fais-partie-d'un-boys-band.

Il ferme la porte derrière lui et reste immobile quelques secondes, à me fixer.

— Tu n'es vraiment pas au courant ? me demande-t-il.

Je serre les dents.

— Au courant de quoi ?

Je relâche mes mâchoires et décroise les bras. Ian n'a pas besoin de savoir combien je suis furieuse et terrorisée.

Les épaules appuyées contre le mur, Ian a l'air détendu et joyeux.

— Du fait que je suis un lutin ?

Je reste bouche bée. Ian se met à rire.

— Tu as l'air choquée.

Je ne réponds rien. J'essaye juste de mesurer la portée de ce nouveau coup de théâtre. Un lutin. Ian.

— Où est la poussière ? Je croyais que toi et tes semblables en laissaient toujours sur leur passage ?

— Seuls les rois.

Sa voix est presque un rugissement. Puis l'expression de son visage change, devient plus calme, moins bestiale. Sa voix s'ajuste à ce changement et, soudain, il redevient le type sympa qui m'avait fait visiter le lycée le jour de mon arrivée.

— Tu as froid, Zara ?

— Ça va.

Est-ce Ian qui est entré dans la maison de Betty ? Est-ce lui qui a essayé de se faire passer pour mon père ? La haine se répand en moi, et tant pis si c'est une émotion inutile…

— Tu mens. Je le sens. Tu as froid. Je vais te chercher une couverture.

Il se retourne, tape deux coups à la porte et on lui ouvre.

— Attends !

Il me regarde avec un sourire.

— Ne t'en fais pas, Zara. Je ne t'abandonne pas, d'accord ?

Je m'effondre sur le matelas. Il faut que je garde le contrôle, que je réfrène mon envie de me jeter sur lui.

— Tu crois que tout le monde finit toujours par partir, pas vrai ? me demande-t-il d'une voix douce. Pas les lutins. Nous revenons toujours. Je te le promets. On n'abandonne jamais personne. Même ceux qui nous échappent, nous partons à leur poursuite. Ta mère pourrait t'en parler.

— Ma mère ? Je ne vois pas le rapport.

— Vraiment, Zara ? Tu n'as pas encore compris ?

Il sort et la porte claque derrière lui.

Je frissonne, le regard fixé sur les murs. Mais cette grisaille vide est insupportable. Je ferme les yeux et pose les mains sur ma tête. Je la sens vibrer.

Ian revient avec une couverture, un verre d'eau et une sorte de médicament.

— Si je bois ça, je reste à tout jamais coincée avec toi au pays des lutins ?

Il pose la couverture autour de mes épaules et rit.

— Si seulement ça pouvait être si simple !

— Je crois l'avoir lu quelque part…

— Ça se passe comme ça chez les fées. Dans ton verre, c'est juste de l'eau minérale avec un cachet d'aspirine. Tu as mal au crâne, j'imagine ?

Je hoche lentement la tête.

— Désolé.

— C'est toi ? C'est toi qui m'as traîné jusqu'ici ?

Il continue de m'emmitoufler dans la couverture.

— Il fallait le faire. Pardon pour le rocher.

Je jette la couverture et me lève – mais trop rapidement. Le monde bascule autour de moi. Ian me rattrape par le coude et m'aide à tenir debout.

Je me dégage d'un geste du bras. Je me sens furieuse et humiliée. Bon sang, pourquoi suis-je incapable de tenir droite toute seule ?

Je retourne ma colère contre Ian.

— Est-ce que tu as fait du mal à Nick ?

— Non. C'est un mignon petit chien-chien dans un mignon petit filet.

Je lève le poing. La colère s'enroule dans ma poitrine, je ne peux plus la contenir.

— S'il est blessé à cause de toi…

— Tu feras quoi ? Tu me casseras la figure ?

Ian feint de trembler.

— Oh, j'ai peur… Ne le prends pas mal, Zara, mais tu n'es pas aussi intimidante que ça.

Il avance vers moi en souriant.

— Je ne vais pas lui faire de mal. Nous n'avons pas besoin de lui faire du mal, Zara. Nous avons déjà ce que nous voulons.

Ses paroles me donnent envie de vomir. Je ravale ma nausée et me concentre sur ma colère.

— Ce que vous voulez, c'est moi ? Quel cliché…

Je lève délibérément les sourcils pour ne pas montrer ma peur.

— Les clichés sont généralement des clichés pour une bonne raison.

— Et Betty ?

Il hausse les épaules.

— Je n'ai pas la moindre idée de l'endroit où se trouve ta grand-mère. Regarde cet endroit. Tu sais ce que c'est ? Une réserve de meubles. Une salle bétonnée, parfaite pour garder des prisonniers. Tu sais, comme dans ces délires d'Amnesty International dont tu te gargarises ? Zara, toujours prête à sauver le monde ! Mais tu ne t'es jamais demandé qui allait te sauver, toi, pas vrai ?

— Je n'ai pas besoin qu'on me sauve.

— En effet. Tu es parfaitement en sécurité ici.

Il se rapproche et renifle l'air. Il est à une trentaine de centimètres de moi. J'essaye de reculer, mais je suis vite bloquée par le mur. Ian sourit, mais d'un sourire triste.

— Aussi en sécurité que l'un de nous peut l'être quand on ne contrôle pas la situation, quand on n'en a pas le pouvoir.

— Tu avais vraiment besoin de saccager la maison de Betty ?

Il rit.

— Ce n'était pas nous ! C'était le roi. Il a un sacré tempérament, tu sais. Un peu dans ton genre. Vous avez ça dans le sang, quels que soient vos efforts pour vous contrôler. Et j'ai l'impression que ce genre de tempérament bouillonne toujours sous la surface, prêt à resurgir à tout moment.

— Alors il a changé de tactique. Il t'a envoyé pour me kidnapper.

— Non. Il n'est pas du tout impliqué dans cette affaire. Moi seul suis responsable.

Il passe une main dans ses cheveux d'un air ultra-détendu, avant de sortir de sa poche un canif à plusieurs lames. Il en tire une petite pique et entreprend de se curer les ongles avec.

— Jolie technique d'intimidation, dis-je. Tu as trouvé ça dans un manuel ? De la part d'un lutin, je m'attendais à quelque chose de plus original.

En guise de réponse, il cligne de l'œil. Sa mâchoire se crispe. Après quelques secondes, il range la pique dans le canif.

— Tu es si gentille, Zara, si innocente et agréable. Mais personne n'a jamais réussi à sauver qui que ce soit, tu sais ? Nous sommes les seuls à pouvoir nous sauver nous-mêmes. Tu le sais, n'est-ce pas ?

Il tend la main et ses doigts frôlent ma joue, en suivent le tracé jusqu'au menton.

Je refuse de bouger.

— Et toi, Ian, tu as déjà eu besoin d'être sauvé ?

Ses doigts s'immobilisent. Son regard me transperce et il murmure :

— Peut-être.

— Tu n'as pas toujours été un lutin. Ils t'ont transformé.

J'avale ma salive. La vérité fait étinceler son regard. Je continue :

— Ce n'est pas toi qui m'as poursuivie dans la forêt. Je le sais. Il y a… quelque chose de différent en toi.

Ses doigts reprennent leur mouvement, lentement. Je détourne le visage, mais ils continuent de me frôler.

— Non. Ce n'était pas moi.

Je m'oblige à le regarder, à regarder sa peau pâle. Ses yeux aux orbites trop enfoncées qui ne sont pas vraiment humains.

Comment se fait-il que je ne l'aie jamais remarqué ? J'étais trop occupée à être triste, trop occupée à remarquer Nick, trop occupée à me sentir flattée par l'attention qu'un garçon me portait…

— Qui, alors ?

— Le roi. Il te veut. Et, crois-moi, ça n'est pas

une bonne nouvelle pour toi. C'est mieux pour tout le monde si tu restes avec nous. Le roi s'est affaibli et nous menons une sorte de guerre fratricide. Tu es la clé de cet affrontement.

Il secoue la tête.

— Qui aurait pu prédire qu'une créature aussi petite et aussi triste que toi serait celle que nous attendons tous ? Tout le monde te veut ou te hait.

— Pourquoi ?

— C'est le destin. Tu es l'élue. Zara. La princesse. Tu ne t'es jamais demandé ce que signifie ton prénom ?

Je ne saisis pas.

— C'est ma mère qui me l'a donné…

— Exactement.

— Comment ça, exactement ?

— Tu perpétues la lignée. Qui régnera sur toi régnera sur le royaume.

— Ridicule !

— Oh ! non.

Il prend mon visage entre ses mains froides.

— Tu connais le pouvoir d'un baiser de lutin, Zara ?

Je le connais.

— Il te transforme. C'est douloureux, mais si la femme est embrassée correctement, elle ne meurt pas : elle grandit. Elle devient comme nous. Certains humains, comme toi, ont déjà du sang de lutin dans les veines. C'était aussi mon cas.

— Ben voyons.

Difficile de réprimer un sarcasme. Et puis, être sarcastique vaut toujours mieux qu'être terrorisée.

Et l'idée d'être porteuse de gènes de lutin me terrorise. Mon Dieu… Maman serait-elle un lutin ?

— Une fois transformée, tu deviens plus puissante et plus désirable.

Les doigts de Ian se referment sur mon menton.

— Est c'est toi qui es censé me transformer ?

J'essaye de ne pas trembler.

— J'ai dû d'abord me battre contre Megan…

Il hausse les épaules.

— Je pensais qu'elle ne te laisserait pas la vie sauve.

Je reste paralysée.

— Eh oui. Megan aussi est un lutin, et elle rêvait de régner sur le royaume. Tu es son seul obstacle – du moins c'est ce qu'elle croit.

— Et l'homme dans la forêt…

— Il veut te transformer, bien sûr. Il *doit* te transformer. C'est lui qui t'a trouvée. Mais la règle du « je l'ai vue en premier » ne s'applique pas toujours, je suppose.

Je déglutis péniblement.

— C'est mon père ?

Ça n'est pas possible. Mon père est un type que ma mère a rencontré par hasard dans un « moment d'égarement ». Mon père n'est pas un lutin, car cela signifierait…

Ian rit.

— Personne ne t'a jamais rien dit, pas vrai ? Les loups ont toujours été un peu lents sur le plan intellectuel… Comme les aigles et les tigres, d'ailleurs.

— Mais vous allez tous au lycée. Comment vous

pouvez être des lutins ? Aucun habitant de cette ville n'est complètement humain, c'est ça ?

— Non. Beaucoup de gens de Bedford sont des humains. Et puis, malheureusement, il y a aussi les garous. Mais nous nous servons de notre charme pour camoufler notre nature de lutin. C'est comme ça.

— Il y en a beaucoup d'autres comme toi ? Dans d'autres endroits ?

— Bien sûr ! Mais chuuut !

Il place une main derrière ma tête. Je ne peux pas bouger. On dirait que mon corps a abdiqué. J'essaye de lever les mains pour repousser Ian, mais elles refusent de bouger.

— Quelle idiote…

Il se rapproche. Sa bouche n'est qu'à quelques centimètres, quelques petits centimètres de la mienne.

— J'adore ton odeur…

Sa phrase et son haleine effleurent ma peau, la cicatrice sur ma main me picote et c'est le déclic : sans savoir comment, je retrouve ma mobilité. Mes mains poussent violemment Ian.

Une expression choquée se peint sur son visage. Je me dégage et cours vers la porte, me jette sur la poignée et tire dessus de toutes mes forces.

— Megan ! Megan ! Laisse-moi sortir !

La porte ne bouge pas et en une fraction dc seconde Ian surgit à côté de moi.

Il me jette à travers la salle et je m'écrase contre le mur. Un bruit effrayant résonne dans l'espace, comme si quelque chose venait de se casser dans mon bras.

Mon avant-bras est bizarrement tordu, tout à coup. Je n'ai pas mal.

Sous le choc, le corps est anesthésié pendant quelques secondes, le temps de se sauver, que ce soit par la fuite ou par le combat.

Je me ressaisis et fonce vers la porte en train de s'ouvrir.

Je retire mon bracelet et le jette vers Ian. Il le frappe en pleine poitrine et trace une brûlure circulaire sur sa chemise.

Megan apparaît dans l'embrasure de la porte.

— Elle te donne du fil à retordre, Ian ?

Il l'ignore.

Je lance un regard suppliant à Megan.

Elle m'ignore.

– Zara ! lance Ian d'une voix aiguë. Ne complique pas les choses. Maintenant que tu es blessée, tes chances de survie sont plus faibles. Or il faut que tu survives.

Je cours, mais il est rapide. Il a toujours été rapide. J'aurais dû deviner qu'il n'était pas humain. Il me rattrape par la taille.

Un autre os craque dans mon bras et mes genoux se plient. L'effet du choc s'est dissipé et un élancement douloureux me foudroie le bras jusqu'à l'épaule.

J'essaye de tenir mon bras avec ma main valide, mais l'étreinte de Ian est si forte que je me retrouve immobilisée.

— Laisse-moi t'embrasser, Zara, dit-il d'une

voix aussi séduisante que convaincante, comme s'il commandait des frites dans un restaurant.

Mais vas-y, Ian ! ordonne Megan.

Il me serre encore plus fort. Un cri résonne dans la salle. C'est *mon* cri. L'os de mon avant-bras traverse ma peau, qui ruisselle de longs jets de sang tiède.

Le regard de Ian devient fou. Il se met à lécher mon sang. Ses lèvres en sont couvertes.

— Tu n'es pas obligée de dire oui, siffle-t-il. Mais c'est plus facile. Comme chez le dentiste : plus tu te débats, plus l'opération est difficile, plus ça dure, plus tu risques d'avoir mal.

— Je déteste les dentistes, dis-je en essayant de me dégager.

Sur ma main, la cicatrice en forme de rune se met à luire. Je la presse contre son visage.

Il hurle, mais ne me lâche pas.

Un rugissement monte de quelque part. Peut-être de ma gorge ? Ian s'approche.

Je fixe ses lèvres ensanglantées. Elles sont bien ourlées, et glaciales. Je le sens. Nous tombons tous les deux. Le sol nous frappe durement.

Un besoin impérieux traverse les yeux de Ian.

— J'ai *besoin* de ce baiser, Zara. J'ai besoin… s'il te plaît, aide-moi, Zara. J'ai besoin que tu… je n'en peux plus d'être un lutin normal, toujours aux ordres…

Megan hurle :

— Ian !

Ses lèvres sont si près des miennes. Je réussis à le repousser, mais la tête me tourne.

J’ai perdu trop de sang. J’ai du mal à garder les paupières ouvertes…

— Non… Par pitié… non…

Mais ses bras sont forts, ses lèvres si proches et ce besoin si puissant… Et moi ? Je n’en peux plus.

Je plonge la tête contre son torse pour éviter ses lèvres et sombre dans l’obscurité.

Nosocomophobie

Peur des hôpitaux

Les rugissements ne sont pas humains.

Je le sais.

Même si je ne peux pas ouvrir les yeux, même si mes lèvres sont incapables de former le moindre mot, je sais que les rugissements ne proviennent ni d'un homme ni d'un lutin.

— Elle va s'en sortir, dit une voix féminine. Elle va s'en sortir.

Je ne comprends rien à ce monde. Il est couvert de neige. Je suis sous la neige. C'est ça. N'est-ce pas ? La neige me recouvre de tout son poids, de toute sa blancheur, de toute sa vacuité.

Une voix d'homme :

— Je vais le tuer !

La voix féminine :

— Elle l'a déjà fait.

Quelque chose de mouillé touche mes joues. Une serviette ? Une larme ?

L'homme à nouveau :

— C'est ma faute. Tout ça est ma faute. Je n'ai pas su la protéger.

Nick ?

La voix de Betty :

— Mais si. Je vais lui faire une attelle. Elle a perdu beaucoup de sang.

Betty ! Mamie !

Quelqu'un me touche le bras et la pression me ramène d'un coup hors de la neige, de nouveau dans la salle aux murs de béton. Je crie.

— Zara !

La voix féminine :

— Elle a une énorme bosse à la tête et son bras est cassé.

Le monde s'évapore à nouveau. J'entends une autre voix, celle de mon père.

— Zara, tiens bon ! m'encourage-t-il. Tiens bon !

— Papa ? dit quelqu'un.

Je tends la main, cherche quelque chose à quoi m'accrocher, mais quelqu'un m'oblige à baisser le bras.

— Elle hallucine.

La neige tombe au fond de moi, au-dessus de moi, tout autour de moi.

— C'est froid, dit une voix. J'ai si froid…

La neige tombe, tombe, tombe, et je me laisse enfouir sous elle. Il n'y a rien d'autre à faire. Il fait si froid…

Ils ne me laissent pas partir.

— Zara, Zara, insiste une des voix, il faut qu'on te sorte de là. Tu peux t'asseoir ?

J'essaye de traverser les couches de neige, de retrouver un endroit au chaud. Et j'y parviens, mais un éclair de douleur me frappe violemment, traverse mon bras, martèle mon crâne. Je remue les paupières, finis par les ouvrir, mais je suis incapable de faire le point précisément.

— Nick ?

— Je suis là, ma chérie.

— C'est ma mère qui m'appelle « ma chérie », dis-je en croassant.

Pourquoi ma voix est-elle si faible et si bizarre, rauque et pourtant faible ? Où est ma mère ?

Je halète quand je sens quelque chose posé sur mon bras. J'essaye de rouvrir les yeux.

— Je ne vois rien.

— Il l'a embrassée ? demande la voix féminine.

C'est Issie. Pourquoi est-elle là ?

— Je ne pense pas, répond Betty. Ou alors pas longtemps : je suis arrivée juste à ce moment-là. Nick, tu l'as vu l'embrasser ?

— Je ne crois pas.

Je réussis à articuler :

— J'ai mal… S'il vous plaît, je ne veux plus avoir mal.

— O.K., O.K., ma chérie, répond à nouveau Nick.

J'entends sa voix tout près de mon oreille. De ma main libre, j'agrippe son épaule. Je sens sa peau nue. Son épaule nue.

— Il faut qu'on te sorte d'ici et qu'on t'emmène chez le docteur, d'accord ?

Je hoche la tête. Ma main presse sa peau comme si elle voulait s'y enfouir et s'y cacher.

— Tu es si chaud…

La voix d'Issie m'apaise :

— On va bien s'occuper de toi, Zara. Ne t'inquiète pas.

Je commence à distinguer les traits du visage de Nick. Ses yeux – parfaits, bruns, humains – me fixent, se fondent avec les murs, avec mon inconscient…

— Ne me quitte pas…

Ma main retombe de l'épaule de Nick. Je ne peux plus continuer.

Le froid. La glace. Paralysée. La mort.

Novercaphobie, peur des belles-mères.

Nucléomitophobie, peur des armes nucléaires.

Nudophobie, peur de la nudité.

Numérophobie, peur des chiffres.

Nyctohylophobie, peur des forêts dans la nuit.

Tout le monde finit toujours par partir...

— Ne t'en fais pas, continue Issie, on ne t'abandonne pas.

Tout le monde finit toujours par partir...

— Ne laisse pas Ian…

Mamie, d'une voix sourde :

— Tu n'as plus rien à craindre de Ian.

Nick me serre contre lui. Il est si chaud, il est brûlant… Avec le mouvement, la douleur revient. Je hurle. Il me tient toujours, mais le froid et l'obscurité fondent à nouveau sur moi, prêts à m'emporter.

Je me réveille à l'hôpital. Mon bras est dressé au-dessus de ma tête et disparaît dans un plâtre blanc.

— Nick ? dis-je dans un souffle.

Mamie sursaute et prend ma main libre. Son visage se fend d'un demi-sourire et des larmes montent à ses yeux.

— Zara ?

Je cligne des yeux. La lumière me donne mal à la tête.

— Il fait trop clair, dis-je avec difficulté.

Betty lâche ma main.

La peur étreint mon estomac.

— Ne pars pas !

— Je vais juste éteindre la lumière.

Elle tourne l'interrupteur, puis revient près de moi et reprend ma main.

— Tu m'as fait peur, ma petite !

— Je vais bien ?

Ma voix commence à ressembler à quelque chose d'humain.

— Tu as fait une mauvaise chute. Deux os du bras cassés. Plus une commotion cérébrale plus grave que celle que tu as déjà eue. Sans parler des contusions à la cage thoracique.

Je hausserais les épaules si je pouvais. J'essaye de sourire.

— Rien de plus ?

Betty rit et serre ma main. Puis son visage affiche une expression sérieuse.

— Tu te rappelles ce qui s'est passé ?

Je mens :

— Non.

Elle mord sa lèvre inférieure et me dévisage.

— Nick dit que tu…

J'essaye de m'asseoir, mais c'est trop difficile.

— Nick ? Il est ici ?

— Je l'ai renvoyé chez lui. Il est resté toute la nuit à côté de toi. Issie et Devyn également. Ils étaient fous d'inquiétude. Je ne sais pas combien de fois j'ai téléphoné à leurs parents pour leur dire que tout allait bien. Finalement, ils ont dû rentrer chez eux.

Mon cœur se brise.

— Ils ne voulaient pas partir. En particulier Nick.

Mamie fronce les sourcils. Je me sens rougir.

— Il est vraiment adorable, renchérit-elle en lâchant ma main pour lisser la mèche de cheveux qui balaie mon front.

— J'ai appelé ta mère qui est complètement hystérique et ne se pardonne pas de t'avoir envoyée ici. Elle a essayé de trouver un vol, mais toute la côte Est du pays est paralysée par une gigantesque tempête de neige. Je n'ai jamais rien vu de pareil ! Et l'hiver n'a même pas officiellement commencé…

Elle porte à mes lèvres un verre d'eau. J'avale une gorgée. L'eau a un goût de métal.

— Elle n'a pas besoin de venir, dis-je.

— Je le lui ai dit.

Elle pose le verre sur ma table de chevet.

— Mais, au fond, sa venue est peut-être nécessaire. Après tout, pour ce qui est de te protéger, je n'ai pas été très efficace.

— Bien sûr que si.

Un petit rire s'étrangle dans sa gorge.

— C'est ça. La preuve : tu te retrouves à l'hôpital avec une commotion cérébrale et un bras dans le plâtre.

J'évite son regard et constate la légèreté de ma couverture.

— Alors c'était toi, que j'ai entendue rugir ?

Elle acquiesce et serre ma main.

— Ah ben, merde alors…

— Continue à parler comme ça et tu vas finir comme moi !

J'avale ma salive.

— Et papa ?

— Il vous a protégées, toi et ta mère, pendant très longtemps.

Sa voix tremble.

— Il vous aimait tant…

Elle remonte légèrement ma couverture.

— Je suis désolée, Zara. Ta mère et moi ignorions qu'il y avait encore du danger. Tout était resté calme pendant plus de dix ans. Et quand le fils Beardsley a disparu, j'ai espéré qu'il avait été kidnappé par un humain ou qu'il avait fugué. Quelle inconscience…

Elle passe une main sur ses yeux.

— Parfois, on ne veut simplement pas voir la réalité.

J'acquiesce.

— Surtout quand la réalité est trop pénible… Moi, j'ai tout nié en bloc : qu'il y avait des lutins… que des événements surnaturels se déroulaient dans cette ville… Quelle écervelée ! Et je me suis même menti sur la véritable nature de mon père.

Betty me regarde avec un hochement de tête imperceptible.

— J'ai vraiment tout gâché, murmure-t-elle. Je me fais trop vieille pour me battre contre les lutins.

— Ce n'est pas ce que j'ai entendu dire.

Je prends sa main. Sa peau fine est parsemée de taches de vieillesse, mais ses doigts sont longs et vigoureux.

— Pourquoi est-ce que maman n'est pas venue avec moi ?

— Même ton père n'aurait pas pu la protéger ici.

— Pourquoi ?

Betty passe une main dans ses cheveux.

— Parce que Bedford est la ville natale du roi des lutins. La venue de ta mère l'aurait rendu complètement fou, quoi qu'il fasse pour se contrôler. Si le roi avait eu vent de sa présence, il serait venu la chercher directement. Il n'aurait pas pu résister.

— Donc, pendant tout ce temps à Charleston, nous nous cachions ? Depuis toujours ? J'ai passé ma vie à me cacher ?

Mon cerveau essaie de mesurer la portée de cette nouvelle, mais c'est impossible. Le monde est si différent de ce que j'imaginais – si complètement, si extraordinairement différent… Betty hoche la tête.

— Je suis navrée que Ian ait fini par te trouver, Zara. Je sais que je t'ai laissée tomber.

— Où étais-tu ? Quand j'ai vu que tu ne rentrais toujours pas à la maison, j'ai cru que tu avais eu un accident.

— Le pick-up est tombé en panne. Quelqu'un l'avait saboté. Je suis donc repartie à pied, mais, comme ça n'en finissait pas, je me suis transformée. C'est alors que j'ai compris : le lutin était déjà chez moi. Je me suis cachée dehors, j'ai attendu… Je te savais en sécurité, mais je savais aussi que tu ne resterais pas éternellement à la maison et que, sitôt dehors, tu te ferais attaquer par les lutins. Mais je n'ai pas été assez rapide. J'aurais dû te protéger en premier au lieu d'aider Nick à sortir du filet.

— Non, tu as fait ce qu'il fallait. Et puis, tu nous a suivis jusqu'à la cachette de Ian et Megan.

— Avec leur odeur, c'était facile de les suivre à la trace.

La question se matérialise dans ma bouche :

— Tu l'as tué ?

— Si je ne m'en étais pas chargée, ton petit ami l'aurait fait.

Ian est mort. Betty l'a tué. Déchiqueté, comme font les tigres. Je frissonne.

— Ce n'est pas mon petit ami.

— Ah ! Elle est bien bonne, celle-là !

Elle se tape sur la cuisse. Au même moment, la porte s'ouvre et Nick apparaît, remplissant l'embrasure de toute sa carrure.

Il se précipite vers mon lit et reste penché au-dessus de moi sans oser me toucher.

— Tiens, tiens, quand on parle du loup… ricane Betty avant de se lever. Puisque tu as de la compagnie, je vais sortir boire un bon café. Celui que je prépare moi-même est vraiment trop infect !

Elle pose un baiser sur mon front et ses yeux

scrutent les miens. Je ne sais pas ce qu'elle essaye d'y voir. Puis elle se tourne vers Nick :

— Tu vas rester un peu ?

Il hoche la tête.

— Occupe-toi bien d'elle. C'est mon unique petite-fille, compris ?

Nick se redresse légèrement, comme font les gens quand Betty leur donne un ordre.

— Promis.

— Bien.

Elle franchit le seuil de la chambre et nous laisse seuls. Dès qu'il semble certain qu'elle est partie, Nick m'embrasse sur la joue. Mes lèvres sont vexées. Sa main caresse ma joue.

— J'étais tellement inquiet !

— Tu es parti.

— C'est Betty qui m'a forcé. J'attendais dans la chambre voisine.

Je soupire d'aise. Tout mon corps se détend.

— Vraiment ?

— Je le jure.

Il paraît tellement solide, tellement inquiet, tellement adorable. Adorable, oui. Je ne sais pas comment je m'en sortirais sans lui. Mes paupières se ferment. Elles sont si lourdes.

— J'ai peur, Nick.

Il presse doucement ma main et son visage se durcit. Il palpe ma couverture, la remonte sur moi, comme Betty vient de le faire.

Il me borde soigneusement.

— J'étais fou de rage quand j'ai vu ce qu'il a essayé de te faire.

Sa voix s'étrangle, submergée par l'émotion.

— Te transformer en lutin… Tu ne seras jamais une des leurs !

Mais n'est-ce pas déjà un peu le cas, pourtant ? Si mon père est un lutin, du sang de lutin coule dans mes veines… Mais cela, Nick l'ignore. Nick ne doit jamais le savoir. De ma main libre, j'effleure sa joue. Sa peau est rugueuse, mal rasée.

— Si j'étais un lutin, Nick, tu me détesterais ?

Il me dévisage.

— Non.

Je crois que ni lui ni moi ne savons vraiment s'il est sincère.

— Et les autres ?

Il hausse un sourcil. Ses sourcils sont magnifiques.

— Les autres quoi ?

— Les autres lutins ?

Parfois, quand un chat voit une souris, il s'amuse à la tourmenter. Il pourrait la tuer facilement, d'un claquement de mâchoires ou d'un simple coup de patte, mais il préfère s'amuser avec elle. Il la torture, la regarde se débattre et souffrir.

La souris essaye toujours de s'enfuir, mais sait parfaitement qu'il n'y a aucun espoir, que le chat peut la rattraper à tout moment, où qu'elle aille.

J'ai bien peur que les lutins agissent de même.

— Issie et Devyn sont allés voir et ils n'en ont trouvé aucune trace nulle part.

Il passe une main dans ses cheveux, puis se masse la nuque. Des demi-lunes bleues assombrissent la peau sous ses yeux. Il paraît épuisé.

Pleine d'espoir, je demande :

— Alors ils sont partis ? Tu penses qu'ils sont partis ?

— Je pense qu'ils se rassemblent. Ça va leur prendre un peu de temps, mais ils vont revenir.

Il soupire, puis étire son dos.

— De toute façon, nous sommes prêts à les recevoir. Ça va aller, Zara. Pour le moment, c'est terminé.

— Tu en es sûr ?

J'ouvre les yeux une fraction de seconde et je vois son beau visage acquiescer à quelques centimètres au-dessus du mien.

— J'en suis sûr. Ils ne peuvent pas encore essayer de te transformer, tu es trop affaiblie. Il y a trop de médicaments dans ton corps. Tu en mourrais. Morte, tu ne leur es d'aucune utilité. Il faut d'abord qu'ils te transforment.

Ses mains courent sur mes épaules et je tremble – je tremble d'une façon agréable.

Puis, d'une voix rauque :

— Je te jure que je ne les laisserai pas faire.

Je referme les yeux. C'est si difficile de rester éveillée, de continuer à penser. Je murmure :

— Tu es gentil, Nick, n'est-ce pas ? Tu es gentil ?

Ses lèvres se posent sur mon front.

— J'essaye.

Je l'appelle. Comment pourrais-je ne pas l'appeler ? C'est ma mère.

— Zara ! crie-t-elle, exaltée. Mes affaires sont prêtes. Je suis à l'aéroport, j'attends toujours l'annonce du prochain vol. À cause de cette satanée tempête, tous les vols sont en attente. Mais peu importe… Le plus important, c'est : est-ce que tu te sens bien ? Oh ! mon Dieu, je n'arrive pas à croire que tu es blessée…

— Mamie t'a expliqué ce qui s'est passé ?

Sa respiration se transforme en sifflement.

— Oui.

Je reste silencieuse. J'attends. Une infirmière passe dans le couloir. Enfin, la voix de ma mère :

— Je pensais que toute cette histoire était terminée…

L'hôpital est une étendue blanche et ennuyeuse ; un grand vide.

— Dis-moi pourquoi nous sommes parties vivre à Charleston. Nous nous cachions ? Tu es restée avec papa seulement parce qu'il te protégeait ?

— Je te dois beaucoup d'explications, Zara. Mais sache que je suis restée avec ton père parce que je l'aimais.

— Oui, oui.

Je la vois presque en train de tripoter sa boucle d'oreille, cherchant quoi ajouter.

— Nous nous cachions. Je me cachais.

— Du chef des lutins ?

— Oui.

— Leur roi ?

— Oui.

— Et pourquoi en avait-il tellement après toi ?

Je veux l'entendre me le dire. Je veux entendre son explication.

— Je l'ai trahi, Zara. J'ai fait une chose qu'il

m'avait demandée, mais seulement sous certaines conditions. À cause de ces conditions, il s'est affaibli et… et… il m'a demandé de rester. Quand ton papa est mort, j'ai… j'ai pensé qu'il en aurait après moi, pas après toi. J'ai pensé qu'il viendrait me chercher à Charleston, c'est pour ça que je t'ai envoyée chez Betty. Je pensais…

— C'est lui mon père ? Mon père biologique ?

— Comment le sais-tu ?

— Maman ?

— Oui. Oui, c'est lui ton père.

— Donc je suis à moitié lutin ?

— Non. Non. Tu es entièrement humaine parce que nous ne nous sommes jamais embrassés. Je ne me suis jamais transformée. Tu comprends ? C'est de là que vient le problème, c'est pour ça qu'il est si faible. Je veux dire… je n'en suis pas certaine à cent pour cent, mais, pour être fort, je crois qu'il a besoin d'avoir une reine, une compagne…

Je ne veux pas en entendre davantage. Je raccroche. *Tout va bien se passer.* Je me le répète à la lumière sourde de ma chambre d'hôpital. Les infirmières vont et viennent à pas feutrés dans le couloir. Dans une des chambres, un film d'action passe à la télé. J'entends beaucoup de coups de feu et d'explosions. Je ferme les yeux, essaye de trouver le sommeil. En rêve, je vois ma mère tendre les bras vers moi, mais je me détourne toujours.

Le lendemain, Betty me ramène à la maison. L'avion que ma mère devrait prendre a finalement été annulé, avec les deux cent-trente-trois autres vols de la côte Est. Elle va réessayer aujourd'hui. Si ça ne marche toujours pas, elle prendra la voiture et parcourra les deux mille deux cent cinquante kilomètres par ses propres moyens.

— Elle essaye vraiment, m'assure Betty.

— Oui, oui.

Les routes et l'allée ont été déblayées. Le trajet en pick-up n'est pas trop cahoteux.

La neige recouvre tout, pure, étincelante.

— C'est si beau, dis-je quand Betty s'engage sur la route. Mon père aimait la neige ?

Elle acquiesce.

— Beaucoup. Mais il préférait la chaleur, comme toi. Vous avez beaucoup de points communs, tous les deux. Il aimait la chaleur et il défendait les mêmes causes que toi.

— C'est avec lui que j'ai écrit mes premières lettres pour Amnesty International.

— Je sais.

— Tu trouves vraiment qu'on se ressemble, même si on n'avait pas le même sang ?

Je tends la main gauche pour atteindre la poignée de la portière. Le geste fait bouger mon bras droit cassé. J'ai un mouvement de recul.

— Les liens du sang ne sont pas toujours les plus forts, répond Betty en sautant de la voiture. Attends, je vais t'aider à sortir.

Elle passe son bras autour de ma taille et nous avançons clopin-clopant dans la neige.

— Tu connaissais mon père biologique ?

— Je ne l'ai jamais rencontré, mais si j'avais croisé sa route, il ne serait plus en vie à l'heure qu'il est.

Nous atteignons la véranda, franchissons la porte d'entrée puis ma grand-mère m'installe sur le canapé en multipliant les précautions.

Elle me prépare une soupe de vermicelles, ce qui n'est pas un mince exploit pour Betty.

Nick fait une entrée fracassante, ouvrant si grand la porte qu'elle percute le mur près de l'escalier.

Il sursaute.

— Ouh là !

— Ça va, dis-je. Ce n'est qu'un mur.

Il m'apporte une brassée d'iris, de marguerites et de tulipes.

— Je ne savais pas lesquelles tu préférais.

— Je les aime toutes.

— Ah oui ?

— Eh oui.

Il essaye de me les donner, mais se rappelle le plâtre.

— Je vais les mettre dans l'eau.

Avec une rapidité suspecte, Betty fait irruption dans la pièce et retire les fleurs des bras de Nick.

— Je m'en occupe ! Et vous, les tourtereaux, asseyez-vous sur ce canapé et restez en pâmoison.

— Mamie !

J'essaye de lui faire les gros yeux, mais elle éclate de rire et retourne dans la cuisine.

— Je l'adore, mais elle peut vraiment être embarrassante…

Nick hoche la tête et nous nous installons sur le canapé. Je me blottis contre lui.

— C'est bon de te savoir à nouveau chez toi, chuchote-t-il.

— Oui…

J'aperçois Betty qui s'agite en cuisine, fredonnant une chanson tout en coupant les tiges des fleurs.

— C'est drôle de me dire qu'ici, c'est « chez moi ».

— Mais c'est ce que tu penses ? me demande Nick en respirant l'odeur de mes cheveux.

— Oh, oui.

Sa respiration couvre mes cheveux et je sens son contact, à la fois léger et presque solide. J'inspire profondément, puis lui annonce :

— J'ai bien réfléchi. J'ai un plan.

Il lâche un petit sifflement. Tout son torse se gonfle.

— Un plan ?

Je me tourne face à Nick pour observer sa réaction. Son visage est calme et immobile. Je poursuis :

— Oui, pour retrouver Jay et le fils Beardsley. Et pour capturer le roi des lutins.

— Eh bien, intervient Betty en surgissant dans le salon, deux tulipes fichées entre ses mains. Parle, nous t'écoutons.

Nick est parti en patrouille aux abords de la forêt depuis environ une demi-heure quand Issie et Devyn arrivent enfin.

— On te prenait pour une lâcheuse, lance Issie en sautillant. Je suis tellement contente que tu ne sois pas morte !

— Eh oui, je suis toujours là ! J'ai appelé maman

de l'hôpital hier et, si elle n'a pas répondu à toutes mes questions, elle a promis de le faire à son arrivée.

— Elle vient te voir ? demande Devyn en approchant son fauteuil du canapé.

Issie s'accroupit par terre à côté de lui et nous regarde.

— Elle a essayé de trouver un vol, mais ils étaient tous retardés ou annulés. Alors elle a pris la voiture.

— Tu trouves que c'est une bonne idée ?

— Au début, c'est ce que je pensais. Plus maintenant.

— Parce que… ? demande Issie.

— Parce que je pense que c'est elle, pas moi, qui court le plus gros danger, en tout cas avec le roi des lutins. Moi, je sers simplement d'appât.

— Un appât, répète Devyn d'un air profondément sérieux comme s'il venait tout à coup de comprendre.

— Réfléchis un peu : ma mère n'est plus revenue ici depuis dix-sept ans. Pourquoi ?

— Parce que c'est froid, répond Devyn.

— Parce que ça fiche les jetons, ajoute Issie.

— Non, ça ne suffit pas. Après tout, ma grand-mère vit ici.

Issie regarde autour d'elle.

— Et où est-elle passée, d'ailleurs ?

— Elle patrouille dans le quartier. O.K. Bon, où je voulais en venir ? Ah oui : si ma mère n'est plus revenue à Bedford depuis tout ce temps, c'est qu'elle a peur. Elle se cache des lutins. Pourquoi ?

— Bonne question ! lance Nick en surgissant par la porte d'entrée.

— Eh ben, mon vieux ! s'exclame Devyn en fronçant les sourcils. Tu ne frappes plus à la porte ? C'est mal élevé, tu sais ?

— Ce n'est pas mal élevé, si ?

Nick m'interroge du regard et Issie se met à glousser.

— Si, un peu, mais je te pardonne, même si tu m'as interrompue.

Je tapote le coussin du canapé. Nick vient s'asseoir à côté de moi.

— Je reprends : ma mère vivait avec mon père, un garou, et les garous comptent parmi les rares créatures capables de combattre les lutins. Mais mon père est mort. Il est mort quand il a vu par la fenêtre le roi des lutins. Il est mort au moment où nous avions le plus besoin de lui.

— Ça craint ! commente Issie.

— Issie ! la reprend Devyn.

— Ben quoi ? Ça craint, non ?

Elle me regarde.

— Donc, ta mère t'a envoyée ici pour que Betty puisse te protéger ?

— Exact, dis-je en triturant le fil autour de mon doigt. Ou pour m'éloigner afin d'empêcher le roi des lutins de se servir de moi pour aller jusqu'à elle. Ce qu'il a fini par faire. Elle n'a pas assez anticipé. Elle m'a expédiée ici, à l'endroit exact où vit le roi des lutins, et elle vient me rejoindre alors que c'est ici qu'il est le plus puissant.

Devyn se gratte l'oreille.

— Ce que je ne comprends pas, c'est ce que les lutins font ici. Pourquoi cette ville ? Pourquoi Bedford ?

Mamie ouvre la porte et entre dans le salon, une grande tache humide sur sa chemise en flanelle. Nous cessons tous de parler.

— Tu as une explication, mamie ?

Elle retire son bonnet.

— À propos de quoi ?

— À propos de la présence de tous ces lutins à Bedford ?

— Ça remonte à bien longtemps.

— C'est lié à leur peur de l'acier ? Parce qu'il y en a trop dans les immeubles des grandes villes ?

— En partie, oui. Le reste du monde ne s'intéressait guère aux disparitions de vaches ou d'adolescents dans la région. Surtout avant l'Internet et les chaînes d'infos câblées. Le reste du monde ne s'intéresse pas à ce qui se passe dans une petite ville du Maine au milieu de nulle part. Mais les temps ont changé. La dernière fois, même, les lutins ont dû se montrer plus prudents. Les journaux de l'État ont commencé à parler des disparitions de garçons…

— En quoi ça peut préoccuper les lutins ?

Elle s'appuie à la rampe d'escalier, sans vraiment entrer dans le salon.

— Je ne crois pas que le roi des lutins aime kidnapper les garçons. Mais il y est obligé. C'est un besoin viscéral. C'est plus fort que lui.

— Dans ce cas, pourquoi on ne le tue pas, tout simplement ?

J'aimerais vraiment le savoir.

— D'abord, tout le monde ne connaît pas son existence. Même parmi les garous de la région. Mais, s'il mourait, il serait aussitôt remplacé par un autre, qui n'aurait pas forcément autant de scrupules à assouvir ses envies. Vous voyez ce que je veux dire ?

Elle nous lance à chacun un regard appuyé.

Issie frissonne et agrippe le bras de Devyn.

Betty reprend, passant les doigts à travers ses cheveux, essayant de tirer l'affaire au clair.

— Le roi des lutins ne peut garder le contrôle qu'en affermissant sa puissance. S'il faiblit, il perd le contrôle de la situation. Certains lutins comme Ian ou Megan peuvent en profiter pour prendre le pouvoir. Pour y parvenir, ils doivent trouver leur propre reine.

— Mais pourquoi Zara ? Pourquoi Ian en avait après elle ? demande Devyn en se penchant en avant, doigts qui pianotent en l'air comme pour prendre des notes.

— Peut-être parce qu'elle a déjà quelques gènes de lutin ? On sait déjà que sa mère les attire, alors…

— Comment ça, des gènes de lutin ? interrompt Nick.

— Eh bien… à cause de son père…

J'essaye de me lever, mais Nick me maintient assise sur le canapé.

— Son père est le…

Un éclair traverse les yeux de Betty.

— Tu ne leur as pas dit ?

Mon ventre se brise, comme mon bras. Betty reprend :

— Le père biologique de Zara *est* le roi des lutins.

Nick est le premier à réagir. Il se lève d'un bond et, bouche bée, crie au visage de Betty :

— Vous l'avez toujours su ?

Elle hoche la tête.

Ses mains se transforment en poings. Il se tourne vers moi :

— Alors Zara est en partie lutin ?

— Je ne sais pas comment leurs gènes fonctionnent, répond Betty. On n'a pas exactement dressé son profil génétique complet. Elle paraît normale.

— Je parais normale ? dis-je en bredouillant.

— Elle est plus jolie que la normale, commente Issie.

— Et elle court vite, renchérit Devyn.

— Mais pas de façon surnaturelle, nuance Betty tandis que Nick fait les cent pas dans le salon. Nick Colt, tu vas te calmer, oui ? Je vois de la vapeur sortir de tes oreilles…

— Zara est en partie lutin ! hurle-t-il.

Ses yeux brillent, menaçants.

— C'est impossible !

— Tu as entendu ce que je disais ? lui demande Betty avec une expression qui n'est ni patiente ni bienveillante. Son père est un lutin. Ça ne signifie pas qu'elle montre des traits de caractère propres aux lutins !

— Bon sang, c'est un foutu lutin ! hurle Nick.

Il me regarde comme s'il ne m'avait jamais vraiment vue, et comme s'il détestait ce qu'il voyait.

Il sort en trombe du salon et claque la porte. L'onde de choc se répercute jusque dans mon cœur.

— Nick ! s'écrie Issie en s'élançant à sa poursuite.

— Ce qu'il peut être loup, parfois, dit Betty en secouant la tête. Laissez-le tranquille…

Les pneus de la Mini crissent dans la neige. Quelque chose en moi se tasse en une boule pesante.

— On doit le rattraper ! insiste Devyn. Il est dangereux quand il est dans cet état-là. Parfois il se transforme…

Il traverse le salon à bord de son fauteuil roulant. Issie se lève et marche vers lui avant de revenir vers moi. Ses petits bras enlacent mes épaules et pressent mon bras cassé.

— Ce n'est pas grave, Zara. Même si tu étais un lutin à cent pour cent, tu resterais Zara.

Des larmes jaillissent de mes yeux. Ma gorge se serre.

— Il ne va pas rester éternellement borné, ajoute-t-elle.

Puis elle me lâche et court après Devyn.

Betty et moi restons assises pendant un moment. Je suis sur le canapé. Elle est affalée dans le grand fauteuil rouge.

— Je n'ai plus qu'à remballer mon plan, dis-je, avant de murmurer : Comment allons-nous pouvoir mettre la main sur le roi sans l'aide de Devyn et Nick ?

Je suis censée servir d'appât. Il est censé croire que je suis toute seule.

Puis, quand il me fait sortir, Betty et Nick passent à l'attaque. Dehors, ils ont un avantage sur lui. Devyn fera le guet. On obligera le lutin à nous dire où est caché Jay. Il viendra forcément me chercher parce qu'il veut m'utiliser comme appât pour récupérer ma mère.

— Tu préfères renoncer ? me demande Betty en me fixant du regard.

Je la fixe à mon tour.

— Non. Tu te sens assez forte pour battre toute seule le roi des lutins ?

— Je suis assez forte pour battre toute seule une armée de rois des lutins, Zara ! Ça va aller ?

Je hausse les épaules et me frotte les yeux de ma main libre.

— J'aurais tellement voulu qu'on me dise la vérité un peu plus tôt. Quand j'avais dans les neuf ans, par exemple…

Betty se lève et vient s'asseoir à côté de moi.

— Oh, allez ! On a juste fait une centaine d'erreurs… Mais maintenant, c'est toi qui es aux commandes. Je pense que la situation va s'améliorer.

Elle me donne un petit coup de poing sur la cuisse, puis laisse parler la grand-mère en elle et me prend dans ses bras. Elle sent la forêt et le feu de bois. Elle sent la tranquillité. Je me penche contre elle et je pleure.

— Tu crois qu'il me déteste pour toujours ?

— Si c'est le cas, c'est un idiot.

Je renifle.

— Ça n'est pas très réconfortant.

— Tu aurais dû voir la réaction de ton père quand il a découvert la vérité sur ta mère. Il était hors de lui.

— Alors pourquoi ?

— Pourquoi quoi ?

— Pourquoi a-t-elle fait ce qu'elle a fait ?

— Elle essayait de sauver les garçons.

— Hein ?

— Tu vois, ta maman est un peu comme Nick : elle a le complexe du héros. Elle réussit juste à mieux le cacher. Tu sais pourquoi Nick a commencé à s'en prendre aux lutins ? Encore qu'il ignorait à quoi il avait à faire…

Je ne réponds pas.

— Eh bien, Devyn courait dans la forêt pendant un entraînement de cross-country quand une flèche l'a frappé en pleine colonne vertébrale. Il a hurlé et s'est écroulé. Il a été touché exactement où il fallait pour provoquer une paralysie. Nick l'a entendu crier et a couru dans sa direction. Il l'a trouvé, l'a transporté jusqu'à la route, mais ni l'un ni l'autre n'a compris ce qui s'était passé. C'est seulement quand tu es arrivée à Bedford et que tu as vu le roi des lutins devant la cafétéria qu'ils ont tous réussi à rassembler les pièces du puzzle.

— Oh ! mon Dieu ! Et qu'a fait la police ?

— Ils ont supposé qu'il s'agissait d'un chasseur de coyotes. Ils ont relevé les empreintes de Nick, mais les lutins ne laissent pas de traces.

— En effet.

Je déglutis péniblement.

— C'est bizarre… C'est vraiment bizarre.

— Bref. C'est ça qui lui a fait comprendre que quelque chose d'anormal se passait. Tout à coup, il s'est comporté comme le roi des garous, toujours prêt à sauver le monde. Il passe son temps à patrouiller en ville, à chaque pause déjeuner, à chaque heure d'étude, à chaque entraînement de cross-country. Le fait que deux autres garçons aient disparu, ça l'a rendu fou.

Je hoche la tête.

— Mais maman ?

— La seule chose qui comble le besoin du roi des lutins est sa reine. Il est resté trop longtemps sans elle : ce besoin est devenu insoutenable.

Le feu crépite. Nous sursautons toutes les deux. Sursauter ne fait pourtant pas partie du plan.

— Alors elle a fait l'amour avec lui pour qu'il cesse de kidnapper des garçons.

Betty resserre un peu plus son bras autour de mes épaules.

— Oui.

— Oh ! mon Dieu. Donc, en gros, je suis née d'un viol ?

— Elle était consentante.

— Parce qu'elle y était obligée !

— Elle a décidé de sauver ces garçons, Zara. Elle a fait preuve de courage. De stupidité aussi, peut-être, mais de courage quand même.

— Sauf qu'aujourd'hui tout recommence.

— Le besoin du roi a resurgi.

Je réfléchis à la situation.

— Quand est-ce qu'elle va arriver ?

— Ce soir. Sans doute vers 19 heures.

— Et il veut qu'elle revienne parce qu'il a besoin de la transformer pour retrouver tout son pouvoir…

Ce n'est pas une question. J'essaye juste de faire sortir la vérité de mon cerveau – de comprendre ce qui est en train de se passer.

Betty ne répond rien. Elle se lève et dit :

— Je vais voir ce qu'il y a en cuisine pour le dîner.

Je bouge lentement la tête.

— Tu veux que je t'aide ?

— Non, reste là et repose-toi. Prends le temps de bien réfléchir à tout ça.

C'est le moment d'exposer mon plan. Je parle très lentement, je récite les tirades que nous avons mises au point pendant mon séjour à l'hôpital.

— J'imagine que tu ne vas pas tarder à recevoir un appel ?

Elle me fixe du regard. Nous parlons comme si la maison était truffée de micros-espion.

Ni Betty ni moi ne savons si les lutins ont une ouïe très développée, mais nous n'allons prendre aucun risque.

— Tu crois toujours que je dois y aller si le standard appelle ?

Elle baisse la voix.

— Je me demande vraiment si c'est prudent qu'on te laisse ici toute seule, sans Nick.

Autrement dit : pouvons-nous poursuivre notre plan en l'absence de Nick ?

— Ouais, dis-je. Vas-y. Ça me va très bien. Tout se passera bien.

— J'aurais préféré qu'il soit là.

Elle s'approche de moi et m'embrasse sur le sommet du crâne.

— Je suis contente que ma petite-fille soit de retour.

— C'est bon d'être de retour, dis-je.

Et c'est la vérité.

Je reste donc assise à ma place. Assise, assise, encore assise, mais je ne pense pas du tout à notre plan ni au fait que le brusque départ de Nick nous prive d'un garou.

Je me souviens juste de ce que j'éprouvais en sentant les lèvres de Nick bouger sur mes lèvres. Cette sensation de chaleur..

Deux minutes plus tard, le bipeur de ma grand-mère se déclenche. Elle me jette un coup d'œil, avance d'un pas vigoureux et prend mon pouls – un réflexe absurde : c'est mon bras qui est cassé, pas mon cœur. Puis elle touche mon front pour s'assurer que je n'ai pas de fièvre.

Le résultat doit être convaincant, car elle se raidit et croise les bras sur sa poitrine.

— Il y a eu un accident sur la route d'Acadia. Il va peut-être falloir faire intervenir Life Flight. Ils m'ont appelée.

Elle parle très lentement.

— Je dois vraiment y aller. Ça ne te dérange pas ?

— Non.

J'attrape un épais manuel de littérature anglaise. Après deux jours d'absence au lycée, j'ai beaucoup de devoirs en retard. Prendre ce manuel est un geste totalement plausible.

Elle décroche le manteau suspendu à la patère de la porte d'entrée.

— J'ai appelé Nick. Il devrait être là dans dix minutes.

— Il va venir ? Il ne s'est pas transformé en loup pour décimer un troupeau de moutons ?

Elle sourit.

— Il a le sang chaud, mais ce n'est pas un fou.

Je ne réponds rien.

— Tu rougis !

— Tu n'es pas très gentille.

Elle ouvre la porte. L'air froid s'engouffre dans la maison, et le feu dans le poêle s'amplifie.

— Mais tu m'aimes quand même, Zara ?

— Bien sûr.

— Tant mieux. Fais attention à toi. Je reviens bientôt, mais pas *trop* tôt, si tu vois ce que je veux dire.

Puis elle articule en silence : « Sois prudente. »

Elle me cligne de l'œil, puis disparaît.

Ah, les grands-mères !

Il arrive cinq minutes après le départ de Betty.

Il frappe à la porte – porte que Betty n'a pas verrouillée pour ne pas m'obliger à me lever.

Je ne l'invite pas. Il entre. À l'évidence, il est déjà venu ici. À l'évidence, c'est lui qui s'est fait passer pour mon père.

Il porte encore la cape noire qu'il avait quand je l'ai vu à l'aéroport de Charleston et à l'extérieur de la cafétéria. Il est grand et pâle, comme moi. Ses cheveux ondulés et bien coupés sont d'un noir luisant. Ses beaux yeux enfoncés dans leur orbite évoquent l'écorce noueuse d'un arbre.

Je reste paralysée.

— Zara.

Il laisse mon nom flotter en suspension. Puis, d'un air détendu, il ferme la porte derrière lui. L'air glacé reste dans la pièce. Je frissonne.

— Tu as froid ? Je vais remettre une bûche dans le poêle.

Il traverse la pièce, ouvre le poêle et y enfonce une autre bûche. Les braises jaillissent.

Il en attrape une au vol, l'écrase entre ses doigts. Il ne se brûle pas.

Je retrouve la parole :

— Qui es-tu ?

Il incline la tête dans ma direction et frotte ses mains l'une contre l'autre comme pour enlever de la poussière.

— Tu ne le sais pas ?

— Aucune idée.

C'est presque vrai, car, si je connais certains fragments élémentaires de la vérité, j'ignore tout de son essence.

Je suis loin, très loin de son essence.

Je parviens à me redresser sur le canapé.

— Tu m'as vu à l'aéroport et je t'ai appelée dans la forêt. Et quand ton père de substitution est mort, j'étais là aussi.

— À la fenêtre.

Il acquiesce.

L'information reste en suspens entre nous pendant quelques instants. « Père de substitution » ? « Père » fera très bien l'affaire.

— C'est toi qui l'as tué ?

— Bien sûr que non.

— Ah bon ?

Il ranime le feu, attrape une braise qu'il passe d'une paume à l'autre. Ce serait cool si ce n'était pas aussi flippant. Je reprends :

— Tu vois ce que je veux dire. Pourquoi ?

— Parce que j'essayais de récupérer ce qui m'était dû.

— Je ne t'appartiens pas.

— Oh ! que si. Tu m'as toujours appartenu. Tu m'appartiendras toujours.

— Foutaises.

— Ah oui ? Regarde au fond de toi, Zara. Je suis sûr que tu découvriras la vérité.

— Je ne sais plus ce qu'est la vérité. Mais je sais que tu commences à ressembler à une vieille parodie de Darth Vador dans un vieil épisode de *Star Wars*. Et je sais que tu cherches à me faire du mal.

Il secoue la tête et prend un air distrait.

— N'importe quoi.

— Quoi ? Le sosie de Darth Vador ou le fait de me vouloir du mal ?

— Les deux.

Je roule des yeux. Chercher au passage une arme. Il y a le tisonnier, mais il est trop loin. Il y a la lampe, mais suis-je capable d'en asséner un coup suffisamment fort avec une seule main ? Non, il faut à tout prix que je le fasse sortir.

Il se rapproche de moi et, d'une voix sirupeuse :

— Pourquoi tu ne reviendrais pas avec moi ? Je ne te ferai pas de mal.

— Revenir où ?

— Chez moi.

— Tu as un chez-toi ?

— Évidemment.

— Un genre de maison de contes de fées avec des murs en pain d'épice et un toit en sucre filé ? Ou la maison de la fée Clochette, prête à exaucer mes trois vœux ?

Il laisse échapper un sourire.

— Non. C'est une grande maison dans la forêt. Protégée par un charme qui tient à distance les importuns.

— C'est derrière une apparence séduisante que toi et tes semblables cachez ce que vous êtes vraiment.

— Je vois qu'on s'est documentée…

— Un peu, oui.

— Allons, reviens avec moi.

— Pourquoi ? Pour que je serve d'appât à ma mère ?

— Ce serait une si mauvaise idée ?

— Oui.

— Zara…

Il soupire. Dehors, le vent rugit.

— Comment puis-je te faire comprendre… J'ai besoin de ta mère. Si je ne mets pas la main sur elle, d'autres garçons mourront.

— C'est ridicule.

— Non, c'est comme ça.

Je réfléchis une seconde.

— Si c'est le cas, pourquoi Ian n'a-t-il pas essayé de me transformer ?

Il perd de sa contenance. Son visage se fait soudain inquiet, presque humain.

— Il t'a embrassée ?

— Presque. Mais Betty l'a tué.

Il dissimule mal un sourire. Puis, passant une main dans ses cheveux :

— Betty peut se montrer féroce.

— C'est pour ça que tu n'apparais pas quand elle est ici ?

— Aucun lutin ne voudrait affronter un tigre.

Il souffle sur la braise dans sa paume. Elle se transforme en poussière.

— On a l'impression que presque rien ne peut te résister, dis-je.

— Ça ?

Il a un petit sourire satisfait.

— Un simple tour de passe-passe.

Nous nous dévisageons.

— Ian a essayé de te transformer, car il savait que tu aurais fait une reine très puissante. Une reine avec mon sang aurait fait de lui un roi. Ian a essayé de te transformer, car il pensait que je voulais faire de toi ma reine.

— C'est écœurant.

J'appuie mon plâtre sur ma cuisse. Il est trop lourd.

— Tout à fait d'accord.

— Il y en a beaucoup, de ces lutins renégats comme Ian ou Megan ?

Il hoche la tête.

— Beaucoup trop, à présent que je suis faible. Ils le sentent. Ils viennent de partout pour essayer de me renverser, de prendre mon territoire. Notre race n'est pas la plus sympathique qui soit…

— Ce n'est rien de le dire.

— Le choix t'appartient, Zara.

Sa silhouette élancée s'approche et il s'assied à côté de moi. Il pose la main sur ma main valide.

À cause des braises, elle est encore chaude, presque brûlante, et c'est une sensation agréable en comparaison du froid dans le Maine, du froid en moi…

— Nous pouvons rentrer chez moi, et je répondrai à toutes tes questions en attendant la venue de ta mère. Ou nous pouvons attendre ici l'arrivée du garçon-loup. L'une de ces deux possibilités n'est pas une bonne idée.

— Et pourquoi donc ?

Je n'ai aucune envie de connaître la réponse à cette question.

— Parce que j'ai ce besoin en moi. Et que, tu sais quoi ? Ce loup m'a l'air bien appétissant.

Kinétophobie ou Kinésiophobie

Peur du mouvement ou du déplacement

J'accepte de le suivre. Il sourit, triomphal, comme sûr de sa victoire.

— J'en suis ravi, déclare-t-il d'un air de gentleman, comme s'il ne venait pas à l'instant de menacer Nick.

Il me conduit hors de la maison. Je me dégage de son bras et il rit, amusé.

— Je ne vais pas te faire mal, Zara.

— Bien sûr. Tant que je coopère.

Il ouvre la porte. Une rafale d'air froid s'engouffre dans la maison. Il m'aide à mettre mon manteau. À cause du plâtre, je ne peux enfiler qu'un seul bras. Je regarde devant nous le néant de la neige et de la forêt. Je cherche des signes de la présence de Betty ou de Nick.

— On prend la Subaru ?

— Non. On va courir.

Mon plan ne prévoit pas une course à travers la neige. Mon plan prévoit qu'on s'arrête dès qu'on se retrouve dehors.

Je tente vaguement de m'opposer.

— Je ne suis pas censée courir. À cause de mon bras cassé, tout ça…

— Je suis désolé, pour ton bras.

— Vraiment ?

Il me soulève comme si je ne pesais rien du tout, me tient contre son torse à la façon dont un jeune marié porte son épouse en franchissant le seuil du domicile conjugal. Loin du feu, il est froid.

Il sent les champignons.

— Tu as le vertige ?

Il tient mon bras valide contre lui et s'arrange pour ne pas faire bouger mon bras plâtré.

Tout se passe en douceur, rapidement et je n'ai pas le temps de protester ni même de dire quoi que ce soit. Puis il s'envole. Littéralement.

Par-dessus son épaule, une forme sombre à quatre pattes émerge de la forêt en rugissant.

Betty vient de nous louper. Mon cœur grince dans ma poitrine.

Nous passons en un éclair devant les arbres, qui se transforment en une masse floue.

Il vole par-dessus la neige. Le vent projette mes cheveux contre son torse.

La neige tombe, couvre notre visage et notre corps tandis que nous volons de plus en plus vite.

C'est à cette vitesse que j'ai toujours rêvé pouvoir courir, cette incroyable vivacité.

C'est une expérience fascinante, magnifique et je me sens incapable de la décrire ou de la vivre pleinement – puis nous nous arrêtons.

Betty ne me retrouvera jamais. Il n'y a aucune trace derrière nous.

Il me pose sur le sol bosselé d'une vaste clairière entourée de hauts pins.

Ma respiration part d'un coup, comme si je l'avais retenue pendant tout ce temps.

— Oh, dis-je avant même de m'en rendre compte, c'était incroyable !

— Tu es toute rouge. Je pensais que tu me détestais.

— Ça, oui. Mais voler ? Voler, je ne déteste pas… Dans un livre, j'ai lu que…

— Tu aimes la lecture ?

— Ouais.

— Parfait. Pour ma part, j'adore les ouvrages de philosophie. C'est bon d'avoir une fille qui aime lire.

Je ravale ma salive, me dandine d'un pied sur l'autre.

Ils ne pourront pas nous retrouver. Nous n'avons pas laissé la moindre trace. Je n'en reviens pas : nous avons volé !

— Est-ce que tous les lutins volent ? Parce que je ne m'étais pas du tout préparée à ça. Je veux dire… je n'ai trouvé ça dans aucun livre…

— Seuls ceux qui ont du sang royal. Toi, tu sais voler.

— Si je me transforme en lutin.

— Bien sûr.

Il montre la clairière.

— Voilà. C'est chez moi.

— La clairière ?

— Tu ne vois pas la maison ?

— Non.

Son visage change d'expression, comme si je l'avais déçu.

— Elle est protégée par un charme, mais, puisque tu es ma fille, tu devrais être capable de la voir.

— Hum, hum.

Je frissonne. Des flocons de neige tombent sur ses cheveux et les blanchissent.

— Les humains voient ce qu'ils croient être là, pas ce qui s'y trouve réellement. Ça n'est pas très difficile de leur cacher qui nous sommes vraiment.

— Oh, merci. Leçon n°112 du manuel des lutins, c'est ça ?

— Des sarcasmes ? Décidément, tu n'es pas comme ta mère. En général, quand elle a peur, elle se tait.

Je cesse de me mordre la lèvre.

— Non, en effet. Je ne suis pas du tout comme elle.

Il soupire.

— Essaye de voir ce qui se trouve vraiment devant tes yeux, Zara. Puis nous rentrerons nous mettre à l'abri du froid.

— Entendu.

Je fixe du regard la clairière et elle se met à vibrer, à changer imperceptiblement. Un flocon tombe sur mes cils.

Je ferme les yeux pour le laisser fondre. Puis je les rouvre.

— La vache…

J'entends un sourire dans sa voix.

— Tu la vois ?

— Je me demande comment j'ai pu la manquer.

— À cause du charme…

La maison n'est pas une maison : c'est un gigantesque manoir, avec des fenêtres à grands carreaux sur ses trois niveaux.

Les façades sont couvertes de planches à clin et peintes dans un jaune crème, comme les vieilles demeures de Battery Park, à Charleston.

Les lignes droites de sa structure semblent surgir solennellement du sol pour s'élancer vers le ciel. Elle n'est pas ostentatoire, mais elle est immense.

Tout en elle évoque une fortune amassée au fil des générations, des salons où on sert le thé, des parties de croquet dans le jardin.

Je tourne ma tête pour le lui dire, mais ma bouche reste ouverte et ma langue semble renoncer à jouer un rôle actif dans la conversation.

— Tu me vois tel que je suis, déclare-t-il en souriant.

Ses dents sont légèrement pointues.

Mais ce ne sont pas ses dents qui me choquent. Ce sont ses yeux argent aux pupilles noires. C'est sa peau luisante comme de la glace bleue.

C'est sa taille et sa corpulence, bien plus imposantes que je l'imaginais.

— Je ne te ressemble pas, dis-je enfin.

— Non. Tu ressembles à ta mère.

— J'ai les mêmes cheveux que toi. Maman m'a toujours dit que tu nous avais abandonnées, mais ce n'est pas ce qui s'est passé, n'est-ce pas ?

— Non. C'est elle qui m'a abandonné.

L'expression de son visage est triste, tout à coup. Ses yeux semblent rétrécir. Puis il me regarde à nouveau.

— Allons, entre, ne reste pas dans le froid.

Je le suis parce que je ne sais pas ce que je pourrais faire d'autre. Je le suis parce que je veux protéger Nick et que je garde l'espoir que mon plan est encore, malgré tout, *le* plan.

Ils ont peut-être réussi à nous suivre jusqu'ici, à me retrouver et à retrouver Jay.

Je le suis parce que je veux découvrir quel genre de monstre est mon père.

Oui, c'est vrai. Mon père.

La grande porte en acajou s'ouvre devant nous. Il me conduit jusqu'à l'entrée principale. Un pas. Un autre.

Une odeur de vin, de bœuf et de champignons flotte dans l'air. Une lumière vive fait étinceler les sols de marbre.

Des gens sont alignés devant les murs tendus de tapisserie. La plupart portent des vêtements de tous les jours, mais certains sont en smoking et robes de bal de promotion.

L'un après l'autre, dans toute la pièce, s'incline sur notre passage.

Il doit bien y en avoir une centaine. Mais ce ne sont pas des *gens*. Ce sont des lutins qui ne sont plus dissimulés par le charme.

Leurs dents sont pointues comme celles des requins. Leur peau a cette teinte bleuâtre et leurs jambes sont longues, bien plus longues que la normale. Mes genoux s'entrechoquent.

— Notre cour, m'annonce le roi. La cour Sombre. S'il vous plaît, levez-vous !

Les lutins se redressent. J'ignore ce que je dois faire. Devant tous ces yeux argentés de lutins fixés sur moi, j'agite doucement la main.

— Nous vous retrouvons tout à l'heure dans la salle de bal, reprend-il en me poussant vers une porte latérale.

Juste avant qu'il la referme sur nous, j'ai le temps de voir tous les lutins se disperser.

— Tous les lutins existants sont là ?

— Non. Juste ceux de la région. Ceux qui m'appartiennent.

— Il y en a dans d'autres régions ?

— Bien sûr.

— Oui. Bien sûr.

J'avance vers une fenêtre et regarde la neige.

— Je te laisse ici. Ta maman va bientôt arriver. Pour ma part, j'ai des choses à préparer. Tu es libre de te promener dans la maison, Zara. En revanche, j'ai bien peur que tu ne puisses pas partir.

— Alors, je suis ta prisonnière.

— Mon invitée.

— Les invités peuvent toujours partir.

Je lui fais face.

— Je veux voir Jay Dahlberg.

Il tressaille.

— J'insiste.

— Il est à l'étage. Deuxième étage, troisième porte à droite. Je te préviens, Zara, ça n'est pas joli à voir. Mais je ne peux pas te cacher ce que je suis. Ce dont j'ai besoin.

Je balaye du regard les rideaux somptueux, le canapé en cuir, ce décor voluptueux rehaussé d'orchidées.

— Rien de tout cela n'est joli.

Une fois seule, je compte jusqu'à soixante, puis pars à mon tour. Je gravis les marches en marbre blanc tendues d'un tapis afghan rouge foncé.

Un étage. Un autre.

Je passe devant des lutins qui me lancent des regards cruels, d'autres qui reniflent l'air.

Leurs gestes sont trop fluides pour être humains, leurs yeux trop féroces.

Ils me dévisagent comme si j'étais une proie. Certains effleurent mes bras, mes cheveux, en murmurant : « Princesse, princesse. » Je prends sur moi pour ne pas ficher le camp d'ici en hurlant.

Je continue de monter les marches jusqu'au palier du deuxième étage.

Je compte les portes pour essayer de rester concentrée, d'apaiser mes battements de cœur, et soudain c'est *la* porte, celle derrière laquelle doit se trouver Jay Dahlberg.

Elle est assez banale, en bois, avec un bouton doré et brillant sur lequel est gravé un symbole runique. Je me demande combien de prisonniers sont enfermés derrière des portes aussi ordinaires. Après avoir pris une profonde inspiration, je tourne le bouton et ouvre.

Jay Dahlberg est étendu sur le drap d'un grand lit, tordu sur le côté.

Ses bras sont constellés de trace de morsures. Pour tout vêtement, il porte un caleçon et un t-shirt déchiqueté.

— Oh, Jay ! dis-je en chuchotant une fois la porte fermée.

Il ne bouge pas et je me déplace en silence sur un autre épais tapis oriental tissé à la main.

Il ne bouge pas non plus quand je touche son bras, juste au-dessus de cinq estafilades profondes, là où les lutins ont dû prélever son sang.

Sa peau se glace sous mes doigts. Elle est pâle sous la lumière fluorescente. Son dos est strié de coupures et d'ecchymoses.

— Jay ? dis-je en le pressant un peu plus. Jay ?

Il gémit. Ses paupières tressaillent, puis s'ouvrent. Ses lèvres sont craquelées, mais parviennent quand même à remuer.

— Eh ! On dirait la nouvelle…

— Élève du lycée. Oui, c'est moi. Je vais défaire tes liens et te faire sortir d'ici.

Ses yeux s'écarquillent sous l'effet de la surprise.

— C'est impossible ! Les lutins…

— Je suis au courant, pour les lutins, et je m'en fiche comme de ma première chaussette, dis-je en commençant à dénouer la corde autour de ses chevilles. Je te fais sortir d'ici, un point c'est tout !

Je passe aux nœuds autour de ses mains, mais, avec mon attelle, la tâche n'est pas aisée.

J'y arrive enfin et glisse mon bras valide autour de sa taille.

— Tu peux te lever ?

— Bien sûr, m'assure-t-il, mais, dès que ses pieds touchent le sol, il se met à vaciller.

— Tu peux prendre appui sur moi. Ça va aller, mais il y a beaucoup de marches à descendre. On va y aller lentement…

Nous sommes presque devant la porte quand il s'arrête.

— Eh, la nouvelle…

— Zara.

Il articule avec difficulté. Tout son corps tremble entre mes mains, mais il essaye quand même de s'écarter.

— Il m'a tailladé. Il a léché mon sang. Et les autres ont fait pareil. C'est comme… c'est comme s'ils suçaient mon âme. Il pourrait… il pourrait s'attaquer à toi…

— C'est bon, dis-je. Ça va aller. Tu vas t'en sortir. Personne ne te fera plus de mal, compris ? Pas sous ma protection. Maintenant, partons d'ici.

J'ouvre la porte et tends l'oreille. Rien.

— Au fait, dis-je en chuchotant. Tu as vu d'autres garçons ici ?

Il s'efforce de bouger ses lèvres.

— Non.

— Le fils Beardsley ?

— Ils m’ont dit qu’il était mort.

Un nœud de colère tord mon estomac, aussi douloureux que mon bras cassé.

— Je vais te faire sortir d’ici.

Nous nous mettons en route vers l’entrée. Je pense à toutes les marches. Je pense à tous les lutins. Je m’en fiche.

Noctophobie

Peur de la nuit

Ce n'est pas évident, mais nous parvenons à traverser le couloir et à descendre un étage.

— Où sont passés les lutins ? murmure Jay. Ils vont venir… Ils vont boire notre sang…

— Je ne sais pas. Dans la salle de bal, je crois. Tout va bien.

Mais, au moment où nous posons le pied sur la dernière volée de marches, nous entendons des voix. Elles proviennent de l'entrée principale.

Mon cœur se serre atrocement.

Ça n'était pas prévu dans mon plan. Elle ne devrait pas être déjà là. Elle était censée arriver plus tard, une fois que tout serait terminé.

— Oui, tu as ce que tu veux, pas vrai ? Je suis venue !

C'est une voix féminine et chantante, un peu tremblante aussi, essayant de paraître dure, mais n'y arrivant pas tout à fait. Pourquoi ma mère ne m'a-t-elle pas tout raconté depuis le début ? Pourquoi ces mensonges ? Parce qu'elle voulait me protéger, j'imagine.

— C'est ma maman, dis-je à Jay en baissant la voix.

— Ta maman est ici ? Qu'est-ce qu'elle fabrique ici ?

Il trébuche et se rattrape à la balustrade.

— Elle est venue me sauver.

Je le rapproche de moi, essaye de le maintenir debout.

Il a du mal à comprendre.

— Mais… c'est *toi* qui es venue me sauver.

— Je sais. Tout va bien. Allez !

Nous arrivons au milieu de l'escalier et je vois enfin ce qui se passe : ma mère se tient au milieu de l'entrée principale, bras croisés, sur une large dalle de granit blanc.

Le roi se tient sur la dalle noire à côté d'elle. Tous les deux sont entourés par les lutins, de nouveaux alignés le long des murs.

— On dirait une partie d'échecs géante, me chuchote à l'oreille Jay.

Je l'aide à descendre quelques marches supplémentaires.

— Tu n'imagines pas à quel point tu m'as manqué, dit le roi.

Pour toute réponse, ma mère lui adresse un petit sourire satisfait.

— Tu m'as fait attendre longtemps.

Elle lève les yeux au ciel. Je croyais qu'elle ne faisait ça qu'avec moi. Nous descendons une autre marche.

Personne ne paraît nous remarquer.

Enfin, ma mère répond :

— Tes lutins s'en sont pris à ma fille.

— C'était des renégats. Ils ont été mis hors d'état de nuire.

— Oui. Par Betty.

— Et je me suis occupé de tous les autres, réplique-t-il avec un grand soupir mélodramatique.

— Tous les autres ?

— C'était un véritable complot. Tu sais que je perds de mon pouvoir quand je reste sans reine. Ça donne des idées à certains arrivistes…

Je ne vais pas le laisser s'en tirer à si bon compte. Je crie :

— Tu as tué Brian Beardsley ! Et regarde Jay : il est presque mort.

Tout le monde se tourne vers nous, y compris ma mère. Les bras lui en tombent.

Le roi des lutins écarte les bras en un geste d'impuissance :

— Tu sais bien que je ne peux pas m'en empêcher !

— Tu aurais très bien pu arrêter.

Je tire Jay pour descendre quelques marches. Je me rapproche de ma mère, encore un peu plus. Elle me regarde d'un air paniqué.

Je voudrais tant la serrer contre moi, même si je lui en veux. Je voudrais qu'elle sache que je lui pardonne, que je comprends ce qu'elle essaye de faire. Mais je me concentre sur lui – le roi.

— C'est dans notre nature, se défend-il.

— Alors tu dois la changer. Rien ne t'oblige à torturer. Rien ne t'oblige à tuer.

— Mais un jour je mourrai, et un autre lutin, plus cruel peut-être, moins sensible aux particularités de l'espèce humaine, prendra ma place.

— Et alors ?

Mes parents me regardent. Jay vacille. Je le relève.

— Chaque jour, des gens meurent pour défendre une juste cause. On appelle ça des martyrs. Et puis, tu m'as harcelée, tu appelais mon nom chaque fois que tu me voyais, tu as essayé de me perdre dans la forêt… C'est formellement déconseillé dans le Manuel du bon père.

Je franchis une dernière marche et, enfin, nous nous retrouvons dans l'entrée. Les lutins sifflent comme des bêtes sauvages.

Ils se rapprochent de moi, reniflent l'air où doit flotter l'odeur du sang de Jay. Ils ont faim, ils veulent boire à ses plaies. Le roi leur fait signe de reculer. Ils obéissent, manifestement à contrecœur.

— Je voulais que tu viennes à moi par ta propre volonté, m'explique-t-il. Je voulais que tu aies envie de connaître ton père.

— Attends un peu, tu veux ? Perdre quelqu'un et lui donner l'impression qu'il est devenu fou n'est pas la meilleure façon de le faire agir « par sa propre volonté ». Et puis, tu t'es fait passer pour mon beau-père, ce qui était particulièrement cruel.

Ma mère quitte sa dalle blanche et vient vers moi. Elle passe son bras autour de mes épaules.

— Il a fait *quoi* ?

— J'étais désespéré, se défend le roi.

— C'est minable, dis-je. C'est une excuse minable.

Jay s'effondre par terre. J'essaye de le rattraper, mais je suis trop petite même s'il est très maigre. Aucun lutin ne tente de le retenir dans sa chute.

— Et maintenant, le moment est venu pour nous de partir. J'imagine que vous n'avez pas de fauteuil roulant à nous passer pour transporter Jay ?

Ma mère se raidit.

— Zara…

Je ne veux pas regarder son visage, mais je le fais quand même. Le grand vide en moi s'élargit tellement que je dois avoir doublé de volume.

— Maman, ne me dis pas que… ?

— Que veux-tu que je fasse d'autre ?

— Tu ne vas quand même pas rester ici avec lui, le tortionnaire ?

Elle hoche lentement la tête, sans retirer les mains de mes épaules.

Je tape du pied comme un bébé.

— C'est la chose la plus dingue que j'aie jamais entendue !

— Je sais que tu ne le crois pas toujours, mais sache que tu es la chose la plus importante au monde pour moi. Et je dois te protéger.

Son regard se pose sur mon plâtre, sur Jay étendu par terre, puis elle m'embrasse sur la joue avant de se détourner pour *lui* faire face.

— Tu dois me promettre une chose : si je reste avec toi, tu les laisses partir et tu ne les tourmentes plus jamais.

Il acquiesce.

— Je promets.

— Maman !

Elle m'attire vers elle une dernière fois :

— Je suis désolée, Zara. J'ai cru que tout cela n'était pas inévitable, mais ça l'est. Et qu'est-ce que ma liberté comparée à…

— Il va te transformer en lutin ! Tu seras semblable à eux !

Elle ne répond rien.

Je m'écarte.

— Tu as dit « inévitable » ? Rien n'est inévitable.

Les lutins me poussent vers la porte, me font sortir dans la neige et me laissent là. Deux autres posent Jay Dahlberg à côté de moi.

— Vous auriez au moins pu lui donner des vêtements !

Mais j'ai beau crier, ils rentrent dans le manoir et ferment la porte derrière eux.

Asthénophobie

Peur de s'évanouir ou de se sentir faible

— Bon sang, gémit Jay, on se gèle !
— Ne t'en fais pas. J'ai un plan.

Je l'aide à se relever en le tirant de mon bras valide. Il y arrive à peine.

Nous marchons clopin-clopant jusqu'à la lisière des arbres. Je retire ma veste, essaye de la lui passer. Elle est bien trop courte et bien trop étroite, même s'il est d'une maigreur cadavérique, mais c'est déjà ça.

— Qu'est-ce qu'on va faire ? me demande-t-il en tremblant.

Ses pieds nus sont bleus.

— On va chercher de l'aide.

Nous entrons dans la forêt. Je siffle, puis je hurle :

— Mamie !

Rien.

— Nick !

Au-dessus de nous, un aigle décrit des cercles en poussant des cris perçants.

Deux secondes plus tard, ils surgissent des arbres : un tigre blanc et un magnifique loup au pelage marron.

Ils ont l'air féroces. Mamie est superbe, mais tellement… tellement… Je ne sais pas.

Elle paraît puissante. Ses muscles sont énormes, sauvages, impressionnants.

Et Nick ? Nick est là. Il est revenu pour me sauver, exactement comme il l'avait promis avant de découvrir que je suis à moitié lutin.

Je lève la main et mon sourire est si large que le froid me fait mal aux dents.

— Bon sang… bon sang… bredouille Jay en reculant.

— Tu es victime d'une simple hallucination, lui dis-je. Ne t'en fais pas.

Comme on pouvait s'y attendre, il s'évanouit. Je le rattrape tout juste avec mon bras, titube légèrement, mais parvient à le poser en douceur dans la neige.

Mamie et Nick continuent de rugir, furieux, montrant les crocs, prêts à bondir, à déchiqueter et à tuer avant d'être tués.

Mais je sais que les lutins dans le manoir sont trop nombreux pour eux. Et je sais que tuer, ça n'est pas cool, même si les lutins et certaines gens peuvent vraiment être horribles.

— J'ai une meilleure idée, leur dis-je. Vous devez me faire confiance. Nous allons passer à la phase deux de la nouvelle version de mon plan. Nouvelle version parce que maman est arrivée plus tôt que prévu. Disons que c'est à cinquante pour cent un plan et à cinquante pour cent une mission. Je vous explique tout ça à la maison, d'accord ?

Avant toute chose, nous réveillons Jay – plus ou moins. Nous l'installons sur le dos de mamie, qui ira le déposer dans un endroit où quelqu'un pourra facilement le découvrir.

Je reprends ma veste pour qu'il n'y ait pas moyen de remonter jusqu'à moi.

Mamie s'élance dans la forêt pendant que Nick et moi rentrons à la maison.

Une fois là-bas, nous téléphonerons à Issie, attendrons mamie, puis reprendrons mon plan.

Parce que je pense en avoir un, et je pense qu'il a toutes les chances de marcher.

Atychiphobie

Peur de l'échec

Le téléphone fonctionne à nouveau. Devyn appelle Issie, puis part la chercher. Mamie appelle Mme Nix, la secrétaire du lycée.

— C'est un ours, explique Betty en raccrochant. Je lui fais entièrement confiance.

La nouvelle me fait à peine ciller.

Nick fait les cent pas dans le salon. Il est en colère et me regarde à peine.

Enfin je l'attrape par le bras et lui demande :

— Qu'est-ce qui ne va pas ?

— Tu es partie avec lui.

Quelque chose se hérisse en moi.

— Il t'avait menacé !

— Je suis parfaitement capable de sauver ma peau tout seul, Zara.

Il dégage son bras et part dans la cuisine, où mamie est en train de passer en revue les couverts.

— Ça faisait partie du plan, que je le suive dehors ! Nous en avions parlé à l'hôpital. Tu le sais très bien. Je jouais le rôle de l'appât. Toi et mamie deviez l'attaquer. Ça a presque marché.

— Seulement parce que je suis revenu avec Devyn. Seulement parce qu'il a vu dans quelle direction il t'avait emportée !

— Nous n'avions pas d'autre choix. Il fallait retrouver Jay.

Betty apparaît, brandissant une fourchette.

— Vous croyez qu'il y a du fer là-dedans ?

Je lui fais signe de retourner dans la cuisine et, criant encore plus fort que Nick :

— J'ai trouvé où les lutins vivent ! Tu te rends compte ? À présent on peut passer à l'attaque et les prendre au piège !

— Et comment tu comptes t'y prendre, petit génie ?

Il s'adosse au comptoir, bras croisés.

Mamie tousse.

— Surnoms interdits ! intervient-elle.

— Exact, dis-je. Surnoms interdits, haleine de chien !

Mamie étouffe un rire entre ses mains, puis déclare :

— Je vais m'installer dans le salon pendant que nos deux tourtereaux s'entretuent.

— On peut retrouver le chemin vers leur maison en suivant notre propre odeur, pas vrai ?

— Oui, admet Nick, mais avec toute cette neige, l'odeur ne va pas rester longtemps.

— C'est pour ça qu'on passe à l'action maintenant !

Il me jauge du regard et quelque chose dans ses épaules se détend.

— Et comment je peux savoir que ce n'est pas un piège ? Comment je peux savoir qu'ils ne t'ont pas transformée en lutin ?

Mamie crie depuis le salon :

— Parce que si c'était le cas, elle ne pourrait pas porter son bracelet en argent, haleine de chien !

— Eh ! Pas de surnoms ! dis-je en souriant avant de me tourner vers Nick.

Il est plié en deux, comme s'il avait une violente crampe à l'estomac. Je tends le bras, mais je me retiens de le toucher.

— Ça va ? dis-je d'une voix douce.

— Je me sens idiot, répond-il lentement. Bien sûr, tu ne pourrais pas porter ce bracelet si tu étais un lutin…

— C'est bon, dis-je, mais je ne suis pas sûre que ce soit vraiment le cas.

Un muscle tressaille dans sa joue, puis il fonce dans le salon et, sur le seuil de la porte, se retourne vers moi :

— Je ne veux pas que tu prennes de risques, d'accord ? Pas pour moi.

J'avale ma salive et tente une plaisanterie, car je risquerais de craquer si je lui répondais sérieusement.

— Entendu, monsieur le Joli Cœur.

Ils arrivent en motoneige. Nick porte Devyn sur son dos, car ils n'ont pas pris son fauteuil roulant.

— J'espère que ma guérison va s'accélérer, dit Devyn tandis que Nick le dépose dans le fauteuil en cuir blanc près de la porte.

— Ouais, j'en ai marre de toujours te porter, répond Nick d'un ton blagueur.

— Les médecins sont déjà hallucinés par la façon dont tu récupères, ajoute Issie, assise sur le tapis à galons dorés, en s'appuyant contre les jambes de Devyn. Tu es censé être complètement paralysé !

— Ils parleront sans doute d'un miracle, intervient mamie au moment où Mme Nix fait son entrée.

Betty ouvre grand les bras. Les deux femmes se serrent l'une contre l'autre. C'est mignon. Mme Nix rougit en nous voyant.

— Voilà, je suis un ours, explique-t-elle en nous regardant l'un après l'autre. Mais attendez… Issie, tu es quoi ?

— Rien du tout, glousse-t-elle. Juste humaine. Tout le temps humaine.

— L'humaine la plus cool du monde ! s'écrie Devyn en se penchant vers elle pour lui ébouriffer les cheveux.

Je prends la parole.

— Bon, Betty vous a expliqué à tous la situation ?

Hochement de tête général. Nick s'assied sur l'accoudoir du canapé et Mme Nix prend place sur le fauteuil vert tandis que j'arpente le tapis galonné.

— Donc, ma théorie est que les lutins ne peuvent pas traverser une zone chargée en fer. Mon bracelet métallique a brûlé Ian quand je le lui ai lancé. Et nous avons lu sur Internet que les lutins détestent le fer, qu'ils se cantonnent aux régions rurales pour cette raison.

— Pourquoi le fer ? demande Issie.

Le geek qui sommeille en Devyn se réveille aussitôt :

— Parce que le fer est l'un des derniers éléments créés par la nucléosynthèse stellaire.

Je n'ai rien compris à ce qu'il vient de dire.

Ni personne d'autre d'ailleurs.

— Tu peux traduire, Devyn ? suggère Nick.

Il passe une main dans ses cheveux, signe de son exaspération, et reprend :

— C'est un élément très lourd, très dense, et ses nucléons sont liés entre eux par une énergie extrêmement puissante. Bref, c'est un élément solide, très solide.

— Mais pourquoi les lutins le détestent ?

Devyn hausse les épaules à ma question.

— C'est si important que ça ?

Mme Nix s'éclaircit la gorge.

— C'est une constante dans la mythologie des lutins : on prétend que seul le fer peut les tuer, et c'est la raison pour laquelle ils font tout pour l'éviter.

— Eh bien, dis-je, il faut juste espérer que ce soit vrai.

— Alors, demande Nick, parle-nous de ton plan ?

— Je veux emprisonner les lutins.

Je fixe les yeux sur Nick puis, d'un signe de tête, indique le sous-sol.

— Betty garde des traverses de rail et des rouleaux de barbelé dans sa cave. Mme Nix, vous en avez aussi apporté avec vous je crois ?

— Oui.

— Nous avons aussi du ruban adhésif et des fourchettes en acier inoxydable.

— C'est une idée curieuse, Zara, intervient Devyn. Je veux dire… des fourchettes ? Ouahou !

— C'est le meilleur plan que j'aie pu imaginer, dis-je en m'essuyant les mains.

J'essaye de ne pas penser à ma mère retenue prisonnière là-bas, j'essaye de ne pas penser aux blessures de Jay Dahlberg et j'essaye de ne pas penser aux implications morales de ce que nous nous apprêtons à faire.

— Tout le monde est prêt ?

Tout le monde est prêt.

— Parfait, dis-je. Allons-y !

— Tu penses que ça va marcher, Zara ? me demande Issie.

Nous sommes cachées derrière un arbre. Derrière nous, une énorme pile de traverses de rail et de fil de fer barbelé. Je lui prends la main et la serre.

— J'espère.

Elle presse ma main à son tour.

— Moi aussi.

— Tu sais, tu n'es pas obligée de nous aider.

— Oh, la ferme ! répond-elle en soufflant sur ses mains pour les réchauffer. Les amies, ça sert aussi à ça : se battre contre les lutins !

— O.K., dis-je. O.K.

Je jette un coup d'œil aux autres arbres. Betty est cachée derrière un tronc, Devyn et Nick derrière un autre. Devyn s'est transformé en aigle et Mme Nix en ours. Tous les autres ont leur apparence humaine. Devyn tient dans son bec l'extrémité d'un rouleau de barbelé.

Mme Nix avance d'un pas lourd vers la maison. Elle renifle l'air. Ses pattes griffues martèlent le sol. Elle tend les oreilles en avant : c'est le signal qu'aucun lutin n'est sorti de la maison.

Nick me regarde et dresse les deux pouces en l'air. Nous n'avons pas beaucoup parlé du fait que je sois la fille d'un lutin. Le temps nous a manqué.

À présent, seule ma mère compte.

Mais j'ai toujours peur de ce que cette nouvelle pourrait signifier pour nous, pour moi.

Pour l'instant, ça n'est pas le plus important.

Je donne le second signal et nous passons à l'action. Les bras chargés de traverses que nous allons planter dans le sol, nous piquons un sprint vers la maison. Une par une, nous les enfonçons dans la terre.

Issie m'aide parce que ni elle ni moi ne sommes assez fortes pour le faire toute seule, sans compter que j'ai un bras dans le plâtre. Le bec jaune de Devyn, tenant toujours son fil de fer barbelé, scintille dans le crépuscule. Il le fait passer de traverse en traverse, tout autour de la maison.

Nous devons faire vite, avant que les lutins s'aperçoivent de ce qui se passe.

Issie enfonce une traverse dans la neige.

— Tu es certaine qu'il y a une maison dans cette clairière ?

— Certaine, dis-je en plantant une autre traverse. Je la vois, je te jure !

Mes muscles me brûlent.

— Parfois ça craint d'être un simple mortel, ironise Issie.

Nous nous penchons et enfonçons une nouvelle traverse.

— Non, Issie. Ça ne craint pas.

Nous avons apporté toutes les traverses et les bobines de barbelés dans des chariots tractés par des motoneiges appartenant à Mme Nix et aux parents d'Issie. Je ne m'étais pas rendu compte du poids des traverses, mais elles pèsent atrocement lourd. C'est l'adrénaline qui nous donne la force de les porter. Mamie nous en donne d'autres.

Devyn continue d'encercler la maison avec son barbelé. Ses ailes géantes claquent dans l'air.

Le cerclc est presque complet.

Encore quelques traverses…

Nick passe en courant devant moi, les bras chargés de traverses. Il franchit la pelouse face à la maison. Soudain, la porte s'ouvre. Mme Nix pousse un rugissement pour nous avertir du danger.

Je jette une autre traverse et hurle :

— Nick !

Il lève les yeux.

— Ils arrivent !

Un lutin s'élance vers Nick, crocs aiguisés, mortels. Il bondit, mais Nick le fouette avec du barbelé, qui frappe le lutin en plein visage. Une grande cicatrice brûlante et fumante s'imprime dans sa peau, et le lutin s'écroule par terre, une main plaquée sur sa joue. Nick se dresse devant lui et attend.

— Nick, reviens ! hurle Betty.

Nick hésite. Ses muscles semblent se contracter et tressaillir. Il veut se changer en loup. Je le sens.

— Tout de suite ! ordonne Betty.

Il court vers elle en sautant par-dessus le barbelé et sort du cercle presque achevé.

D'autres lutins sortent de la maison. Ils portent tous une tenue d'apparat. Les robes en velours et satin flottent au vent. Les smokings sont parfaitement coupés. Ils devraient être beaux, mais je sais ce qu'ils sont vraiment.

Et ils ne *peuvent pas* être beaux, car la beauté naît de la grâce, de l'amour et de l'espoir. Or ils ne connaissent qu'une chose : l'avidité.

Mme Nix attrape dans le bec de Devyn le dernier morceau de fil de fer barbelé et l'enroule autour de la dernière traverse. Le cercle est terminé.

— Change-toi, Nick ! crie Betty. Maintenant !

Une traverse mal plantée retombe. Je me précipite pour la rattraper.

Des deux mains, j'essaye de l'enfoncer dans la terre dure et glacée. Elle vacille, menaçant d'entraîner dans sa chute tout le cercle de fer.

— Mamie ! J'ai besoin d'aide !

Elle court jusqu'à moi. Nous appuyons ensemble sur la traverse, de tout le poids de notre corps, pour la stabiliser. Les lutins se mettent à psalmodier, des paroles absurdes et monotones que je ne comprends pas, mais tout mon corps, terrifié, est pris de tremblements.

Nick surgit à mes côtés : il s'est transformé en loup. Ses poils sont hérissés. Il gronde, crocs saillants. Les muscles de son dos sont tendus à se rompre.

Je pose ma main sur son flanc.

— Non. Reste hors du cercle. Reste avec moi.

Les lutins continuent de sortir de la maison sans se soucier des blessés qui s'entassent au bas des marches.

Ma mère apparaît sur le seuil. Elle porte une longue tunique blanche ornée d'une profusion de dentelle. Elle avance dans la neige, un pied devant l'autre. Elle se faufile sur le côté, laissant tous les lutins se déverser droit devant en une horrible masse.

Le cercle de fer vacille. Il doit tenir. Je prends la traverse, essaye de la redresser.

Le vent souffle dans les cheveux d'Issie. Ses yeux sont écarquillés de terreur. À présent, elle voit ce qui se passe.

— Zara ! Recule !

Puis le roi apparaît. Le vent soulève ses cheveux. Il lance un regard noir vers ses lutins, puis dans notre direction. Il sait ce que nous avons fait. Il lève les bras. Les lutins psalmodient plus fort, se mettent à pousser des cris de guerre sauvages et frénétiques. Mais leurs mouvements sont lents. Ils nous jaugent, tentent de comprendre la situation et, je pense, attendent les ordres. Je demande à Nick :

— Tu le vois ?

Devyn atterrit sur son bras tendu. Nick porte un gant spécial pour se protéger des serres. Il gronde.

— Ils ne sont plus protégés par leur charme, s'écrie Betty. Je les vois !

— Ne te change pas, mamie. D'accord ?

Elle acquiesce.

Le roi des lutins croise son regard. En moins d'une seconde, il surgit devant Betty, séparé d'elle seulement par les traverses et le fil barbelé. Il est plus grand qu'elle. Ses yeux sont argentés.

— Tigre ? C'est toi… toi qui as fait ça ?

Son visage se convulse sous l'effet de la colère.

Betty lui rit au nez. Elle se moque du roi des lutins comme d'un moins que rien.

— Non, ce n'est pas moi. C'est ta fille.

Il se tourne vers moi. Apparaît en un éclair face à moi. Ses yeux liquides sont argentés comme le fer dans lequel nous l'avons encerclé.

— Tu nous as piégés !

Soudain, le fil blanc que j'ai noué autour de mon doigt depuis la mort de mon père se casse et s'envole dans l'air. Il franchit la barrière de fer, et le roi l'attrape. Il le tend entre ses doigts et l'examine.

Mme Nix écrase de sa patte d'ours un lutin qui tentait de lui barrer le passage.

Elle va et vient à l'intérieur du cercle en rugissant pour créer une diversion.

— Votre Majesté ! crie un des lutins, d'une voix terrifiée.

— N'approchez pas de l'ours ! ordonne le roi. Encerclez-le par groupes de cinq !

Mme Nix se dresse sur ses pattes arrière. Devyn vole vers le toit, attache du fil barbelé autour de la cheminée. Un lutin surgit par une fenêtre du dernier étage, essaye de l'attraper, mais rate Devyn et pousse un grognement de dépit.

— La reine, Votre Majesté ! s'écrie un lutin.

Pendant une fraction de seconde, le roi détourne le regard pour voir ce qui se passe à côté de lui. C'est là que se trouve ma mère. Je sais qu'il la voit alors qu'elle s'apprête à franchir le cercle de fer. Je le sais, mais il ne fait rien. Alors, je comprends combien il est pris au piège : pris au piège de sa vraie nature, de son rôle, pris au piège de son besoin. Ce qui ne l'empêche pas de prendre une décision, et cette décision est bienveillante.

— Votre Majesté ! répète le lutin dont les cheveux blonds claquent dans les rafales.

Il l'ignore et me regarde droit dans les yeux pendant qu'Issie aide ma mère à franchir le fil de fer barbelé. Mme Nix saute derrière elle et nous rejoint, enfin en sécurité.

Nick frappe le sol de sa queue. Lui et Mme Nix font barrage de leur corps, formant une protection supplémentaire autour de ma mère.

— Tu gardais ma mère prisonnière, dis-je au roi. Je devais la libérer.

Le roi me fixe. Je le fixe à mon tour. Sa froideur est immense. Nick vient se frotter contre moi. Je regarde ces créatures prisonnières à cause de moi. Je ne sais pas si c'est bien ou mal.

Je ne sais pas si Amnesty International ou mon père approuveraient ce que je viens de faire, mais c'était la seule chose qui me soit venue à l'esprit.

Un autre lutin bondit en avant, bras écartés, pour tenter d'attraper ma mère, mais son smoking se prend dans les barbelés. Le lutin prend feu. Trois lutins le tirent en arrière en poussant des cris perçants. Je relève la traverse, tente de la stabiliser pour empêcher que le cercle de fer ne s'effondre.

Nick gronde.

Enfin, le roi reconnaît ouvertement que ma mère est sortie. Libre, elle marche aux côtés d'Issie et s'approche de moi. Il rugit :

— Qu'est-ce que tu as fait ?

Je ne réponds pas. Voir ma mère franchir la barrière de fer suffit pour que mon cœur batte joyeusement la chamade. Elle n'est pas brûlée, donc elle est toujours humaine !

— Zara, reprend le roi d'une voix contenue, j'ai besoin d'elle pour garder le pouvoir.

— Tu n'as plus besoin de garder le pouvoir. Toi et tes lutins, vous êtes pris au piège ! Plus besoin de kidnapper des garçons, plus besoin de tirer des flèches sur les gens dans la forêt ou de les égarer… C'est fini !

Le métal est froid contre mes doigts.

Devyn reprend du barbelé et s'envole à nouveau. Un groupe de lutins saute en dessous de lui, dans un vacarme chaotique de hurlements féroces. Bientôt, pris de panique, affamés, furieux, ils commencent à s'entre-déchiqueter. Un lutin vêtu d'une robe rose hurle lorsqu'un autre, en tunique noire, le frappe de ses griffes, écorchant son bras.

— Zara ?

Le roi s'efforce de me parler calmement et gentiment. Il s'efforce de paraître humain.

Ça ne marche pas.

— Tu sais ce que ça signifie ? Tu sais quel pouvoir je vais perdre ? Nous allons nous entretuer dans cette maison. Un vrai massacre.

— Je sais, dis-je, et ma voix tremble tandis que je soutiens le regard de cet homme dont le sang coule en partie dans mes veines, mais qui n'est pourtant pas moi.

Il n'est pas moi et, malgré tout, je comprends son besoin, je comprends sa peur.

Il est coincé dans ce lieu horrible où il est impossible d'aller de l'avant de façon morale.

— Je suis désolée.

C'est la vérité.

Je lâche la traverse. Je tourne le dos au roi.

Il s'élance vers moi. Ma mère hurle et plonge elle aussi vers moi. Mais elle ne peut pas s'interposer : elle est trop loin. Les mains du roi se referment sur mes bras et il me tire en arrière vers lui. En franchissant la barrière de fer, il s'est brûlé : ses mains et ses bras sont couvertes de cloques. Mais sa force physique est intacte. Mon bras cassé se tord. Je serre les dents. La douleur est insoutenable. Des glapissements retentissent sur ma gauche et sur ma droite.

— Recule, maman !

Je sors une fourchette de ma poche et la plante dans la jambe du roi. Il hurle. Relâche son étreinte. Bascule derrière moi.

— Rentre !

C'est un ordre. Le roi me lance un regard assassin. Une fumée s'élève de sa cuisse brûlée.

Ma mère est à côté de moi. Elle brandit un couteau à pain.

— Elle ne plaisante pas !

Il se relève et recule. Son visage se tord.

— Tu n'oserais pas…

— Je ferais n'importe quoi pour ma fille.

Pas un tremblement n'agite la main de ma mère.

— Dans la maison ! dis-je. Tous ! Maintenant !

Les lutins se retournent et regagnent la maison comme des fourmis rentrant dans leur fourmilière en une colonne grouillante.

Le roi est le dernier à franchir le seuil. Il attend.

Je ne peux lui proposer qu'une seule chose :

— Si une autre idée me vient, je reviendrai. Je te le promets.

Sa tête bouge à peine. Sa voix est un murmure dans le vent glacé et mordant, mais je parviens tout de même à l'entendre :

— Tes promesses sont comme celles de ta mère ?

— Non. Mes promesses sont mes promesses.

Ma mère passe un bras autour de ma taille. Elle m'embrasse sur la tempe. Je ne sais pas laquelle de nous deux frissonne le plus. Elle ne dit pas un mot quand le roi ferme la porte derrière lui.

— O.K., dis-je. On se dépêche !

Nick redevient humain, grimpe aux étages et, avec le ruban adhésif, colle aux fenêtres des fourchettes, des couteaux et un reste de barbelés.

Nous faisons de même avec les fenêtres du rez-de-chaussée.

— J'espère que ça va tenir ! lance Issie en collant des fragments de barbelés sur les murs.

— On reviendra tous les jours pour vérifier, dis-je en enroulant du fil de fer autour des volets.

Un lutin cogne son visage à la vitre, montre les crocs, grogne. D'un bond, Nick, toujours humain mais protecteur, se colle à la fenêtre en rugissant. Je cogne la vitre avec une petite cuillère.

Même si une vitre nous sépare, le lutin rentre sa langue et saute en arrière.

Mamie et Mme Nix achèvent de sécuriser la porte d'entrée. Je n'avais jamais remarqué à quel point les pattes d'ours ressemblent à des mains humaines.

Nous reculons tous et franchissons la barrière de barbelés. La maison est entièrement encerclée par du fil de fer, des traverses et des objets métalliques. Le résultat est très étrange.

On dirait une maison d'un film de Walt Disney redécorée par un cinéaste hystérique.

— Parfait, dis-je.

— Parfait.

Maman me prend par la main et me ramène à la motoneige.

Au loin, on entend les hurlements des lutins.

— Je ne vois plus la maison, remarque Issie.

Moi, si.

— Parce que tu es trop loin, explique Betty. Et parce que le charme la dissimule aux yeux des humains et des métamorphes.

Pourtant, je la vois toujours.

Encore un hurlement de lutin. Le vacarme semble faire trembler la forêt.

Plus personne ne parle, même quand nous enfourchons à nouveau les motoneiges pour partir. Parfois, les mots ne suffisent plus.

Parfois, on doit juste affronter nos peurs, les capturer et les enfouir, verrouillées à jamais.

Les jours passent. Nous nous soutenons pour les traverser ensemble. Avec ma mère, nous repartons sur la motoneige pour aller voir la maison.

— Je ne la vois pas, dit-elle.

— C'est parce que tu es complètement humaine, dis-je.

— Si le charme est toujours actif, ça signifie que le roi est toujours là.

Elle coupe le contact et nous continuons de regarder.

— Je ne vois même plus le fil de fer barbelé.

Mais je vois toujours le cercle de fer. Sans doute parce que j'ai du sang de lutin. C'est vraiment un spectacle ridicule. Une magnifique maison encerclée par des traverses et du barbelé. Avec des fourchettes, des couteaux et des cuillères scotchés aux fenêtres. Le vent soulève des tourbillons de neige tout autour de nous, de minuscules tornades de flocons. Je ferme les yeux pour ne pas avoir froid.

— Ça va, ma chérie ? Ton bras te fait mal ?

— Je vais bien.

J'ouvre les yeux. Ça ne sert à rien d'essayer d'effacer la maison de ma vue. Je la revois toujours en rêve.

— C'est une protection suffisante, n'est-ce pas ? Ils ne peuvent pas sortir ?

Ma mère hoche la tête.

— Ils ne peuvent pas sortir. C'était très malin de ta part.

Elle se penche et ramasse de la neige qu'elle tasse entre ses mains. Puis elle lance la boule qui s'écrase sur la façade de la maison.

Soudain, ma mère paraît plus jeune, plus forte, comme quand mon père était encore en vie.

— Ça fait du bien. Même si je n'ai pas vu ce que j'ai touché !

Elle sourit.

— Tu veux que je t'en fasse une, Zara ?

C'est incroyable ce qu'on peut changer. Incroyable de voir votre mère – que vous pensiez être une vraie mauviette – fusiller du regard une créature surnaturelle. C'est comme si soi-même, on pouvait devenir un vrai dur !

Je tends la main pour prendre la boule qu'elle me tend.

— Ouais.

Tout le monde peut faire preuve de courage, pas vrai ?

C'est ce que j'ai toujours pensé. Je lance la boule de neige. Elle s'écrase contre la façade, la neige gicle, puis dégouline.

Ma mère m'entoure de ses bras et, pendant quelques secondes, nous regardons devant nous.

Il y a tout juste une semaine, le roi des lutins se trouvait dans le salon de ma grand-mère. Aujourd'hui, je suis de retour au lycée, mais les choses sont différentes. J'ai un bras dans le plâtre. Comme je ne peux plus courir, Issie m'a attirée dans un piège : j'organise le grand bal annuel d'Halloween ! Ma mère et moi ne savons pas encore si nous allons retourner à Charleston.

Nous pensons plutôt rester ici. Ça ne serait pas juste de laisser Devyn et Issie, Mme Nix, mamie et Nick vérifier seuls que les lutins sont toujours prisonniers de leur maison.

— Je suis vraiment désolée de tout ça, murmure ma mère juste avant de démarrer la motoneige.

Elle me le dit tous les jours.

Et, comme tous les jours, je lui réponds :

— Je sais.

Ma mère me dépose au lycée. C'est elle désormais qui règne sur Yoko, ce qui est parfaitement injuste.

— Dépêche-toi ! Tu es en retard !

Je franchis les portes et pique un sprint dans les couloirs, mais Nick m'intercepte avant que j'arrive dans la salle d'appel. Il m'emmène dans la réserve de la salle de sport. Nous nous retrouvons parmi les ballons de football et les filets, dans une atmosphère chargée d'odeurs : les équipements sportifs, l'humidité, Nick. Nous nous tenons tout près l'un de l'autre. Je lève les yeux vers son visage.

Une barbe de trois jours sur son menton ombrage ses traits rectilignes.

— Jay Dahlberg se remet doucement, m'annonce-t-il. Il ne se souvient de rien. Les parents de Devyn prétendent que c'est un réflexe de son cerveau pour le protéger.

J'avale ma salive.

— Tant mieux.

— Tout le monde pense que Megan a déménagé. Personne ne sait ce qui lui est arrivé, personne ne sait que Betty l'a tuée. Quant à Ian, il aurait été victime du même kidnappeur que Jay. C'est ce que sa famille répète sur toutes les chaînes de télé – CNN, Fox News, la totale…

Je regarde le panneau des scores. À l'endroit où s'inscrivent les points d'un match, de simples rectangles vides.

Pas de vainqueur, pas de perdant, rien du tout.

— Zara, poursuit-il d'une voix bourrue, je suis désolé.

— À propos de quoi ?

Je hausse les épaules, comme si je n'en avais aucune idée.

— D'avoir paniqué quand j'ai su qui était ton père.

Nos yeux se rencontrent.

— Tu as vraiment réagi comme un imbécile.

— Je suis désolé.

Il pose les mains sur mon visage. Je m'écarte, à peine, car je risquerais de faire tomber les crosses de hockey. Et parce que je n'ai pas envie de trop m'écarter non plus…

— Pas question ! dis-je. Tu ne peux pas encore m'embrasser. Dans tes rêves !

Devant sa moue boudeuse, j'adopte ma voix la plus solennelle, ma voix d'avocate :

— Reconnais-tu que mon idée de piéger les lutins à l'aide d'objets métalliques était géniale ?

— Oui.

— Reconnais-tu que tu n'es pas le seul homme, ou demi-homme génétiquement parlant, à pouvoir sauver d'autres créatures sensibles ?

Il fronce le nez.

— Oui.

— Reconnais-tu que tu as un sale caractère, une jolie voiture et une petite amie sympa ?

Je retiens mon souffle.

— J'ai une petite amie extraordinaire, dit-il.

Puis il m'embrasse – ce qui, vous êtes d'accord, est un comportement tout à fait logique de la part d'un petit ami.

Son baiser est doux, il scintille comme une pluie d'étoiles dans un ciel nocturne.

J'ai l'impression de me fondre dans ce baiser, je rêve de pouvoir le prolonger à l'infini, même si, je le sais, les baisers ne sont pas infinis. N'est-ce pas ?

Mais ce n'est pas la fin des baisers qui m'effraye vraiment.

Non. La seule chose qui m'effraye en ce moment, c'est moi. La Zara que je pourrais devenir. La Zara que je ne veux jamais devenir.

Tout le monde a des peurs, pas vrai ? Mais combien partagent avec moi cette peur ?

Pas mal de monde, sans doute.

Car elle a pour nom :

L'autophobie

La peur de soi-même.

Remerciements

Merci à Doug Jones et Emily Ciciotte pour m'avoir aidé à comprendre et maîtriser mon atychiphobie en me montrant que, même s'il y des échecs, il y a toujours de l'amour. Voilà ce que c'est que d'être trop sentimental…

Merci à Betty Morse, Lew Barnard, Rena Morse, Bruce Barnard, Debbie Gelinas et Alison Jones pour m'avoir montré qu'il ne fallait pas avoir la phobie de la famille.

Merci à Michelle Nagler, Caroline Abbey et à l'équipe de Bloomsbury. Il n'existe pas de mot pour la « peur des maisons d'édition » mais si s'était le cas, ça ne s'appliquerait pas ici, parce que Bloomsbury est simplement incroyable.

Merci à Andrew Karre pour avoir cru en moi. Tu es imperméable à toute peur.

Merci à William Rice, Jennifer Osborn, Devyn Burton, Doris Bunker-Rzasa, Bethany Reinolds-Hughes, Dotty Vachon, Gayle Cambridge, Marcy Phippen, Chris Maselli, Emily Wing Smith, The Pirate Whores, The Schmoozers, The Whirligigs, The Hancock County Dems, et mes amis de LJ & Fangs, Fur, Fey. Nos peurs s'atténuent grâce à nos amis et vous avez été là pour moi.

Et enfin, merci à Edward Necarsulmer, mon agent littéraire super héros, et ses extraordinaires collaborateurs, Abby Shepard et Cate Martin qui ont été à mes côtés. Edward, tu as pris toutes mes peurs et tu les as endossées. C'est un lourd fardeau et tu l'as porté avec élégance, je t'en remercie. Beaucoup.

La saga *Envoûtement* de Carrie Jones

Captive (Tome 2)

Avec ses nouveaux amis, Zara croyait avoir gagné la bataille contre les lutins malfaisants. Toujours aussi phobique et angoissée, Zara a désormais appris à faire confiance.
Mais la trêve est de courte durée : d'autres créatures envahissent la région.

Emprise (Tome 3)

Zara et Nick sont de véritables âmes sœurs qui veulent pouvoir s'aimer. Mais Nick a été emporté au Walhalla par une Walkyrie… Pour sauver son bien-aimé, Zara a accepté de se transformer en lutin, elle est prête à surmonter toutes les épreuves.

Les tomes 2 et 3 de la saga *Envoûtement* : un univers captivant peuplé de créatures fantastiques.

ISBN : 978-2-35288-393-7 / 978-2-35288-519-1